Paulines Stalker
Kirsten Bey

AF204368

Das Buch:

Die lebenslustige Pauline erhält anonyme Anrufe.
Zunächst ignoriert sie das Problem. Doch dann
tauchen in ihrem Briefkasten beunruhigende Fotos
auf. Pauline versucht, den Unbekannten zu finden,
der hinter diesen Taten steckt und gerät dabei in
große Gefahr.

Die Autorin

Kirsten Bey, geboren 1968 in Elmshorn hat schon
immer gern geschrieben. Eine erste Veröffentlichung
erfolgte während der Schulzeit. Darauf folgten
Kurzgeschichten in Zeitschriften und Anthologien
sowie die Romane "Eine Handvoll Lebenslügen"
(2009), "An der Steilküste" (2009) und "Im
Schneetreiben" (2012).

Kirsten Bey

Paulines Stalker

Roman

© 2020 Kirsten Bey

Verlag und Druck: tredition GmbH, Halenreie 40-44, 22359 Hamburg

ISBN Taschenbuch: 978-3-347-00431-3
ISBN e-Book: 978-3-347-00432-0

Das Werk, einschließlich seiner Teile, ist urheberrechtlich geschützt. Jede Verwertung ist ohne Zustimmung des Verlages und des Autors unzulässig. Dies gilt insbesondere für die elektronische oder sonstige Vervielfältigung, Übersetzung, Verbreitung und öffentliche Zugänglichmachung.

Bibliografische Information der Deutschen Nationalbibliothek:
Die Deutsche Nationalbibliothek verzeichnet diese Publikation in der Deutschen Nationalbibliografie; detaillierte bibliografische Daten sind im Internet über http://dnb.d-nb.de abrufbar.

Erster Teil - Pauline

Samstagnacht

Die Luft war stickig und viel zu warm, die Musik laut und genau nach meinem Geschmack. Der Holzfußboden bebte unter unseren tanzenden Füßen und vom Bartresen leuchtete der Wein hinüber, der rot und glänzend darauf wartete, von uns getrunken zu werden. Das Black Cat barst geradezu vor Lebensfreude und ich hüpfte inmitten der feiernden Menge im Takt der Musik auf und ab.

„Wir werden immer zusammen tanzen gehen", rief ich Marlene zu. „Auch wenn wir uralt sind. Fünfunddreißig oder so."

„Ich bin gar nicht so weit davon entfernt", gab Marlene zu bedenken, doch sie lachte dabei. Ihre dunklen Haaren türmten sich zu einer verwegenen Frisur und selbst in der schummerigen Barbeleuchtung ließ sich die für den Herbst untypische Sonnenbräune auf ihrer Haut erkennen. Im Zusammenspiel mit dem schwarzen Kleid und ihren katzenhaften Bewegungen sah sie beinahe selbst aus wie die schwarze Katze, der die Bar ihren Namen verdankte.

Die letzten Takte des Liedes wummerten aus den Boxen. Marlene ließ sich lachend in meine Arme fallen. Sie war meine beste Freundin. Mit ihr konnte ich über alles reden. Nun ja – über fast alles. Ein Thema gab es, das ich stets ganz bewusst aus unseren ansonsten endlos dahinfließenden Gesprächen ausklammerte.

„Komm Pauline, wir gönnen uns eine Pause. Lass uns was trinken."

Gutgelaunt drängten wir uns zur Bar hinüber und stießen mit unseren fröhlich klirrenden Gläsern an. Die Eingangstür öffnete sich und ein paar späte Gäste trugen einen Hauch der laubfeuchten Oktoberluft von draußen hinein.

„Und jetzt erzähl mal", rief ich, nachdem ich einen großen Schluck Wein getrunken hatte. „Wie war dein Urlaub? Ist Ägypten immer noch so traumhaft schön wie im letzten Jahr? Am Telefon hast du dich ja ziemlich bedeckt gehalten."

„Was vielleicht daran liegt, dass ich praktisch nicht zu Wort gekommen bin."

„Es tut mir leid. Ich habe das Gespräch offenbar an mich gerissen. Sorry. Aber..."

„Schon gut, Pauline. Ein neuer Freund ist ja auch wirklich ein ganz besonderes Thema." Marlene warf einen suchenden Blick in die Menge. „Ist er hier?"

„Du meinst Tim? Nein. Ich habe ihm gesagt, dass wir beide heute allein ausgehen, um deine Rückkehr aus dem Urlaub zu feiern."

„Du hättest ihn ruhig mitbringen können."

„Ich weiß. Aber irgendwie fand ich es unpassend. Es ist unser Abend. Ich will nicht sagen, dass Tim stört, aber..."

„... irgendwie passt es dann doch nicht, wenn er dabei wäre."

„Genau. Und jetzt erzähl. Wie war Ägypten? Hast du Ali getroffen?"

„Ali? Pauline, ich reise doch nicht tausende von Kilometern, nur um einen Hotelkellner zu treffen."

„Ich weiß noch, wie sehr du mir im letzten Jahr von ihm vorgeschwärmt hast, als wir zusammen dort Urlaub gemacht haben. Damals warst du ganz hingerissen von ihm."

„Ja, aber das war letztes Jahr. Das liegt doch alles lange zurück. Ich bitte dich."

„Nun, ich dachte..."

„Wie du bereits richtig bemerkt hast, ist er Kellner. Ganz ehrlich, mit so jemandem kann ich zuhause nicht ankommen. Mein Vater würde das nicht verstehen."

„Aber das ist doch albern, Marlene. Nur weil dein Vater ein paar Häuser sein eigen nennt, brauchst du dir von ihm nicht vorschreiben zu lassen, mit wem du dich treffen darfst und mit wem nicht."

„Ein paar Häuser? Pauline, ich darf dich daran erinnern, dass der Boden, auf dem du gerade stehst, meinem Vater gehört. Hast du das vergessen?"

Natürlich hatte ich es nicht vergessen und falls es doch einmal passieren sollte, war ich mir sicher, dass Marlene mich unverzüglich daran erinnern würde. Jeder Mensch hat seine Fehler. Zu meinen gehörte, dass ich zu viel Geld für Klamotten ausgab, zu einer gewissen Unordnung neigte und es mit dem Putzen nicht allzu genau nahm, zumindest dann nicht, wenn man die Maßstäbe einer kritischen deutschen Hausfrau ansetzte. Bei Marlene war es das ewige Zitieren des Grundbesitzes und der Firmenanteile ihres Vaters. Doch ich fand Marlenes Fehler verzeihlich. Sie war eine gute Freundin, tolerant, gebildet und großzügig. Ohne ihre finanzielle Hilfe hätte ich mir den Ägypten-Urlaub im letzten Jahr nicht leisten können. Was machte ein leichter Vaterkomplex angesichts dieser positiven Eigenschaften schon aus?

Und so gelang es mir auch problemlos, ein entspanntes Lächeln aufzusetzen, während Marlene sich weiter über den Grundbesitz ihres Vaters ausließ.

„Man glaubt es kaum, aber das Haus, in dem sich das Black Cat befindet, ist allein aufgrund seiner Lage eine wirklich gute Immobilie, obwohl das Objekt insgesamt nicht sonderlich gepflegt wirkt." Ihr Blick schweifte weiter, nachdem ihre Augen kurz, aber kritisch, an ein paar Rissen an den Wänden verweilt hatten. „Sieh an, Ralph ist auch da."

„Ralph? Er ist hier?"

„Dort vorne."

Marlene deutete mit ihrem Weinglas eher unbestimmt in eine Richtung, doch ich entdeckte ihn sofort. Er lehnte an der Wand, ganz offensichtlich vertieft in ein Gespräch mit einer Blondine. Ralph. Als er meinen suchenden Blick bemerkte, nickte er mir kurz zu und ich erwiderte seinen Gruß ebenso unauffällig. Doch mein Herz pochte auf einmal heftiger.

„Ich wusste nicht, dass er heute hier ist."

„Sei nicht albern, Pauline. Er betreibt diese Bar. Warum sollte er sich die heutige Party entgehen lassen?"

„Nun, er ist doch sonst auch nicht immer dabei."

„Aber fast immer."

„Ja, das stimmt natürlich."

Versonnen musterte ich ihn. Die dunklen Haare. Die anbetungswürdigen, perfekten Augenbrauen. Das meist ein wenig spöttische, ironische Lächeln.

„Meinst du, man könnte auch etwas anderes in diesen Räumen unterbringen?" Nur undeutlich drangen Marlenes Worte an meine Ohren. Offenbar war sie in Gedanken noch immer mit dem Grundbesitz ihres Vaters beschäftigt. „Ein Geschäft etwa. Oder ein Café?"

„Aber das Black Cat ist doch perfekt. Wohin sollten wir sonst tanzen gehen?"

„Vermutlich hast du recht." Marlene prostete Ralph ziemlich offensichtlich zu. Er erwiderte ihren Gruß ebenso unbefangen. Und doch schien sein Blick für einen winzigen Moment abzuschweifen und an mir hängenzubleiben. Und tatsächlich glaubte ich eine winzige Andeutung in seinem Blick zu erkennen. Eine Botschaft. Hastig wandte ich mich ab und zog Marlene quer durch das Getümmel zur Tanzfläche.

Der Abend ging in die Nacht über und irgendwann begann alles um mich herum zu verschwimmen. Das mochte am Wein liegen, an der lauten Musik, an der mitreißenden Stimmung, an unseren wilden Tänzen.

Ein Mann rempelte mich auf der Tanzfläche an.

„Hallo Pauline. Wie schön, dich zu sehen."

Ich fuhr herum. Er kam mir vage bekannt vor. Tatsächlich brauchte ich einen Moment, bis der Groschen fiel und ich wusste, wen ich vor mir hatte.

„Danny! Wie geht es dir? Ist das nicht eine herrliche Party?"

„Tolle Stimmung", bestätigte Danny, der offenbar genauso wenig davon hielt, sich in geheimnisvoller Zurückhaltung zu üben wie ich.

„Ich wollte dich anrufen", rief ich durch den Lärm der immer lauter werdenden Musik. „Wegen des Umzugs."

„Hast du denn endlich eine neue Wohnung gefunden?"

„Nein, leider immer noch nicht. Deshalb wollte ich mich ja bei dir melden. Wir haben noch ein wenig Zeit und müssen nichts übereilen. Zum Glück hat die Hausverwaltung Martin und mir noch einen Aufschub bis nach Weihnachten gewährt."

„Martin? Ich wusste gar nicht, dass du mit jemandem zusammen wohnst."

„Das tue ich auch nicht. Martin ist mein Nachbar. Tut mir leid, ich dachte, ich hätte ihn schon erwähnt. Natürlich ist er genauso schockiert wie ich darüber, dass er sich eine neue Bleibe suchen muss."

„Aber so zügig wie du zunächst gedacht hast, wird die Sache nicht vonstatten gehen?"

„Richtig. Offenbar ist es zu Verzögerungen wegen irgendeiner behördlichen Formalität gekommen. Eine fehlende Abrissgenehmigung oder so etwas. Aber ich fürchte sobald das Ding vorliegt, geht es los. Bis dann muss ich endgültig eine neue Bleibe gefunden haben. Und Martin natürlich auch."

„Hat die Hausverwaltung euch denn andere Wohnungen vorgeschlagen? Lass dir nur nicht das Fell über die Ohren ziehen, Pauline. Mit Sicherheit will der Eigentümer das Haus abreißen, um danach luxuriös ausgestattete Eigentumswohnungen hochzuziehen. Die Wohnungspreise in diesem Viertel schießen ja praktisch gerade durch die Decke."

„Ich weiß." Ich seufzte, was Danny angesichts der lauten Musik vermutlich nicht bemerkte. Warum landete nach Marlene auch Danny beim Thema Immobilien? „Und genau darin liegt auch das Problem. Denn natürlich möchte ich hier in der Nähe wohnen bleiben. Martin hat sich neulich eine der Wohnungen, die die Hausverwaltung uns angeboten hat, angesehen. Sie liegt am Stadtrand, zwischen einer familienfreundlichen Siedlung mit lauter Doppelhäusern und einem Industriegebiet. Aber ich möchte gern hier in der Nähe bleiben.

Mein Arbeitsplatz ist gut zu erreichen. Und viel wichtiger ist natürlich, dass der Weg ins Black Cat kurz ist. Unter keinen Umständen möchte ich außerhalb wohnen. Ich bin ein Stadtmensch."

„Ich kann dich verstehen. Und wenn du Näheres hinsichtlich des Umzugs weißt, dann melde dich bei mir. Ich helfe dir gern. Und falls du keine andere Bleibe findest, ruf mich an. Vielleicht wird in meiner WG ja bis dahin ein Zimmer frei."

Ich lachte, während Danny einem Bekannten zuwinkte und in den Massen des feierwütigen Partyvolks untertauchte. Marlene stieß mich an.

„War er das?"

„Wer?"

„Nun sei doch nicht so begriffsstutzig. Ich meine natürlich deinen neuen Freund."

„Tim? Nein, das war Danny. Ich habe ihn im Baumarkt kennengelernt."

„Im Baumarkt?"

„Ja. Damals wollte ich renovieren. Wie gut, dass ich mich nicht dazu entschlossen habe. Jetzt, wo das Haus abgerissen wird, wäre eine Renovierung vollkommen sinnlos gewesen."

„Und was hat Danny damit zu tun?"

„Er hat angeboten, mir zu helfen. Handwerklich kann er alles. Er hat neulich die Griffe an meiner Kommode befestigt, nachdem sie abgegangen waren. Und er hat mir angeboten, beim Umzug zu helfen. Ist das nicht nett?"

„Ach ja, der Umzug. Es ist natürlich ärgerlich, dass mein Vater ausschließlich Gewerbeimmobilien vertreibt, sonst könnte er dir sicher helfen. Aber ich werde ihn noch einmal fragen. Er kennt so viele Kollegen, vielleicht hat jemand eine Wohnung für dich. Und falls du nichts anderes findest, ziehst du einfach zu mir. Dann machen wir eine Mädels-WG auf."

„Warum nicht?" Der Gedanke erschien spontan gar nicht so abwegig, doch ich verspürte keine wirkliche Lust, weiter über mein Wohnungsproblem nachzudenken. Nicht an diesem Abend. Nicht auf dieser Party.

Noch mehrfach fing ich in dieser Nacht Blicke aus Ralphs dunklen Augen auf. Und genauso oft erwiderte ich sie. Mit beinahe erschreckender Intensität erwachten Erinnerungen in mir, von denen ich geglaubt hatte, sie längst verdrängt zu haben. Die weichen Haarspitzen in seinem Nacken, als ich mit meiner Hand hindurchstreifte. Sein Körper, der sich an meinen schmiegte. Seine Schultern. Seine Küsse. Seine Zunge. Sein... Naja. Schnell schweifte mein Blick durch die Menge, auf der Suche nach Ablenkung. Denn natürlich war es eine denkbar schlechte Idee, den Erinnerungen an eine längst abgeschlossene Affäre nachzuhängen.

Also winkte ich Danny zu, dessen tanzende Gestalt immer wieder in der feiernden Menge auftauchte, genau wie Martin, mein Nachbar. Dass er hier war, überraschte mich. Für gewöhnlich mied er laute, überfüllte Veranstaltungen. Sein bevorzugter Zeitpunkt für einen Besuch im Black Cat war ein Abend mitten in der Woche, wenn es dort weit ruhiger zuging. Dann genoss er entspannt ein Bier und stöberte in einer der herumliegenden Zeitungen.

Doch heute schien ihm der Sinn nach etwas anderem zu stehen. Vielleicht wollte er sich auch nur ablenken. Schon seit längerem hatte ich den Eindruck, dass der bevorstehende Umzug ihn weit härter traf als mich. Auch wenn ich vorhin Danny gegenüber noch so vehement das Stadtviertel, in dem ich lebte, verteidigt hatte, so wusste ich tief in meinem Inneren, dass ich auch anderswo zurechtkommen würde. Vielleicht wäre es umständlicher, vielleicht würden mich längere Wege, öde Nachbarn und eine langweilige, sterile Gegend erwarten. Doch irgendwie würde es klappen. Bei Martin war ich mir da nicht so sicher.

Er war älter als ich und ging schon auf die fünfzig zu. Seitdem ich ihn kannte, schlug er sich mit Gelegenheitsjobs durch oder war arbeitslos. Nie hatte er mir gegenüber erwähnt, wie lange er bereits in seiner Wohnung lebte, wie er überhaupt kaum etwas aus seiner Vergangenheit verlauten ließ. Doch die Art, wie er den Obsthändler oder die Frau aus dem Blumengeschäft begrüßte, ließ darauf schließen, dass er schon lange hier lebte. Einmal hatte er mir sogar von dem Vorgänger des Black Cat erzählt.

„Es liegt bereits Jahre zurück. Es war etwas ganz anderes, eine Art Cabaret, in Anlehnung an das berühmte Le Chat Noir im Paris der Jahrhundertwende. Aber für derlei Etablissements ist die Zeit natürlich längst abgelaufen. Es musste daher sehr schnell wieder seine Pforten schließen. Danach war alles anders. Der Name blieb, wenn auch in Englisch, doch die Betreiber wechselten und gaben sich die Klinke in die Hand. Und das, was sich heute dahinter verbirgt ist etwas ganz anderes."

Damals strebte meine Affäre mit Ralph gerade ihrem Höhepunkt entgegen und so hatte ich nichts weiter dazu gesagt. Immerhin verbrachte ich beinahe jede freie Stunde mit dem derzeitigen Betreiber des Black Cat, von dem es mir schien, dass er mit französischen Cabarets genauso wenig im Sinn hatte wie mit traurigen

Chansons längst vergangener Zeiten. Er schmückte das Black Cat nicht mit fantasievollen Bezeichnungen aus, sondern betitelte es meistens schlicht als *den Laden*. Statt Absinth gab es Getränke, die gerade angesagt waren. Die Musik bestand aus zeitlosen Partykrachern, die jeder kannte und zu denen jeder seine ganz eigene Geschichte auf Lager hatte.

Und das Konzept funktionierte. Wochentags war das Black Cat gut gefüllt, mit einer Mischung aus Anwohnern, die in Ruhe ihr Feierabendbier trinken wollten, kleinen Vereinen aus der Nachbarschaft, die sich hier zu Sitzungen trafen, kichernden Mädchen, die die übersichtliche Speisekarte studierten und schweigsamen Männern, die über ihre Teller gebeugt aßen und dabei wahlweise mit ihrem Smartphone oder einer der herumliegenden Zeitungen beschäftigt waren.

Die Wochenenden teilten sich auf in Veranstaltungen, für die das gesamte Black Cat vermietet wurde oder in Partys, die Ralph in unregelmäßiger Reihenfolge steigen ließ. Wenn es soweit war, explodierte das Black Cat förmlich, fast als hätten alle auf diesen Zeitpunkt gewartet. Die Karten waren meist sofort vergriffen und die letzten Gäste wankten regelmäßig erst im Morgengrauen nach Hause.

Und auch die heutige Nacht schien keinesfalls einem frühen Ende entgegenzustreben. Begleitet von Ralphs Blicken, Dannys Lachen und Martins Winken tanzte ich mich mit Marlene durch die Nacht. Und als dann auch noch Dieter auftauchte, konnte ich es kaum glauben.

Dieter war mein früherer Freund. Eine Zeitlang hatten wir sogar zusammen gewohnt. Doch so sehr ich Ralphs, Dannys und Martins Gegenwart genoss, so sehr ging mir Dieter auf die Nerven. Seine niedergedrückte

Haltung, der abgewandte Blick, die bettelnde Stimme. Was hatte ich nur jemals an ihm finden können?

„Nur dieses eine Mal noch. Bitte Pauline."

„Dieter, du weißt, dass es sinnlos ist. Ich warte noch immer auf die Rückzahlung des Geldes, das ich dir geliehen habe."

„Das bekommst du zurück. Keine Sorge. Du weißt doch, dass meine Projekte eine langfristige Vorlaufzeit haben. Das Geld muss sich erst amortisieren. Ich habe es dir doch erklärt. Darum brauche ich auch jetzt noch einen kleinen Nachschlag. Es muss nicht viel sein. Wie gesagt, es ist nur ein kurzfristiger Engpass, den ich überbrücken muss. Bitte."

„Es geht nicht. Im Übrigen würde ich es sehr begrüßen, wenn du mich einfach in Ruhe lässt."

„Was soll das denn heißen? Es wird ja wohl noch erlaubt sein, das Wort an dich zu richten, wenn ich dich treffe."

„Das meine ich nicht."

„Aber was meinst du dann?" Unschlüssig schaute er mich an.

„Das weißt du genau."

„Nein. Sag es mir."

„Dieter, sei nicht albern."

„Pauline, bitte. Ich..."

„Du sollst mich nicht immer anrufen." Die Worte platzten geradezu aus mir heraus

„Aber das mache ich doch gar nicht."

„Und dann auch noch mit unterdrückter Nummer. Zu den absonderlichsten Uhrzeiten. Was soll das? Und falls du es heute Nacht probieren möchtest, nur zu. Ich habe mein Handy nämlich zu Hause gelassen. Ich habe einfach keine Lust, ständig von dir gestört zu werden, nur weil du mit deinem Leben nicht zurechtkommst."

„Aber das stimmt nicht. Wie kannst du nur glauben, dass..."

„Ach, lass mich einfach in Ruhe." Ich stieß ihn beiseite. „Im Übrigen würde ich jetzt gerne tanzen."

„Ja. Natürlich, ich verstehe dich. Aber kannst du nicht auch mich verstehen? Es ist doch nur noch dieses eine Mal. Ich brauche wirklich nicht viel. Ein paar Scheine. Und du hast mir schon einmal geholfen. Und da dachte ich..."

„Nein." Ich hatte genug, stieß ihn beiseite und gesellte mich zurück zu Marlene auf die Tanzfläche.

Die Nacht ging bereits in den frühen Morgen über, als Marlene und ich vor die Tür traten. Im Sommer wäre es schon hell, doch jetzt, im Herbst, erwartete uns draußen Dunkelheit und feuchter Nebel, der nach vermoderndem Laub roch. Ich fröstelte.

„Wollen wir uns ein Taxi teilen?", fragte Marlene und zückte bereits ihr Handy, als hinter uns die Tür des Black Cat noch einmal aufklappte und Martin heraustrat.

„Wir können zusammen nach Hause gehen, Pauline. Ich begleite dich", bot er an. Offenbar hatte er Marlenes Frage mitbekommen. Gemeinsam warteten wir noch, bis Marlenes Taxi ankam. Dann brachen Martin und ich in Richtung unseres Zuhauses auf.

Es hatte einen ganz eigenen Reiz, zu dieser Stunde das Stadtviertel zu durchqueren. In einigen Häusern brannte bereits Licht und als wir in die Nähe des Hauses kamen, in dem wir wohnten, schlug uns der Duft von Kaffee und frisch gebackenen Brötchen aus einer gerade geöffneten Bäckerei entgegen.

„Wie wärs?", fragte ich Martin. „Ein gemeinsames Frühstück?"

„Gute Idee. Aber wir können auch zu mir gehen, wenn du möchtest."

„Ach, lass uns doch gleich hier etwas essen. Es sieht so gemütlich aus."

„Ja, schon. Aber um ehrlich zu sein, bin ich gerade etwas klamm. Ich warte noch auf meinen letzten Lohn und ich habe noch keinen neuen Job gefunden. Es ist mir ziemlich peinlich das einzugestehen."

„Keine Ursache. Ich lade dich ein."

Wir bestellten Kaffee und aßen dazu belegte Brötchen. In meinem Kopf summte noch ein Wirrwarr der Songs, zu denen wir getanzt hatten. Die Bässe schienen sich in meinen Herzschlägen in einem ganz eigenen Rhythmus zu wiederholen.

Und auch Martin war von der durchfeierten Nacht offenbar angetan.

„So lange wie heute bin ich ewig nicht mehr unterwegs gewesen. Es tat richtig gut, endlich einmal wieder etwas zu unternehmen. Wer war eigentlich der Mann, mit dem du dich unterhalten hast?"

„Du meinst Danny?" *Er hat mir angeboten, beim Umzug zu helfen.* Der Satz lag mir bereits auf der Zunge, doch im letzten Moment verschluckte ich ihn. Dieses Thema passte nicht zu unserer momentan so entspannten Stimmung. „Ein Bekannter", schloss ich daher ziemlich nichtssagend.

„Aha. Und ich habe gesehen, dass Dieter auch da war."

„Leider. Manchmal denke ich, er macht das mit Absicht. Dort auftauchen, wo ich gerade bin, meine ich."

„Vielleicht ist es ja auch so. Er hängt eben noch an

dir. Eine Beziehung zu beenden, kostet Kraft. Vor allem für den Teil, der nicht damit einverstanden ist."

„Natürlich, das sehe ich auch ein. Aber ich kann doch nicht nur mit ihm zusammenbleiben, weil es mir leid tut, dass es ihm im Falle einer Trennung schlecht gehen könnte."

Die seltsamen Anrufe, die mich in letzter Zeit dauernd auf meinem Handy erreicht hatten, fielen mir wieder ein. Anfangs hatte ich die Gespräche angenommen. Gesagt wurde nie etwas. Und obwohl Dieter so ahnungslos getan hatte, war ich mir sicher, dass er hinter der ganzen Sache stecken musste. Denn wer sollte es sonst sein?

Kurz überlegte ich, Martin von den Anrufen zu berichten. An sich sprach nichts dagegen. Er war ein guter Zuhörer und durchaus in der Lage, Themen vertraulich zu behandeln. Zudem wirkten seine Ratschläge und Tipps stets wohl durchdacht. Doch ich entschied mich spontan dagegen. Es tat gut, Martin nach den langen Monaten, in denen seine Stimmung durch den bevorstehenden Umzug getrübt und depressiv war, endlich einmal aufgeräumt und ungezwungen zu erleben. Ich wollte ihn jetzt nicht mit meinen Problemen belästigen.

Und so tranken wir in entspannter Atmosphäre unseren Kaffee. Als wir unseren Heimweg fortsetzten, dämmerte es und die ersten Vogelstimmen begrüßten den neuen Tag. Ich fühlte mich entspannt und trotz des Kaffees auf eine wohltuende Art müde.

Wir näherten uns dem Haus, in dem wir wohnten. Es war alt und wirkte auf den ersten Blick nicht gerade vorzeigbar. Die Ladenlokale im Erdgeschoss wurden schon lange nicht mehr genutzt und standen bereits seit einer gefühlten Ewigkeit leer. Das Schloss der Hauseingangstür war kaputt und einige Glasscheiben, die zu früheren Zeiten die Haustür geziert hatten, waren zerbrochen. Eine steile, schmutzige Treppe führte hinauf in den ersten Stock, in dem unsere Wohnungen lagen. Martin und ich waren die letzten Bewohner. Die anderen Mieter, die einst im Haus gelebt hatten, waren schon ausgezogen.

Doch trotz aller nicht zu übersehenden Mängel gab es auch eine Menge Vorteile. Die Lage gefiel mir und die Miete war günstig. Meine Wohnung war zudem recht gut geschnitten und die hinteren Räume, die nicht auf die Straße hinausgingen, strahlten eine gewisse Ruhe aus. Von dort aus blickte man auf einen Hinterhof, der im Sommer einen Flecken Grün inmitten der Stadt bot.

Vorsichtig tappten Martin und ich im schwachen Schein der mickerigen Treppenhausbeleuchtung die baufälligen Stufen hinauf.

„Möchtest du noch auf einen Sprung mit zu mir hinüberkommen?", fragte Martin. „Wir haben so lange nicht mehr einfach mal so miteinander geredet. Und so häufig werden wir vielleicht gar keine Gelegenheit mehr dazu haben."

Er hatte Recht. Früher hatte er oft Nudeln gekocht und mich in seine Wohnung gelotst, wenn ich müde und erschöpft von der Arbeit gekommen war. Er hatte teilnahmsvoll meinen Berichten über Ärger im Büro oder banalen Meinungsverschiedenheiten mit Marlene gelauscht. Ihm hatte ich sogar von Ralph erzählt, ein Thema, das ich aus Gründen, die mir selber nicht ganz klar waren, Marlene gegenüber niemals angeschnitten hatte. Allerdings wäre meine Affäre mit Ralph vor Martin auch kaum zu verheimlichen gewesen. Schließlich hatte er Ralph oft genug im Black Cat gesehen. Und wenn

Ralph sich mit schöner Regelmäßigkeit vor meiner Wohnungstür einfand, dann war es für Martin sicher nicht schwer, sich auszumalen, was vor sich ging, sobald genau diese Tür ins Schloss gefallen war.

Die Gestalt, die jetzt vor meiner Wohnungstür kauerte, hätte ich im schwachen Licht der Flurbeleuchtung nicht bemerkt, wäre sie nicht urplötzlich aufgesprungen und hätte mich rüde angerempelt.

„Was soll das?" Eine aufgebrachte Stimme schallte mir entgegen, eine Hand rüttelte an meiner Schulter. „Wo bist du gewesen? Verdammt, sag es mir auf der Stelle."

Der Stalker

Eine Schlampe. Ja, zweifelsohne war sie eine Schlampe, die sich förmlich an jeden Mann heranwarf, der ihren Weg kreuzte. Die Mittelpunkt jeder Party war und es noch nicht einmal merkte. Die lachte und flirtete, als gäbe es kein morgen, die jeden Mann in ihren Bann zog und dann auch noch so tat, als hätte sie es nicht genau darauf angelegt. Es war widerlich.

Ein Würgereiz verschloss seine Kehle, doch schnell wurde dieses Gefühl überlagert von Erregung und Wärme. Denn sie war schön. Lebendig. Echt. Er konnte jeden Mann verstehen, der ihr hinterherschaute. Schließlich tat er selbst nichts anderes. Er bewunderte sie, er schaute zu ihr auf und doch widerte sie ihn gleichzeitig an, wie sie ununterbrochen lachte und flirtete und sich damit selbst förmlich zu Freiwild degradierte.

Und doch wollte er sie, ein Widerspruch, der ihn förmlich zerriss. Ein unterdrücktes Schluchzen entrang sich seiner Kehle. Und er wusste genau, dass sie Schuld an seinem verzweifelten Zustand trug. Nur sie ganz allein.

Sonntagnachmittag

Die mittlerweile tief stehenden Strahlen der Oktober-
sonne ließen mich blinzeln, als ich die Augen langsam
öffnete. Verschlafen schaute ich mich um. Ich lag in
meinem Bett, die Bettdecke war zerknüllt und es duftete
nach Kaffee.

„Hey, Süße." Tim lehnte in der Tür meines Schlafzimmers. Er trug Boxershorts, ein zerknittertes T-Shirt
und hielt zwei dampfende Kaffeebecher in der Hand.
„Ich dachte mir schon, dass ein Kaffee dich wecken
würde."

„Warum glaubtest du, mich wecken zu müssen?"

„Nun ja." Umständlich reichte er mir einen Kaffeebecher und ließ sich neben mich auf das Bett fallen. „Es
ist Sonntagnachmittag. Sogar ein recht später Sonntagnachmittag, um genau zu sein. Morgen früh musst du
zur Arbeit. Und wenn du jetzt nicht aufstehst, dann wirst
du heute Abend nicht schlafen können und demzufolge
morgen früh sehr müde sein."

„Na und? Ich bin sowieso morgen früh müde."

„Aber ich mache mir Gedanken. Verstehst du nicht?
Ich möchte einfach nur, dass es dir gut geht."

„Mir geht es gut." Ich klang aggressiver, als ich es
wollte. Steckte mir noch unsere nächtliche Auseinander-
setzung in den Knochen? Denn natürlich war es Tim gewesen, der mich vor meiner Wohnung abgefangen hatte.
Einen Moment hatte ich sogar befürchtet, er könne sich

auf Martin stürzen, doch irgendwie war es mir gelungen, Tim in meine Wohnung zu lotsen und ihm mit wenigen Worten klarzumachen, dass ich keine Lust hätte, mir sein pubertäres Geschreie noch länger anzuhören. Tim hatte für einen Moment zerknirscht ausgesehen, doch als es an der Tür läutete und ein besorgter Martin sich erkundigte, ob ich klarkäme, hatte es beinahe so ausgesehen, als würde Tim erneut ausrasten.

„Martin wollte lediglich wissen, wie es mir geht", erklärte ich, nachdem ich Martin versichert hatte, dass alles in Ordnung sei und ich die Tür wieder geschlossen hatte. „Es ist doch nett von ihm, dass er sich Sorgen um mich macht."

„Aber nicht um Viertel nach sieben an einem Sonntagmorgen." Tims schrille Stimme hallte noch immer in meinen Ohren wieder. „Er will bestimmt etwas von dir."

„Ja, bestimmt. Vor allem, wo er genau weiß, dass du hier bist." Entnervt hatte ich mit den Augen gerollt. Hinzu kam, dass ich trotz des mit Martin getrunkenen Kaffees nach der durchfeierten Nacht eine Welle der Müdigkeit heranrollen fühlte.

„Warum bist du mit ihm zusammen nach Hause gekommen?"

„Es geht dich zwar nichts an, aber ich will es dir trotzdem verraten, wenn du dann aufhörst herumzuschreien. Er war ebenfalls auf der Party. Wie dir vielleicht aufgefallen ist, wohnen wir Tür an Tür. Er war so nett mich nach Hause zu begleiten."

„Ihr seid zur gleichen Zeit gegangen?"

„So etwas soll vorkommen."

„Aber...", für den Moment schienen ihm die Worte zu fehlen. Ich hatte die Chance genutzt und war ihm dazwischen gefahren.

„Er hat dafür gesorgt, dass ich sicher nach Hause gekommen bin. Das ist doch ausgesprochen fürsorglich von ihm."

„Aber das hätte ich doch auch gern für dich getan, Pauline. Ich habe mir Sorgen gemacht. Ich wusste, dass du mit Marlene ausgehen wolltest. Aber als du nicht nach Hause kamst, da habe ich Angst bekommen. Ich dachte, dir sei etwas passiert."

„Und darum hast du vor meiner Wohnungstür auf mich gewartet? Wie lange?"

„Schon länger. Ich hatte einfach Angst um dich." Unbestimmt hatte er mit den Schultern gezuckt. Immerhin war es ihm gelungen, seine Stimme auf Zimmerlautstärke zu senken und als er jetzt weitersprach, flüsterte er beinahe. „Ich habe mir Sorgen gemacht. Du weißt, dass ich von vornherein nicht so begeistert davon war, dass du alleine ausgehen wolltest."

„Nicht alleine. Ich war mit Marlene unterwegs."

„Von mir aus mit Marlene. Aber ich war besorgt. Ich hatte Angst, dass dir etwas zustoßen könnte. Wahrscheinlich habe ich einfach überreagiert, als du endlich aufgetaucht bist. Es tut mir leid."

„Es tut dir leid?"

„Sehr." Verstohlen war er näher an mich herangetreten und hatte sanft über meine Wange gestrichen. „Ich würde gerne hierbleiben, wenn du nichts dagegen hast. Ich liebe dich, Pauline."

Ich hatte gelächelt. Es war eine Mischung aus Müdigkeit, Rührung und Eitelkeit. *Ich liebe dich, Pauline.* Es klang verlockend. Und als ich mich in meinem Bett in seine Arme schmiegte, schien sich alles richtig anzufühlen. Ich spürte seinen Atem auf meiner Haut, als ich einschlief. Das Leben war einfach und entspannt.

Doch war es das heute Nachmittag immer noch? Auf einmal war ich mir nicht mehr sicher. Verstohlen musterte ich Tim, der noch immer neben mir im Bett saß und an seinem Kaffeebecher nippte. Passte es überhaupt mit uns? Und was bedeutete es, dass mir dieser Gedanke durchaus nicht zum ersten Mal durch den Kopf ging, obwohl wir noch nicht lange zusammen waren?

Dabei hatte unser Kennenlernen mich wirklich gerührt. Ich hatte im Black Cat auf Marlene gewartet. Es war mitten in der Woche gewesen, das Black Cat präsentierte sich somit als gemütliche Eckkneipe ohne Partyattitüden.

Genau wie ich hatte auch Tim allein an einem Tisch gesessen. Aus den Augenwinkeln hatte ich ihn ebenso automatisch wie auch beiläufig registriert: Etwa in meinem Alter, dunkelhaarig, schlank, die Klamotten eher altmodisch als stylisch, genau wie der Haarschnitt. Und obwohl sein Blick förmlich auf seinem Handy klebte hatte ich den Eindruck, als würde er gelegentlich verstohlen zu mir herüberschauen. Irgendwann stand er auf und kam an meinen Tisch.

„Entschuldigung, darf ich etwas fragen?"

„Ja?"

„Wartest du auf jemanden?"

„Ja, auf meine Freundin."

„Entschuldigung." Auf einmal wirkte er noch verklemmter als eben noch. „Ich dachte... nun vielleicht..."

„Was denn?"

„Nun, für einen Moment glaubte ich, wir wären miteinander verabredet. Du bist nicht zufällig Pauline?"

„Ja, die bin ich."

„Nun, ich habe mit einer jungen Frau namens Pauline gechattet. In einem Onlineportal im Internet."

„Oh, es gibt hier bestimmt noch andere Paulines. Ich bin jedenfalls nicht diejenige, auf die du wartest."

„Schade." Er lächelte. Vor Eifer hatte er ganz rote Ohren. „Ich wäre gern mit dir verabredet. Darf ich dir zumindest etwas zu trinken ausgeben? Als kleine Entschuldigung für das aufgezwungene Gespräch."

„Natürlich, gern. Aber was wird deine Verabredung sagen, wenn sie sieht, dass ich ihren Platz eingenommen habe?"

„Ach, das werde ich schon regeln. Wenn sie überhaupt noch kommt."

Kurz darauf hatte ich eine Nachricht von Marlene erhalten, die unsere Verabredung wegen Kopfschmerzen absagte. Dann tauchte Ralph im Black Cat auf und ich bemerkte mit diebischer Freude, dass sein Blick sich überrascht weitete, als er mich neben Tim sitzen sah. Dabei hatte ich ihn nur ein paar Tage davor erwischt, wie er eine Blondine anhimmelte. Bevor ich mich wieder Tim zuwandte, gönnte ich Ralph ein kurzes, triumphierendes Lächeln. Das hatte er nun davon.

Tims schmachtenden Blicke und Ralphs abwertender Gesichtsausdruck waren Balsam für meine Seele. Vermutlich hätte ich ohne dieses ganze Drumherum aus Eifersucht und schwärmerischer Anbetung, vermischt mit zu viel Alkohol, Tim gar nicht mit in meine Wohnung genommen.

Später konnte ich mich nicht wirklich und in allen Einzelheiten an den weiteren Verlauf des Abends erinnern. Aber dass es gut gewesen war, wusste ich noch.

„Pauline?" Tims Stimme katapultierte mich zurück in die Gegenwart.

„Ja?"

„Es tut mir leid wegen heute Nacht. Ehrlich. Ich hätte nicht derart idiotisch reagieren sollen. Ich war übermüdet und habe mir Sorgen gemacht."

„Schon gut."

„Nein. Ich merke doch, dass es dich stört, wenn ich so reagiere. Es ist nur so, dass ich dich schrecklich gern mag. Du bist das tollste Mädchen, das ich kenne. Bestimmt haben dir das schon viele Männer gesagt. Aber ich meine es wirklich so."

Ich lächelte und versuchte seinen Worten keine Bedeutung beikommen zu lassen. Doch irgendwie machten seine Schmeicheleien mich verlegen. Er wickelte eine meiner Haarsträhnen um seinen Finger.

„Es ist manchmal schwierig für mich, weißt du. Ich hätte es nie gedacht, aber es kann sehr kompliziert sein, jemanden wie dich als Freundin zu haben. Du bist beliebt. Und begehrt."

„Sei nicht albern, Tim." Auch wenn ich mich auf eine bestimmte eitle Weise geschmeichelt fühlte, wurde es jetzt doch definitiv zu viel. „Mach mich nicht zu etwas, was ich nicht bin."

„Doch das bist du. Ich weiß noch genau, wie dieser Typ aus dem Black Cat dich angesehen hat. Dieser gut aussehende Dunkelhaarige. Es wirkte, als würde er dich mit Blicken ausziehen. War er auch auf der Party?"

„Ich weiß nicht."

„Du willst es mir nur nicht sagen, oder? Das nächste Mal würde ich gern mit dir zusammen ausgehen."

Statt einer Antwort drehte ich mich zur Seite. Und da war es auch schon wieder, dieses Gefühl, das sich so oft einschlich, wenn ich mit Tim zusammen war: Seine Eifersucht, die mir zunächst sogar ganz gut gefallen hatte, nervte mich. Er engte mich ein. Was fand ich an ihm?

Gut, er hatte einen Job und verdiente als Elektriker sicher auch ganz anständig. Er besaß eine Eigentumswohnung, die er mir voller Stolz gezeigt hatte, obwohl wir uns fast immer in meiner Wohnung trafen. Und auch, wenn er meist mit einem Firmenwagen bei mir vorfuhr, besaß er zusätzlich ein eigenes Auto. Bezahlt, nicht finanziert. Dieser Punkt schien ihm immens wichtig zu sein, denn auch hier schwang unüberhörbar dieser besitzergreifende, geradezu anmaßende Unterton mit, der mir nicht gefiel.

„Pauline?" Er gab mir einen Kuss, der leicht verwischt auf meinem Ohr landete. „Oft bin ich wirklich ein Elefant im Porzellanladen und sage immer nur das falsche. Es liegt einfach daran, dass ich mir schrecklich unsicher bin."

„Warum bist du dir unsicher?"

„Weil ich dich wahnsinnig gern habe. Ich würde alles für dich tun."

„Sag so was nicht."

„Es ist aber so. Und ich hoffe sehr, dass du eines Tages genau dasselbe zu mir sagen wirst."

„Tim, ich..."

„Ich weiß, dass du noch nicht soweit bist. Aber mach dir keine Sorgen. Ich kann warten. Ich werde auf dich warten, Pauline."

„Manchmal frage ich mich, ob du zu viele kitschige Filme gesehen hast."

„Wie kannst du so etwas sagen? Liebe ist das höchste Gut. Liebe ist..."

Ich hatte keine Lust mehr auf sein Geschwafel. Aber da wir schon mal so gemütlich in meinem Bett lagen, verspürte ich den Drang nach etwas ganz anderem.

„Liebe ist manchmal ziemlich geil." Ich schmiegte

mich an ihn und begann an seinem Ohr zu lecken. Für einen Moment wirkte er schockiert. Offenbar passte meine Reaktion nicht zu dem behüteten, rosenumrankten Traum, den er gerade heraufbeschworen hatte.

„Pauline, wie kannst du nur..."

„Es ist ganz einfach. Entspann dich."

„Aber... Pauline, ein Mädchen wie dich habe ich noch nie erlebt. Du bist..." Auf einmal wurden seine Küsse hungriger und sein Blick unruhig. „Kannst du noch etwas tun? Für mich? Es gibt da einen Punkt..."

Seine Wangen wurden rot.

Ich begann zu kichern.

„Was denn? Was soll ich für dich tun?"

„Ich kann das doch nicht so einfach sagen. Und ich kann das auch nicht von dir verlangen. Du bist ein anständiges Mädchen."

„Wer will schon ein anständiges Mädchen? Los, sag schon."

„Es ist..." Er beugte sich über mich. Als er weitersprach, klang seine Stimme lauter, als er es offenbar beabsichtigt hatte. „Halterlose Strümpfe."

„Halterlose Strümpfe?" Für einen Moment starrte ich ihn verständnislos an. Ehrlich gesagt hatte ich mehr erwartet. Bei seinem umständlichen Herumgezappel hätte ich zumindest mit Handschellen gerechnet, mit verbundenen Augen oder etwas Ähnlichem. Halterlose Strümpfe – das klang im Gegensatz dazu beinahe bieder.

„Besitzt du halterlose Strümpfe?" Die Erregung ließ seine Augen riesengroß erscheinen, bevor der darin brennende Funke langsam in sich zusammenfiel. „Entschuldige, Pauline. Ich hätte dich nicht fragen sollen. Ein Mädchen wie du... Es tut mir leid. Ich bin wirklich unsensibel. Bitte nimm es mir nicht übel, dass ich dich danach gefragt habe."

Ich stand auf und ging zu meiner Kommode hinüber. Tim blieb auf dem Bett liegen und stütze sich auf seine Ellenbogen.

„Es tut mir wirklich leid, Pauline. Bitte geh jetzt nicht. Bleib bei mir. Ich liebe dich wirklich. Ich will nicht..."

„Meinst du so was?" Ich hatte meine Kommodenschublade geöffnet und zog ein paar halterlose Strümpfe heraus.

„Ich... Aber du kannst doch nicht..."

„Gefallen sie dir?" Ich ging zum Bett zurück. Langsam und genüsslich rollte ich die Strümpfe auseinander und ließ sie vor seinen Augen auf und ab tanzen.

„Aber wieso hast du so etwas?"

„Du hast mich gefragt und ich habe sie. Wo ist das Problem?"

„Pauline, du bist unglaublich. Du bist..."

Jetzt verspürte ich wirklich keine Lust mehr zu reden. Also beugte ich mich statt dessen über Tim und ließ ihn einfach nicht mehr zu Wort kommen.

So einfach war das.

Später machte ich mir Vorwürfe. Fast kam es mir vor, als hätte ich ihn ausgenutzt, noch dazu auf eine ziemlich schamlose Art. Irgendetwas tief in mir verbot mir entrüstet, ihn plump aufzufordern, jetzt nach Hause zu fahren. Dennoch traute ich meinen Ohren kaum, als ich meine eigene Stimme vernahm.

„Bleib doch noch. Jetzt ist es doch ohnehin schon Abend. Du kannst doch genauso gut von hier aus morgen zur Arbeit fahren."

„Meinst du wirklich?" Seine Augen begannen zu

leuchten.

„Natürlich."

Ich lächelte, doch innerlich schüttelte ich den Kopf über mich. Diese muttihafte Art passte nicht zu mir. Fehlte nur noch, dass ich in die Küche stürmte und anbot, Schnittchen für das Abendessen vorzubereiten.

Und so verbrachten wir den Abend aneinandergeschmiegt auf dem Sofa vor dem Fernseher. Das Wetter war umgeschlagen, der sonnige Oktobernachmittag war in einen regnerischen Abend übergegangen und die Regentropfen glänzten an den Fensterscheiben. Wir schauten einen Krimi, tranken billigen, italienischen Rotwein und aßen dazu eine Tiefkühlpizza, genau so, wie vermutlich unzählige andere Pärchen im Land ihren Sonntagabend verbrachten.

Und irgendwie empfand ich die ganze Situation auf eine verquere Art sogar als heimelig.

Ein paar Tage später

Im ersten Moment glaubte ich an einen Scherz. Wie gewöhnlich hatte ich nach der Arbeit, auf dem Weg in meine Wohnung den Briefkasten geleert. Ein Umschlag lag zwischen ein paar Reklamesendungen.

Überrascht drehte ich ihn hin und her. In Zeiten von E-Mails war es selten geworden, dass ein derart förmlicher Umschlag den Weg in meinen Briefkasten fand. Noch dazu wo er weder einen Absender aufwies, noch mein Name darauf stand. Was mochte sich darin befinden?

Ich tappte die Treppe hinauf in meine Wohnung und warf die Ausbeute aus dem Briefkasten wie gewöhnlich auf den Küchentisch. Doch den Umschlag behielt ich in der Hand und drehte ihn unentschlossen zwischen den Fingern hin und her. War er überhaupt für mich? Langsam öffnete ich ihn.

Ein Foto fiel mir entgegen. Es zeigte mich, in einer neckischen Pose, halb seitlich fotografiert, auf alle Viere gestützt. Bekleidet war ich mit halterlosen Strümpfen. Sonst nichts.

Unwillkürlich musste ich lachen. Sicher kam das Bild von Tim. Vermutlich hatte er mich in einem unbeobachteten Moment mit seinem Handy fotografiert und wollte sich auf diese Weise dafür bedanken, dass ich ihm einen seiner Herzenswünsche erfüllt hatte. Ich kramte sogar bereits nach meinem Handy, um Tim anzurufen oder ihm eine Nachricht zuzuschicken. Doch dann bemerkte ich auf einmal ein paar entscheidende Details.

Denn es war nicht mein Körper. So sah ich nicht aus. Mein Busen war anders, meine Schultern, meine Beine, mein Po. Also so ziemlich alles. Außerdem stimmte irgendetwas mit dem Übergang vom Kopf zum Körper nicht. Ich schaute genauer hin. Der Schattenwurf war anders. Und auch die Farbe der Haut von Gesicht und Körper unterschied sich in winzigen Nuancen. Und war es nicht auch seltsam, dass das Foto keinen wirklichen Hintergrund aufwies? Hätte Tim es aufgenommen, dann hätte doch im Hintergrund mein Schlafzimmer zu sehen sein müssen. Doch auf dem Foto gab es nichts dergleichen. Es war einfach nur ein fremder Körper, auf dem mein Kopf saß. Als hätte mich jemand ausgeschnitten.

Und genau das war vermutlich auch passiert. Ich kannte mich mit Bildbearbeitungsprogrammen nicht aus und ich verspürte auch keinerlei Neigung, mich mit derartigen Dingen zu beschäftigen. Aber dass so etwas technisch möglich war, das wusste sogar ich.

Doch wer tat so etwas? War es dieselbe Person, die mich anrief, ohne ihren Namen zu nennen? Noch immer hatte ich Dieter im Verdacht. Hatte er mir das Foto geschickt?

Noch einmal betrachtete ich es. Mittlerweile erschien es mir nicht mehr lustig, sondern eher bedrohlich. Eine geheimnisvolle Macht schien ihm innezuwohnen. Irgendetwas stimmte nicht.

Ich verspürte das dringende Bedürfnis, mit jemanden darüber zu reden. Marlene. Automatisch griff ich nach dem Telefon.

„Hast du Zeit?"

„Im Moment bin ich gerade mit dem Auto unterwegs. Ich fürchte, die Verbindung ist nicht besonders gut. Was gibt es?"

„Das erzähle ich dir, wenn wir uns sehen."

„Du machst es aber spannend. In einer Stunde im Black Cat?"

Fast hätte ich automatisch zugestimmt, doch etwas ließ mich zögern.

„Lass uns lieber ins Café Bettina gehen."

„Du meinst dieses Café neben dem Black Cat?"

„Genau."

„Von mir aus. Darf man fragen, warum du heute nicht ins Black Cat möchtest?"

„Nun, ich..." Was sollte ich sagen. Ich wusste ja selber nicht so genau, aus welchen Gründen ich das Café Bettina vorgeschlagen hatte. Marlenes schlechte Handyverbindung erlöste mich.

„Im Grunde ist es ja auch egal." Ihre Stimme klang nur noch undeutlich und von einem seltsamen Stakkato untermalt an mein Ohr. „Ich fürchte ich bin gleich in einem Funkloch verschwunden. Wie wärs also in einer Stunde im Café Bettina?"

„Okay."

Meine Antwort kam keine Sekunde zu früh. Praktisch in dem Moment, in dem ich das Wort aussprach, brach die Verbindung ab.

Das Café Bettina bildete so etwas wie einen Ersatztreffpunkt für Marlene und mich, für Zeiten, wenn das Black Cat noch nicht geöffnet hatte oder wir einen unbändigen Appetit auf hausgebackene Torten und Kuchen verspürten oder einfach nur einen starken Kaffee trinken wollten. Und genau wie im Black Cat war auch hier das Publikum breit gefächert und bunt gemischt, auch wenn hier – im Gegensatz zum Black Cat – meist die Frauen in der Mehrzahl waren.

Der Einrichtungsstil war größtenteils plüschig. Und auch, wenn es einige überraschend moderne Einschläge gab, in Form von Designerlampen und einer futuristischen Kaffeemaschine, passte das Foto, das ich Marlene verschämt über den Tisch schob, keinesfalls hierher.

„Aber...", sekundenlang wanderte Marlene Blick über das Foto und wurde zunehmend verstörter. „Das ist ja unglaublich. Woher hast du es?"

„Aus meinem Briefkasten."

„Und du weißt nicht, wer es hineingesteckt hat?"

„Nein, ich habe keine Ahnung." Hilfesuchend starrte ich sie an und trank einen Schluck Kaffee, bevor ich fortfuhr. „Zunächst hielt ich es für einen Scherz. Aber mittlerweile ist mir geradezu mulmig zumute, wenn ich das Foto anschaue."

„Das glaube ich dir", tröstend berührte Marlene mich an der Schulter. „Und du hast keine Ahnung, wer hinter der ganzen Sache stecken könnte?"

„Ich weiß nicht. Zunächst glaubte ich, es wäre Tim."

„Tim?" Marlene klang überrascht.

„Nun, wie gesagt, ich hielt das Foto für einen Scherz. Und es hätte gut gepasst."

„Inwiefern?"

„Ein paar Tage zuvor war Tim bei mir. Und er wollte... also er bat mich..."

„Halterlose Strümpfe zu tragen", vollendete Marlene den Satz.

„Genau. Und so war mein erster Gedanke, dass er mir so etwas wie einen neckischen Gruß an unser Treffen schicken wollte. Ein kleiner Hinweis, wie sehr es ihm gefallen hat."

„Wenn du mich fragst, finde ich so etwas eher geschmacklos und peinlich." Marlene räusperte sich und schaute mich pikiert an. Der kokette Hintergedanke, den ich zunächst mit dem Foto in Verbindung gebracht hatte, schien für sie nicht nachvollziehbar.

„Aber ich bin mir nicht sicher, ob ich mit diesem Gedanken richtig liege."

„Hast du Tim gefragt? Hat er es abgestritten?"

„Nein, ich habe nicht mit ihm darüber gesprochen. Denn es gibt da noch etwas anderes. Vielleicht bilde ich mir alles nur ein und es gibt gar keinen Zusammenhang. Aber, es könnte doch sein..."

„Du sprichst in Rätseln, Pauline. Was soll es denn noch geben, neben diesem seltsamen Foto?"

„Da sind noch diese Anrufe."

„Was für Anrufe?"

„Sobald ich das Gespräch annehme, meldet sich niemand. Es passiert zu den absurdesten Uhrzeiten."

„Geht das schon länger so?"

Ich rechnete nach.

„Ein paar Wochen sind es schon."

„Du hast mir nie davon erzählt." Marlene nippte an ihrem Kaffee. Der graue Herbsttag vor den Fenstern hatte sich mittlerweile verabschiedet und der Dunkelheit das Feld überlassen. Selbst hier im Café meinte ich den für den Herbst so typischen Geruch nach feuchtem Laub und Erde wahrzunehmen.

„Ich wollte dich nicht beunruhigen. Irgendwie habe ich die Anrufe immer beiseite geschoben. Vermutlich glaubte ich, die ganze Sache würde von selbst aufhören, wenn ich sie nicht erwähnte. Beinahe so, als würden die

Anrufe dann nicht existieren. Ganz schön kindisch, oder?"

„Wie man es nimmt. Vielleicht handelt es sich einfach nur um eine natürliche Reaktion." Marlenes nachdenklicher Blick streifte mich. „Hast du einen bestimmten Verdacht, was die Anrufe angeht? Oder glaubst du, dass Tim auch dahinter stecken könnte?"

„Bislang ging ich eigentlich eher davon aus, dass das alles Dieters Werk wäre."

„Dieter? Warum sollte er so etwas tun?"

„Er schuldet mir immer noch Geld. Ich habe mich gefragt, ob die Anrufe ein Mittel sind, um mich einzuschüchtern." Unschlüssig zuckte ich mit den Schultern.

„Und könnte Dieter dir auch das Foto geschickt haben?"

„Vermutlich."

„Weiß er von den halterlosen Strümpfen?"

„Ich habe mit ihm zusammengelebt. Natürlich weiß er von den halterlosen Strümpfen. Und er kennt sich mit Computern aus. Er ist sicher in der Lage, so ein Foto zu manipulieren."

Marlene lächelte mitfühlend.

„Sei mir nicht böse, Pauline, aber ein Foto zu manipulieren ist heutzutage wirklich kein Hexenwerk. Jedes Kind kann so etwas. Weiß denn sonst noch jemand von den halterlosen Strümpfen?"

„Keine Ahnung. Aber ist das nicht eine müßige Frage? Jede Frau besitzt doch heutzutage so etwas. Halterlose Strümpfe sind nun wirklich nichts Außergewöhnliches."

„Das stimmt. Von daher sind wir auch schon wieder bei Tim, als Verdächtigem. Denn vom Zeitpunkt her passt der Bezug zu den Strümpfen. Es ist schließlich nur wenige Tage her, dass du sie für ihn getragen hast. Oder hast du jemandem erzählt, dass du und Tim und die halterlosen Strümpfe..."

„Ganz sicher nicht."

„Aber warum sollte Tim so etwas tun? Warum sollte er dir so ein Foto schicken, das dich erschreckt und dich zudem mit albernen Anrufen nerven. So wie du es mir geschildert hast, seid ich doch glücklich zusammen."

„Ja, sicher. Aber..."

„Komm sag schon." Auffordernd sah sie mich an. „Ich wusste, dass es ein Aber gibt."

„Tim ist oft furchtbar eifersüchtig."

„Tatsächlich? Gibt es denn einen Grund für seine Eifersucht?"

„Nein."

„Aber vermutlich spielt das für ihn gar keine Rolle. Wenn er wirklich zu übermäßiger Eifersucht neigt, dann kann dies durchaus grundlos sein. Und vielleicht genügt ihm das Wissen, wie du auf Männer wirkst."

„Ach Unsinn. Das ist Quatsch, Marlene. Und das weißt du auch."

„Du bist hübsch und flirtest gern. Mehr brauchen Männer im allgemeinen nicht."

Ich lächelte unsicher. So wie Marlene es sagte, klang es beinahe abwertend. Offenbar merkte sie es selber, denn sie redete hastig weiter.

„Wie äußert sich denn seine Eifersucht?"

„Als wir beide im Black Cat waren und ich zusammen mit Martin nach Hause gegangen bin, da hat Tim die ganze Nacht vor meiner Wohnungstür auf mich gewartet und mir beim Nachhausekommen eine schreckliche Szene gemacht."

„Wirklich? Mitten in der Nacht?"

„Allerdings. Martin hat sogar noch einmal geklingelt und sich erkundigt, ob alles in Ordnung sei. Ich hatte wirklich Mühe, Tim zu beruhigen."

„Aber es ist dir offenbar gelungen. Mithilfe der halterlosen Strümpfe?"

„Nein, das war erst am nächsten Tag. Die Strümpfe hatten mit seinem Eifersuchtsanfall überhaupt nichts zu tun."

Marlene wirkte nicht so, als sei sie überzeugt von meiner Argumentation.

„Hat Tim denn etwas angedeutet, woraus du schließen könntest, dass er hinter den Vorfällen steckt? Und ist er auf weitere Personen in deiner Nähe eifersüchtig? Gibt es neben Martin noch jemanden, der ihm missfällt?"

„Nun, er hat von Ralph gesprochen." *Dieser gut aussehende Dunkelhaarige. Es wirkte, als würde er dich mit Blicken ausziehen. War er auch auf der Party?* Tims anklagende Stimme hallte in meinen Ohren wieder. Und auf einmal wusste ich auch, warum ich mich mit Marlene nicht im Black Cat hatte treffen wollen. Denn dort waren sie alle oder es bestand zumindest die Möglichkeit, sie dort anzutreffen: Tim. Dieter. Ralph. Vor allem Ralph.

„Er kennt Ralph?"

„Was heißt kennen? Er muss ihn mal gesehen haben, als wir im Black Cat gewesen sind."

„Und hätte er denn einen Grund, um auf Ralph eifersüchtig zu sein?"

„Nein, nicht wirklich." Meine Stimme klang lahm. Von Entschiedenheit oder gar einer eindeutigen, klaren Meinung konnte keine Rede sein.

„Nicht wirklich?" Marlene wiederholte meine Worte.

„Was heißt das genau? Weiß Ralph etwa von den halterlosen Strümpfen?"

„Nun ja..."

Marlene starrte mich für einen Moment verblüfft an.

„Er weiß also davon."

„Ich habe sie manchmal getragen, wenn ich mich mit ihm getroffen habe. Ralph steht auf sowas."

„Nun, damit unterscheidet er sich vermutlich nicht von anderen Männern. Ich habe jedoch nicht gedacht, dass eure Zusammenkünfte einen derart intimen Charakter hatten. Warum hast du es nie erwähnt?"

„Habe ich das nicht?" Ich zuckte bemüht lässig mit den Schultern. Entgegen meiner ansonsten ziemlich offenen – oder wie Marlene es zweifelsohne nennen würde – freizügigen Art, hatte ich mich über Ralphs und meine Treffen entweder komplett ausgeschwiegen oder sie derart beiläufig erwähnt, dass sie auch auf ein unverfängliches Gespräch oder allenfalls einen gemeinsamen Becher Kaffee hätten hinauslaufen können. Warum ich das getan hatte, wusste ich selber nicht recht.

Doch ich konnte nicht verhindern, dass mich plötzlich Erinnerungen ansprangen, ungezähmt, überraschend und von einer ganz eigenen Schönheit, wie ein wildes Tier, das urplötzlich aus dem Dschungel auftaucht, nur um dann ebenso unvermutet wieder zu verschwinden.

Ralphs dunkle Haare. Die perfekten Augenbrauen. Seine Stimme. *Hallo Prinzessin* – das waren seine Worte und er brachte das Kunststück fertig, sie sowohl ironisch wie auch anerkennend und in einigen wenigen Momenten geradezu zärtlich klingen zu lassen. Ich fühlte mich mitgerissen, geradezu unwiederbringlich verloren in einem verwirrenden Durcheinander von Gefühlen und Empfindungen, einer Mischung, die meine Knie weich werden ließ. Ralph war das genaue Gegenteil von Tim, mitsamt seiner übermäßigen Besorgnis und Fürsorge. Aber zweifelsohne hafteten Ralph auch Eigenschaften an, die ich weniger schätzte: seine Unzuverlässigkeit, seine gelegentlich schroffen Zurückweisungen. Im Grunde sollte ich froh darüber sein, dass er aus meinem Leben verschwunden war. Aber war ich das wirklich?

„Nun, wie dem auch sei", ich bemühte mich um eine gewisse Leichtigkeit, als ich weitersprach. „Ralph weiß also auch von den Strümpfen. Aber warum sollte er..."

„Und er weiß wo du wohnst, nicht wahr?", unterbrach Marlene mich.

„Natürlich weiß er es. Wir haben uns bei mir getroffen."

„Wie oft habt ihr euch denn... ähh... getroffen?"

Ihre Frage, verbunden mit dem seltsamen Unterton, gab der ganzen Sache etwas Schmieriges. Sicher, Ralph und ich waren bei unseren Treffen meist, nein, immer im Bett gelandet. Doch es war nichts Schmutziges dabei gewesen, auch wenn Marlenes sezierende Blicke genau das auszusagen schienen.

„Mehrmals." Auf einmal kam unser Gespräch zäh und anstrengend daher. An welchem Punkt war die Stimmung gekippt?

„Hast du dir schon einmal Gedanken darüber gemacht, dass Ralph hinter der ganzen Sache stecken könnte?" Triumphierend sah Marlene mich an.

„Aber das ist doch Unsinn, Marlene. Das weißt du genau. Wenn du es allein an den Strümpfen festmachst, kommen sicher noch andere in Frage."

„Aha? Wer denn noch?"

„Meine Güte, nun tu doch nicht so, als hätte ich dir

Unmengen von Liebhabern unterschlagen. Es gibt noch andere Situationen. Sicher hat Martin meine Strümpfe mal auf der Wäscheleine gesehen. Und Danny..."

„Wer?"

„Danny. Der Typ aus dem Black Cat. Du weißt schon. Er war auch auf der letzten Party."

„Du hast doch nicht etwa mit ihm...?" Sie starrte mich mit einer Mischung aus Fassungslosigkeit und Faszination an.

„Nein, natürlich nicht. Aber er hat meine Kommode in Ordnung gebracht. Wenn er nicht völlig blind gewesen ist, muss er die halterlosen Strümpfe gesehen haben, die fertig zum Einräumen genau neben ihm auf meinem Bett gelegen haben."

„Du kannst doch nicht so einfach deine Strümpfe herumliegen lassen."

„Warum denn nicht? Ich habe mir nichts dabei gedacht. Es war doch schließlich meine Wohnung."

Sie starrte mich an und hatte offenbar Mühe, alles zu begreifen.

„Aber du hast nicht mit ihm...?"

„Nein. Was denkst du von mir?"

„Was ich denke ist völlig unerheblich, Pauline. Es geht doch wohl viel eher darum, was dein geheimnisvoller Stalker über dich denkt."

„Er soll einfach aufhören, mit diesem Unsinn, den er da treibt."

Einen Moment herrschte Ruhe. Doch die Atmosphäre war angespannt. Die auf den Plätzen neben uns dahinplätschernden Kaffeehausgespräche schienen nur davon abzulenken, dass wir uns in einem Augenblick des Atemholens vor dem nächsten Sturm befanden. Und tatsächlich ergriff Marlene erneut das Wort.

„Warum findest du die Idee so abwegig, dass tatsächlich dein angebeteter Ralph hinter der ganzen Sache stecken könnte?"

„Mein angebeteter Ralph?"

„Du müsstest nur mal dein Gesicht sehen, wenn du seinen Namen erwähnst. Deine Augen leuchten geradezu."

„Marlene, du klingst schlimmer als Tim."

„Vielleicht, weil ich recht habe? Und ich warne dich. Denn dein lieber Ralph ist ein ausgesprochen zwiespältiger Charakter. Er betreibt eine Bar, veranstaltet Partys und ehrlich gesagt, habe ich ihn noch nie mit einer festen Freundin, dafür aber mit ständig wechselnden Bekanntschaften, gesehen. Und ich kenne ihn immerhin schon ein wenig länger als du. Im Grunde ist es peinlich, dass du dich überhaupt mit ihm eingelassen hast."

„Aber warum sollte Ralph mir so ein Foto schicken? Und mich anrufen, nur um dann nichts zu sagen?"

„Er wird schon seine Gründe dafür haben. Vergiss nicht, er gilt als unzuverlässig und chaotisch. Er kennt hunderte von Mädchen. Auch näher, wenn du verstehst, was ich meine."

„Das sind doch alles alberne, haltlose Gerüchte. Außerdem ist es doch unlogisch, dass er..."

„Ich würde hier nicht der Logik vertrauen. Ich wollte es dir eigentlich nicht sagen, aber Ralph hat eine ausgesprochen dubiose Vergangenheit."

„Was meinst du damit?"

Gleichermaßen abwehrend wie auch schützend hielt sie die Hände vor ihren Körper.

„Keine Details, Pauline. Aber Ralph hat keinesfalls eine blütenreine Vergangenheit. Mein Vater weiß natürlich Bescheid und kennt die ganze Geschichte. Aber er wird nichts verraten."

„Und weil dein Vater ein wirklich guter Mensch ist, hat er beschlossen, Ralph eine Chance zu geben?" Meine Stimme troff vor Ironie. Sogar Ralph, der seine ironischen Bemerkungen oft wie ein Schutzschild vor sich hertrug, hätte ich mit meiner Frage Konkurrenz machen können.

„Nun, wie du weißt ist mein Vater als Besitzer diverser Liegenschaften natürlich sehr daran interessiert zu erfahren, an wen er eigentlich vermietet und wer die Gewerbeimmobilien betreibt. Wenn man als Vermieter einen Fehler begeht und sich den falschen Mieter oder Pächter ins Haus holt, dann kann das schnell einen großen Schaden nach sich ziehen. Daher informiert mein Vater sich vor einem Geschäftsabschluss immer ausführlich."

„Marlene, bitte fang nicht wieder mit deinem supertollen Vater an."

„Ich will dich ja nur warnen, Pauline. Ich meine es gut mit dir. Warum willst du nicht auf mich hören?"

„Du lieber Himmel, so geheimnisvoll wie du dich ausdrückst, könnte man meinen, Ralph hätte einen Mord begangen."

„Das ist vielleicht gar nicht so weit hergeholt."

„Marlene, was soll das?"

„Nun, es gibt da einige dunkle Flecken in seiner Vergangenheit. Ich würde dir raten, künftig die Finger von ihm zu lassen."

„Ich habe noch nie viel auf Gerüchte gegeben. Außerdem halte ich dergleichen im Fall von Ralph ohnehin für Unsinn."

„Und warum sollte das alles Unsinn sein?"

„Er sieht gut aus. Er hat schöne, gepflegte Hände

und dazu diese perfekten Augenbrauen. Er..."

„Aber das sind Äußerlichkeiten, Pauline. Du willst mir nicht ernsthaft erklären, dass man einem Menschen seine Vergangenheit oder gar seine Gesinnung ansehen kann."

„Ralph verfügt zudem über gute Manieren. Er liest Bücher, sogar im Black Cat, wenn mal nichts zu tun ist. Er ist gebildet. Ich habe gehört, wie er sich im Black Cat mit englischen Touristen unterhalten hat. Sie haben zusammen gelacht. Er musste nach keiner einzigen Vokabel suchen. Das war kein Schulenglisch. Er kannte Redewendungen, die ich noch nie gehört habe. Er kann sogar spanisch."

„Nun, ich bin sicher in französisch ist er auch nicht schlecht. Dein süßes, kleines Allroundtalent hat doch auch diesbezüglich bestimmt eine Menge zu bieten, nicht wahr?"

Marlene lächelte süffisant. Sprachlos erwiderte ich ihren Blick, während sie erneut das Wort ergriff.

„Warum weigerst du dich einzusehen, dass er hinter der ganzen Sache steckt? Vermutlich, weil du es einfach nicht wahrhaben willst. Wegen ein paar in wildem Rausch verbrachten Treffen bist du bereit, jegliche Bedenken beiseite zu schieben. Dabei ist das alles Vergangenheit. Warum glaubst du, ihn schützen zu müssen? Du hast doch längst einen neuen Freund. Und genau wie du ist Ralph ebenfalls kein Kind von Traurigkeit und wird sich mittlerweile anderweitig prächtig amüsieren. Nimm endlich deine rosarote Brille ab, Pauline. Denn im Grunde weißt du doch genau, dass er hinter allem stecken muss. Gib es endlich zu."

Wochenende

„Prinzessin."

Seine Stimme wies genau den Unterton auf, der mir unvergesslich geblieben war. Und dort wo sich sonst Tim in Jeans, Turnschuhen und seinem artigen Haarschnitt in Hab-Acht-Stellung vor der Tür aufbaute, lehnte Ralph bekleidet mit einer schwarzen Hose und einem bordeauxroten Hemd eher lässig im Türrahmen.

Er war tatsächlich hier. Ich konnte es kaum glauben.

„Komm doch rein." Ich öffnete die Tür einladend weit. Er betrat den Flur, blieb dann jedoch unentschlossen stehen. Und auch ich ertappte mich bei einem leichten Zögern. Ehrlich gesagt, wusste ich nicht recht weiter. Hatten wir uns bislang getroffen, waren wir meist bereits im Flur übereinander hergefallen. Ich hatte ihn in den unterschiedlichsten Aufmachungen empfangen, niemals jedoch völlig normal angezogen, wie heute. Sonst war es oft nur ein Slip gewesen und die mittlerweile zu einer Art traurigen Berühmtheit mutierten schwarzen, halterlosen Strümpfe. Jetzt, wo wir uns komplett bekleidet gegenüberstanden, kam es mir absurderweise so vor, als würde etwas fehlen.

„Möchtest du einen Kaffee?"

Meine Frage klang, als würde ich einen Versicherungsvertreter empfangen. Doch Ralph nickte nach einem kurzen Zögern und folgte mir in die Küche.

„Was gibt es, Süße? Weswegen hast du mir eine

Nachricht geschickt?"

„Ich... ich wollte dich einfach mal wieder sehen."

Das klang völlig bescheuert. Leider fiel es mir erst auf, nachdem ich diese Worte ausgesprochen hatte. Zudem wurde mir spätestens in diesem Moment klar, dass ich keine Ahnung hatte, wie ich weiter vorgehen wollte.

Marlenes Verdächtigungen und ihre wütende Reaktion gegenüber Ralph hatten mich verwirrt, genau wie ihre geheimnisvollen Hinweise auf seine Vergangenheit. Mehr als einmal hatte ich in den letzten Tagen darüber nachgedacht. Hatte sie am Ende Recht? Ungewöhnlich tatkräftig hatte ich beschlossen, der ganzen Sache auf den Grund zu gehen. Und was bot sich da Besseres an, als eine Zusammenkunft mit Marlenes Hauptverdächtigem? Kurzentschlossen hatte ich Ralph eine Nachricht zukommen lassen und ihn um ein kurzes Treffen gebeten. Tatsächlich saß er jetzt vor mir. Nur auf welche Weise ich herausfinden wollte, ob er hinter den Anrufen und dem Foto steckte, hatte ich mir nicht überlegt.

„Du wolltest mich wiedersehen?" Die Ironie in seiner Stimme war unüberhörbar.

„Ja, ich..." Hastig drehte ich mich zur Kaffeemaschine um. Den Kaffee hatte ich bereits gekocht. Das lag weniger daran, dass ich urplötzlich zu einer perfekten Gastgeberin mutierte, sondern hatte eher damit zu tun, dass ich vor unserem Treffen aufgeregt war und mich hatte ablenken müssen. „Es war nur so eine Idee."

„Aha."

Ich füllte den Kaffee in zwei Becher und setzte mich ihm gegenüber an den Küchentisch. Meine Küche war klein, sie bot gerade Platz für eine Küchenzeile und einen winzigen Tisch mit zwei Stühlen. Mehr als einmal hatte ich diese Enge verflucht. Doch heute kam sie mir sehr entgegen. Beim Hinsetzen spürte ich den sanften Druck von Ralphs Bein an meinem Knie. Unwillkürlich schlug mein Herz schneller. Hatte er sein Bein mit Absicht gegen meines geschoben? Oder war ich es gewesen, die ihn zuerst berührt hatte? Unmöglich konnte ich ihn in dieser Situation nach seiner Vergangenheit befragen oder nach einem manipulierten Foto. Ich versuchte es dennoch.

„Ralph, ich habe gehört, dass du in der Vergangenheit gewisse... nun ja, Schwierigkeiten hattest."

„Hatten wir die nicht alle?"

„Ja, vielleicht. Aber..."

„Hör mal Süße, hat dein eifersüchtiger Hitzkopf dich vorgeschickt?"

„Wen meinst du?" Natürlich wusste ich genau, wen er meinte. Doch ich wollte es von ihm hören.

„Dieser dunkelhaarige Mamas-Liebling-Typ. Weiß er überhaupt, dass wir uns treffen? Dass du mich einfach mal wiedersehen wolltest?"

„Nun, ich habe es ihm nicht gesagt."

„Wäre es ihm recht, wenn er uns jetzt in deiner Küche zusammen sehen würde?" Seine Stimme klang ein wenig rau. Seine Beine streiften meine Oberschenkel. Es war eine Berührung, die mit ein wenig guten Willen als nicht absichtlich durchgehen könnte, doch ich wusste, dass es nicht der Fall war. Und es gefiel mir.

„Was soll diese Frage? Außerdem geht es dich nichts an." Ich versuchte, alle Kraft in meine Stimme zu legen, doch es war nur ein unbestimmtes Röcheln, das dabei herauskam. Dabei fühlte ich mich seltsamerweise wohler, wenn er mich direkt fragte, als wenn er mich umschlich wie ein schwarzer Kater den Dessertteller. Und auch wenn Ralph seine Bar stets nur als den Laden bezeichnete, passte der Begriff Black Cat auf einmal zu seinem Inhaber, als hätte er diesen Namen erfunden und nicht nur übernommen.

„Aber du hast etwas mit ihm angefangen, oder?"

„Und wenn es so wäre?"

Er lachte und streckte sich. Und obwohl sein Lachen unecht klang, schoben unsere Beine sich erneut aneinander.

„Wärst du dann eifersüchtig?" Ich stellte die Frage, bevor ich mir über die Bedeutung der Worte wirklich im klaren war.

„Sollte ich?"

„Mir würde es gefallen."

„Natürlich würde es dir gefallen, Prinzessin." Er schob seine Beine auf die andere Seite und unser kurzer Körperkontakt war dahin. Schade. „Frauen wie dir gefällt so etwas. Dabei solltest du Mitleid mit dem armen Kerl haben, den du dir da gegriffen hast."

„Aus welchem Grund sollte ich Mitleid mit ihm haben?"

„Weil er dir nicht gewachsen ist."

„Das klingt abscheulich." Ich rührte meinen Kaffee um und hob dann meinen Blick in Ralphs Richtung. „Und du glaubst, du seist mir gewachsen?"

„Das habe ich nicht gesagt, Prinzessin. Aber für deinen kleinen Freund muss es einen wunderbaren Triumph darstellen, dass er dich bekommen hat, nachdem er dir eine halbe Ewigkeit geifernd hinterhergestarrt hat. Er wird seinen Sieg genießen."

Eine halbe Ewigkeit? Ralph musste da irgendwas verwechseln. Doch ich schob diesen Gedanken erst einmal beiseite und begab mich auf eine andere Spur.

„Aber du bist trotz allem zu mir gekommen. Trotz

Tim."

„Selbstverständlich. Schlägt man die Einladung einer Prinzessin aus?"

Seine Stimme troff vor Ironie. Meinte er es ernst? Ich wusste nie, woran ich bei ihm war. Und ich erkannte, dass genau diese Art einer der Gründe war, warum ich mich magisch zu ihm hingezogen fühlte. Die Anrufe, das Foto, das ewige Gefühl beobachtet zu werden, spielten auf einmal keine Rolle mehr. Es gab wichtigere Dinge in meinem Leben. Ich schob meine Beine unter dem Tisch in Ralphs Richtung und noch bevor ich mir ein weiteres Vorgehen überlegen konnte, schlossen seine Beine sich um meine.

„Ich hab dich, Prinzessin."

„Ich weiß." Mein Herz schlug heftiger.

„Und es gefällt dir?"

„Warum sollte es?" Mein Versuch mich abgeklärt zu geben war lächerlich. Meine Stimme stand in krassem Gegensatz zu meiner eher widerborstigen Wortwahl. Ich sah ihn an. Seine Augen, dunkel und glänzend und darüber diese perfekten Augenbrauen. Du lieber Himmel. Auf was hatte ich mich nur eingelassen?

„Komm her, Süße."

Der Tisch zwischen uns hatte sich unversehens zu einem sperrigen, hochkomplizierten Möbelstück entwickelt. Gleichzeitig sprangen wir auf. Er schob mich auf den Küchentisch, wobei ich ihm mehr als willig entgegenkam.

„Wo ist Mamas Liebling?"

„Er besucht heute einen Kurs. Irgendeine Fortbildung."

„Am Samstag? Wie ausgesprochen pflichteifrig von ihm."

„Es dauert noch den ganzen Nachmittag." Ich zerrte an den Knöpfen meiner Bluse, die mich auf einmal so sperrig umschloss, als sei sie eine Ritterrüstung. Ein Knopf sprang ab und rollte unter den Tisch.

„Guter Junge." Ralph strich meine Bluse beiseite.

„Aber du hast Zeit? Jetzt?" Es war peinlich, aber meine Stimme klang ziemlich heiser. Und ziemlich fordernd.

Ralph lächelte. Diesmal war es ein echtes Lächeln.

„Nachher muss ich noch in den Laden. Es gibt noch ein paar Dinge vorzubereiten für die Party heute Abend. Aber jetzt habe ich Zeit." Der Hauch seines Atems streifte meine Haare, während er am Reißverschluss seiner Hose herumfummelte.

„Ich auch." Diesmal erwiderte ich sein Lächeln.

„Das trifft sich gut." Wir küssten uns auf eine nicht wirklich zahme Art und Weise. „Und ich lechze nach ein wenig Entspannung, bevor ich mir die Nacht um die Ohren schlagen muss."

Irgendwie schafften wir es später in mein Schlafzimmer, wobei unsere Klamotten eine Spur quer durch die Wohnung zogen. Was für ein Unterschied zu Tim, der seine Kleidung gern sorgfältig zusammenfaltete oder sogar auf einen Bügel hängte, bevor wir im Bett landeten. Und genau dort machten Ralph und ich praktisch nahtlos mit den Dingen weiter, die wir in der Küche angefangen hatten, bis wir irgendwann in einem selbstzufriedenen Halbschlaf eng aneinander geschmiegt, dahindämmerten.

Mein Gespräch mit Marlene fiel mir ein, die an mich selbst gerichtete Frage, warum ich ihr nie etwas Genaueres über Ralphs und mein Verhältnis berichtet hatte. Die Antwort stellte sich mir jetzt: Weil es zu schön war. Zu intim. Zu echt. Ich hatte einfach keine Lust, diesen Eindruck durch lästerliche Reden mit Marlene dem Alltag preiszugeben.

„Prinzessin", er reckte sich. Vor den Fenster zeigte sich bereits die Herbstdämmerung. „Es tut mir leid, aber ich glaube, ich muss gehen."

Bleib. Das Wort lag mir auf der Zunge. Doch ich traute mich nicht, es auszusprechen. Genauso wenig wie die Frage, wann er wiederkommen würde. Was mochte er darauf antworten? Würde er mich auslachen? Würde er mich mit einem vor Ironie triefenden Unterton darauf aufmerksam machen, dass es mit meinem Freund wohl nicht so besonders gut laufen würde, wenn ich ihn geradezu anbettelte, vorbeizukommen? Und bei dem vagen Gedanken an Tim fiel mir tatsächlich auf einmal etwas ein.

„Ralph?"

„Prinzessin?" Er drehte sich um. Immerhin hatte er es mittlerweile geschafft, seine Hose überzustreifen.

„Was meintest du eigentlich vorhin damit, dass Mamas Liebling mir Ewigkeiten geifernd hinterher gestarrt hätte?"

Einen Moment stutzte er. Offenbar hatte er etwas anderes erwartet.

„Ich meinte damit genau das, was ich sagte. Er hat dir monatelang hinterher gegeifert."

„Aber ich habe ihn doch im Black Cat getroffen."

„Genau dort hat er dir doch hinterher gegeifert."

„Aber ich habe ihn dort nur einmal gesehen. An dem Abend, als..."

„... als du mit ihm zusammen gegangen bist?" Er zog seine perfekten Augenbrauen in die Höhe. Es gefiel mir, wie er mich anschaute.

„Genau." Ich schmiegte mich tiefer in meine so herrlich nach Ralph duftende Bettwäsche.

„Aber er war doch vorher schon ein paarmal da. Du musst ihn doch bemerkt haben. Er hat dich ja kaum aus den Augen gelassen."

„Wirklich?"

„Ja." Ralph nickte bekräftigend und kam dann noch einmal zum Bett zurück. „Und jetzt sei artig. So schlimme Dinge wie mit mir solltest du nie mit Mamas Liebling machen. Ich denke nicht, dass er es verträgt. Und sag ihm keinesfalls derart schmutzige Dinge, wie du es vorhin mir gegenüber getan hast."

„Nein." Irgendwie verunsichert betrachtete ich ihn. Tims ewiges Gerede von großer Liebe schoss mir durch den Kopf. War es nicht genau das, wovon alle Frauen träumen? Warum zog es mich dann ausgerechnet zu dem unzuverlässigen Ralph hin. War er der Stalker? Tatsächlich hatte ich den eigentlichen Grund seines Kommens komplett aus den Augen verloren.

Ich schaute ihm zu, wie er sein Hemd anzog. Sein perfekter Rücken, in den sich vorhin meine Fingernägel gekrallt hatten, verschwand unter dem bordeauxroten Stoff seines Hemdes. Rot wie die Sünde. Am liebsten hätte ich es ihm auf der Stelle wieder vom Leib gerissen.

„Da bin ich." Vor meiner Wohnungstür, genau dort, wo noch vor wenigen Stunden Ralph ebenso stilvoll wie verwegen an der Wand gelehnt hatte, stand Tim. Kam es mir nur so vor oder waren seine Haare heute ganz besonders artig gescheitelt? Seine Jeans war einfach nur eine Hose, ohne besonderen Reiz. Und seine Turnschuhe nervten mich heute ganz besonders.

„Wann wollen wir los?"

„Wohin?" Verblüfft starte ich ihn an.

„Wir wollten ins Black Cat. Du hast versprochen, dass wir zusammen zur nächsten Party gehen. Und die findet heute statt."

„Wirklich?"

„Ja. Ich habe extra nachgeschaut und Karten besorgt. Ich dachte, du wüsstest es. Ich weiß doch wie gern du ausgehst."

Erwartungsvoll musterte er mich. Ich trug einen langen Pullover, Leggings und dicke Socken. In dieser Aufmachung hatte ich auf meinem Bett gelegen und Musik gehört, völlig versunken darin, mir jede Berührung und jedes Wort von Ralph noch einmal durch den Kopf gehen zu lassen. Erst Tims Läuten an der Tür hatte mich in die Realität zurück befördert.

„Du möchtest also heute Abend gern ins Black Cat gehen?"

„Wir können natürlich auch hier bleiben, wenn du es willst." Erneut streifte sein Blick mein definitiv nicht partytaugliches Outfit, bevor er mit leiser Stimme fortfuhr. „Um ehrlich zu sein, fände ich das sogar noch schöner. Ich bin gern mit dir allein, Pauline, das weißt du."

Ich wand mich aus seiner Umarmung. Die Vision eines erneuten gemeinschaftlichen Abends mit Tim auf dem Sofa stieg in mir auf. Klebrig aneinandergekuschelt würde er mir versichern, was für ein großartiger Mensch ich sei, eine Vorstellung, in der ich mich nicht wiederfand und bei der ich mich zunehmend unbehaglicher fühlte.

Zudem beunruhigten mich die Dinge, die Ralph mir

vorhin über Tim erzählt hatte. Ursprünglich hatte ich an diesem Nachmittag herausfinden wollen, ob Ralph der Stalker war. Jetzt, am Abend, schien es, als wäre Tim die weitaus verdächtigere Person.

„Wollen wir hier bleiben? Wir könnten uns etwas zu essen bestellen, ein wenig fernsehen und dann...“

Nein. Die Vorstellung, mit ihm alleine in meiner Wohnung zu sein, gefiel mir ganz und gar nicht. Und der Gedanke an seine gleichförmigen Küsse, seine fragenden Blicke, mit denen er sich immer zu versichern schien, dass es richtig war, was er tat, rief tief in mir ein Gefühl der Beklemmung hervor. Wir passten nicht zusammen und das aus weitaus mehr Gründen, als es allein meine immer noch so verführerisch nach Ralph duftende Bettwäsche vermittelte. Aber brachte ich den Mut auf, ihm genau das jetzt zu sagen?

„Tim, vielleicht sollten wir generell mal etwas klären. Es gibt da etwas, das ich gern mit dir besprechen würde.“

„Was denn?“ Sein Blick flackerte. Ahnte er etwas?

„Nun, ich finde nicht, dass wir wirklich gut zusammen passen. Ich finde wir sollten...“

...uns trennen. Ich kam nicht dazu, diese abschließenden Worte auszusprechen, denn Tim fuhr dazwischen.

„Pauline, lass uns später darüber reden. Jetzt gehen wir erst mal feiern. Komm.“ Der Schwung in seiner Stimme wirkte unecht und aufgesetzt. Dennoch wurde mir auf einmal seltsam zumute. *Er hat dir monatelang hinterher gegeifert.* Ralphs Stimme hallte in meinem Kopf wider. Stimmte es wirklich oder wollte Ralph mich einfach nur schockieren? Aber warum sollte er das tun?

„Tim, es gibt da etwas...“

„Du kommst doch mit, oder? Du liebst doch die Partys im Black Cat. Lass uns zusammen dort hingehen. Es wird dir Spaß bringen, Pauline. Es wird dich ablenken. Du bist doch gern im Black Cat, oder?"

„Ja, ich..."

„Ich wusste es." Ein erleichtertes Lächeln durchbrach seine eben noch so verkrampften Gesichtszüge. „Mach dich rasch fertig, dann können wir los."

„Aber es gibt da ein paar Dinge, die ich gern klären würde, Tim."

Er starrte mich an. Erneut flackerte sein Blick und seine Gesichtszüge verkrampften sich. Auf einmal tat er mir leid.

„Es hat keinen Sinn mit uns, Tim. Du wirst es doch auch schon gemerkt haben. Wir sind viel zu verschieden."

„Aber das kann doch sehr interessant sein." Er klang, als müsse er sich die Worte mühsam zusammensuchen. „Wir ergänzen uns. Du bist wunderschön, du kommst leicht mit den Menschen ins Gespräch, du verbreitest gute Laune, du lachst, alle mögen dich. Ich dagegen..."

„Du bist zuverlässig." Hastig versuchte ich die hässliche Fratze des Stalkers in meinem Kopf beiseite zu schieben. Er konnte es nicht sein. Durfte es nicht sein. Oder war er es doch?

„Ich bin langweilig", frustriert starrte er mich an.

„Das habe ich nicht gesagt. Und das bist du auch nicht. Aber ich bin mir sicher, dass jemand anderes deine Zuverlässigkeit sehr viel mehr zu schätzen weiß als ich. Und in deiner Art, mich zu beschreiben, finde ich mich nicht wieder."

„Aber du bist genau so, wie ich dich beschrieben habe. Du bist wunderschön und dabei überhaupt nicht arrogant oder von oben herab. Im Gegenteil, du bist lustig und gutgelaunt und..."

„Ich bin nicht wunderschön, Tim. Das denkst du nur. Wunderschön ist ein Ausdruck für Frauen, die ihr Leben trotz Schicksalsschlägen im Griff und ihren Weg gefunden haben. Das alles hat nichts mit Oberflächlichkeit, mit dem Alter oder schlicht mit guter Laune zu tun, sondern mit innerer Ausstrahlung, Ruhe und Würde. Mir hat man gelegentlich versichert, ich sei hübsch. Aber das ist ganz sicher etwas vollkommen anderes."

„Findest du? Aber für mich bist du wunderschön. Du hast dein Leben im Griff. Du..."

„Ich kann dir versichern, dass ich mein Leben keinesfalls im Griff habe. Ehrlich gesagt..." Ich holte tief Luft. So aufrichtig hatten wir noch nie miteinander gesprochen. „... bin ich sogar eine ziemliche Schlampe. Ich habe ..."

„Sag es mir nicht, Pauline." Hastig fiel er mir ins Wort und packte dabei instinktiv meinen Oberarm. „Bitte sag es nicht. Ich will es nicht wissen."

„Aber du solltest wissen, was ich getan habe. Es ist nicht gerade nett gewesen."

„Ich will es nicht wissen", wiederholte er. Seine Stimme klang diesmal lauter und wütender, der Griff um meinen Arm wurde fester. „Behalte es für dich. Ich will es nicht wissen."

„Aber ich kann doch nicht mit dir zusammen sein, wenn ich..."

„Aber ich liebe dich." Beinahe erschrocken starrte er mich an. „Ich will mit dir zusammen sein. Nur mit dir. Bitte, gib mir noch eine Chance. Ich werde mich ändern."

Er stand direkt vor mir und starrte mich an. Seine

Stimmlage schwankte irgendwo zwischen Panik und Irrsinn. Ein tiefes Unbehagen kroch in mir empor. Es kann nicht funktionieren, flüsterte etwas tief in mir.

„Bitte. Ich liebe dich, Pauline. Lass uns heute zusammen ausgehen – oder was immer du willst. Du wirst sehen, ich kann mich ändern. Ich werde zu dem Mann, der dich verdient hat. Ich habe einen Job. Eine Wohnung. Ich bin der richtige für dich."

Er war es nicht. Und ich wusste es. Dennoch ertappte ich mich dabei, wie ich langsam, beinahe widerstrebend nickte und dabei erleichtert registrierte, wie sein Griff um meinen Arm sich lockerte.

Eigentlich hätte ich ihn auf das Foto ansprechen müssen, auf die seltsamen Anrufe, darauf, dass ich mich oft auf eine irritierende Weise beobachtet fühlte. Und auch die Dinge, von denen Ralph berichtet hatte, hätte ich erwähnen müssen. Doch in diesem Moment war ich einfach nur froh, dass Tim sich beruhigte und mein Oberarm nicht mehr wie unter einer Schraubzwinge in seinem Griff lag. Für weitere Fragen fehlte mir in diesem Augenblick die Kraft. Und vielleicht auch der Mut.

Die Party

Alkohol ist auch keine Lösung. Doch als der alte Spruch verschlungen durch meinen Kopf geisterte, war es ohnehin schon zu spät und ich hatte längst begonnen, die Welt durch einen verzerrten Spiegel zu sehen.

Sobald ich das Black Cat betreten hatte, tanzte, lachte und flirtete ich, als gäbe es kein Morgen. Die Musik war perfekt und ganz nach meinem Geschmack und falls sie doch einmal eine Winzigkeit von meinen Lieblingsliedern abwich, genügte ein mahnender Blick in Richtung des DJ, der dann lachend ein Lied heraussuchte, von dem er wusste, dass ich es liebte. Tim, der zu den Typen gehörte, die keinen Fuß auf die Tanzfläche setzten, versuchte gelegentlich mit mir mitzuhalten, doch meist blieb ich bei meiner bevorzugten Tanzpartnerin Marlene, wobei wir wie immer auf der Tanzfläche kurze stakkatoartige Bemerkungen austauschten.

„Deinen Tim hatte ich mir ganz anders vorgestellt", raunte sie mir zu, als wir beide schon etwas zu viel getrunken hatten. „Er wirkt so brav."

Ich kicherte und tanzte näher an Marlene heran.

„Ehrlich gesagt, glaube ich auch nicht daran, dass er noch lange mein Tim ist."

Wir lachten beide und auf einmal war es wieder da, dieses Gefühl, jemanden um mich zu haben, dem ich immer und unter allen Umständen mein Herz ausschütten konnte, jemanden, der mich verstand, ohne dass ich alles mit umständlichen Erklärungen belegen musste.

Martin prostete mir von der Bar her mit seinem Bier zu und ich winkte fröhlich zurück. Der immer gutgelaunte Danny gesellte sich zu mir, wir lachten und tranken zusammen. In Tims Augen sah ich die Eifersucht erwachen, doch er hielt sich zurück und lächelte, wenn auch etwas verkrampft. Erst als ihm Dannys und meine Zweisamkeit offenbar wirklich zu viel wurde, kam er zu uns hinüber und legte besitzergreifend einen Arm um mich.

„Amüsierst du dich, Süße?"

„Ja, sicher." Halbherzig pflückte ich seinen Arm von meiner Schulter. „Aber jetzt möchte ich tanzen."

Ich stürzte mich ins Getümmel. Mein Blick streifte unruhig durch das Black Cat.

„Weiß du, wo Ralph ist?", fragte ich Marlene.

„Keine Ahnung. Vorhin war er da, aber inzwischen ist er offenbar verschwunden. Was wolltest du von ihm?" Kam es mir nur so vor oder wurde ihr Blick auf einmal aufmerksamer?

„Nichts. Ich frage mich nur, ob er heute Abend hier ist."

„Vielleicht hatte er noch etwas anderes vor und ist deswegen früher gegangen." Marlene zuckte mit den Schultern.

Ich trank noch einen großen Schluck Wein und fragte einen von Ralphs Aushilfskräften. Doch er konnte mir nicht weiterhelfen und zuckte lediglich bedauernd mit den Schultern.

Warum wollte ich Ralph sehen? Die Frage tauchte kurz, dafür aber umso prägnanter in mir auf, bevor sie in dem Meer aus Rotwein, auf dem ich mittlerweile schwamm, unterging. Und dort lauerte sie, in den Tiefen meiner Seele und wartete auf eine Antwort, die ich mir nicht zu geben traute. Statt dessen wandte ich mich einem unbekannten Mann zu, der auf einmal vor mir stand.

„Gerrit", stellte er sich vor und bereits ein paar Sätze später erkundigte er sich nach meiner Telefonnummer.

„Keine Chance." Für einen Moment funktionierte mein klares Denken. Ein aufdringlicher Verehrer war ganz sicher das Letzte, was ich brauchte. „Außerdem bin ich mit meinem Freund hier."

„Oh sorry." Gerrit zog die Schultern in die Höhe. Neben mir nippte Marlene an ihrem Wein, während Tim langsam auf mich zugeschlendert kam und neuerlich die Arme um mich legte.

„Du bist so ausgelassen heute, Pauline. Genau das mag ich an dir. Du bist so echt. So lebendig."

„Ich bin betrunken."

„Das vielleicht auch." Er lächelte mit einer Mischung aus Nachgiebigkeit und Überlegenheit. „Was wollte der Mann eben von dir?"

„Er wollte mich heiraten."

Tim starrte mich entsetzt an, doch als ich hysterisch zu kichern begann, schien ihm zu dämmern, dass ich einen Witz gemacht hatte. Umständlich zog er mich näher an sich heran und küsste mich.

„Ich liebe dich, Pauline. Und ich freue mich, dass jetzt alles wieder gut ist. Denn unser kleiner Streit vorhin war doch im Grunde ohne Bedeutung. Und darum würde ich dich gern etwas fragen." Er legte seinen Mund an mein Ohr, damit ich ihn im Lärm des Black Cat besser verstehen konnte.

„Was denn?"

„Ich würde dich gern meiner Mutter vorstellen. Was hältst du davon?" Verzückt schaute er mich an, während sich in meiner Kehle unaufhaltsam eine weitere Lachsalve ausbreitete. Tims feierliche Wortwahl kam mir maßlos übertrieben vor, beinahe so, als sei seine Mutter ein gekröntes Haupt des Hochadels. Tim dagegen schien mein Lachen als Zustimmung zu werten, denn er brachte sofort einen weiteren Vorschlag zur Sprache.

„Und hättest du nicht außerdem Lust mich zu einer Weihnachtsfeier zu begleiten? Die Firma, in der ich arbeite, veranstaltet eine. Meine Kollegen würden dich bestimmt gern kennenlernen. Was meinst du dazu? Das wäre doch großartig, nicht wahr?"

Es wäre schrecklich und ich wusste jetzt schon, dass ich weder mit ihm zusammen seine Mutter besuchen noch auf die Weihnachtsfeier gehen würde. Doch dies war weder der rechte Ort noch die rechte Zeit für ein derartiges Eingeständnis. Statt dessen trank ich mein Glas mit einem Zug leer und stürzte mich wieder in den Sog aus Musik und Rhythmus, mitten hinein in eine wilde, wirre Party, von der ich hoffte, dass sie nie enden würde.

Tim schaute mir hingebungsvoll und voller Besitzerstolz nach.

Doch irgendwann taumelte auch diese Nacht ihrem Ende entgegen. Die Deckenbeleuchtung wurde angeknipst und das grelle Licht vertrieb den Zauber der Dunkelheit. Das Black Cat wirkte plötzlich genauso abgehalftert wie seine Gäste. Das Make-up war verschmiert, die Haare lagen nicht mehr verwegen, sondern gar nicht, Schweiß- und Getränkeflecken auf der Kleidung wurden sichtbar. Ich fühlte mich ernüchtert und müde und statt guter Laune und einer fröhlichen Stimmung zogen Kopfschmerzen in mir auf.

„Ich glaube, wir sollten gehen", schlug Tim vor und zog mich an sich.

Er hatte recht und doch wurde mir erst in diesem Moment blitzartig klar, dass ich ihn weder mit nach Hause nehmen konnte, noch es wollte. Unmöglich, mit ihm in ein Bett zu sinken, in dem ich mich nur wenige Stunden zuvor mit Ralph gewälzt hatte. Das war eine Situation, die sogar mir zu viel wurde. Aber wie sollte ich Tim das klarmachen?

„Ich würde lieber..."

„Ja?"

„Also, wenn es dir nichts ausmacht, würde ich heute lieber allein sein." Tapfer lächelte ich ihn an. Doch sogar der verliebte Tim musste neben meinem bröckelnden Lippenstift den unsicheren Ausdruck in meinen Augen bemerken.

„Aber ich dachte, wir gehen zu dir."

„Ich... ich fühle mich nicht so gut. Ich glaube, es ist besser, wenn ich..."

„Es geht dir nicht gut? Hast du Schmerzen?"

„Nein, nicht wirklich. Vermutlich habe ich schlicht zu viel getrunken."

„Um so wichtiger ist es, dass jemand bei dir ist. Oder würde es dir besser gefallen, wenn wir zu mir fahren?"

„Nein. Ich möchte einfach allein sein."

„Wir wollten zusammen weggehen, Pauline. Ich habe mich an die Spielregeln gehalten. Du bist meine Freundin."

„Nur weil ich deine Freundin bin, hast du nicht zu bestimmen, wo ich übernachte."

Mittlerweile standen wir vor dem Lokal auf dem

Bürgersteig und die letzten Gäste strömten an uns vorbei. In der Ferne sah ich Marlene in ein Taxi steigen. Sie winkte mir noch einmal zu, bevor das Taxi davon brauste. Warum hatte ich sie nicht gefragt, ob ich bei ihr schlafen könnte?

„Wir fahren jetzt zu mir." Tim klimperte herausfordernd mit seinem Autoschlüssel. Tatsächlich verhielt er sich so, als sei ich ein unmündiges Kleinkind. Ich merkte, wie ich wütend wurde.

„Ich möchte allein sein." Ich betonte jedes Wort einzeln und sorgfältig. „Ist das so schwer zu verstehen?"

„Ja, das ist es in der Tat. Es war herrlich heute. Wir hatten Spaß, wir haben gefeiert. Alles stimmte. Ganz sicher werde ich mich jetzt nicht von dir nach Hause schicken lassen."

„Belästigt dich dieser Mann, Pauline?"

Ich fuhr herum. Dieter, mein Ex-Freund. Zum ersten Mal seit ewigen Zeiten stieg so etwas wie Freude in mir darüber auf, ihn zu sehen.

„Belästigen ist vielleicht etwas zu viel gesagt. Aber ich wollte gerade nach Hause gehen und er wollte unbedingt mitkommen."

„Und das möchtest du nicht?"

„Ähhh...nein."

„Ich begleite dich nach Hause, Pauline. Kein Problem."

„Aber..." Tim starrte mich fassungslos an. „Das kannst du nicht machen, Pauline."

„Es ist doch nur für heute, Tim. Ich muss einfach mal allein sein. Und immerhin haben wir den ganzen Abend miteinander verbracht. Du tust ja so, als würde ich dich für immer und ewig verlassen."

„Wenn du mit diesem Typen weggehst, Pauline, dann

sehen wir uns nie wieder."

Ich runzelte die Stirn.

„Ich habe dir schon mal gesagt, dass du zu viele schlechte Filme siehst, Tim. Und bei dem Typen, wie du ihn nennst, handelt es sich um Dieter. Meinen Ex-Freund. Es ist alles vollkommen harmlos und es besteht kein Grund, jetzt komplett auszurasten."

„Du willst mit deinem Ex-Freund nach Hause gehen? Spinnst du?"

„Du lieber Himmel, du müsstest dich selber hören, Tim. Du witterst ja hinter jedem Baum einen Mann, der nichts Besseres im Sinn hat, als..."

„Ich hasse es, wenn du dich so verhältst." Tims Stimme wurde schrill bis zur Unkenntlichkeit. Ein Fenster knallte und ein Anwohner forderte uns wütend auf, endlich Ruhe zu geben und unsere Streitigkeiten doch bitte woanders auszutragen.

Im Black Cat wurde das Licht gelöscht. Eine Aushilfe von Ralph schloss ab und beäugte uns neugierig. Ich zog Dieter am Jackenärmel.

„Komm, lass uns gehen."

Ich vermied es, mich umzudrehen und den immer noch vor sich hinfluchenden Tim noch einmal anzuschauen. Um ehrlich zu sein, traute ich mich nicht.

„Kann ich noch kurz mit zu dir hochkommen, Pauline?"

Ich seufzte. War ich Tim nur entkommen, um jetzt Dieter verscheuchen zu müssen? Doch als ich ihn fragend anblickte, konkretisierte er seinen Vorschlag.

„Ich würde nur kurz deine Toilette benutzen. Ich bin dann auch gleich wieder weg."

„Von mir aus." Ich hatte keine Lust, mit ihm zu diskutieren. Ich wollte einfach nur in mein nach Ralph duftendes Bett sinken und auf der Wolke von Rotwein, die mich immer noch einhüllte, von ihm träumen. Von seinen Händen, die mich berührten, seinen Schultern, an die ich mich schmiegte, seine Stimme, wenn er mich rief. *Prinzessin*. Ich spürte, wie sich bei dieser Erinnerung tief in mir etwas zusammenzog.

Dieter, der hinter mir die Treppe hinaufstiefelte, hatte ich so gut wie vergessen. Sicher, vor wenigen Tagen noch hatte ich ihn verdächtigt, mich mit anonymen Anrufen und einem manipulierten Foto in Angst und Schrecken versetzt zu haben. Doch in diesem Moment, auf einer Welle von Rotwein schwimmend, fand ich das alles gar nicht mehr so tragisch. Dieter war Dieter. Bis auf seine ewige Bettelei nach Geld, das er für seine absurden Projekte benötigte, erschien er mir harmlos. Ich glaubte, ihn einschätzen zu können.

Dennoch fühlte ich mich erleichtert, als ich einen schmalen Lichtstreifen unter Martins Wohnungstür registrierte. Martin war offenbar zuhause und sogar noch wach. Sollte es wider Erwarten mit Dieter Probleme geben, wusste ich somit, an wen ich mich wenden könnte.

Doch zunächst sah es nicht danach aus. Dieter verschwand im Bad und als nach einer Weile erst die Klospülung und dann der Wasserhahn rauschte spürte ich, wie meine Anspannung langsam wich und sich eine wohlige Müdigkeit in mir ausbreitete. Ich gönnte mir noch ein letztes Gläschen Wein, als Dieter aus dem Bad kam und mich unschlüssig musterte.

„Du wolltest gehen." Die Worte reihten sich leicht verwackelt aneinander. Ich fand, ich hatte der Höflichkeit genüge getan. Jetzt wollte ich nur noch ins Bett.

„Ja, sicher. Eines noch..."

„Nein."

„Pauline, bitte. Du weißt doch noch gar nicht, was ich will."

„Ich kann es mir aber denken. Und die Antwort lautet nein."

„Warum leihst du mir das Geld nicht?" Treuherzig starrte er mich an. Ich trank einen weiteren Schluck Wein und das Bild verwackelte auf eine Weise, die es angenehmer erscheinen ließ. Dennoch konnte ich nicht verhindern, dass Dieters Stimme weiter an mein Ohr drang.

„Es ist nicht viel. Fünfhundert für den Anfang würden genügen. Bitte."

„Nein."

„Pauline, bitte. Es ist doch nur einmalig. Und ich gebe es dir bestimmt zurück."

„Hast du mich nur nach Hause begleitet, um mich anzupumpen?" Zwischen dem Rotwein erwachte jetzt doch mein Misstrauen. „Ich habe dir bereits schon einmal etwas geliehen. Du hast es mir nicht zurückgegeben."

„Aber das bekommst du doch noch. Bitte Pauline, du bist so ein patentes Mädchen. Es sollte doch ein Leichtes für dich sein, mir die Summe zu geben. Und ich bitte dich wirklich nur ungern darum, das kannst du mir glauben."

Ich seufzte. Ich hatte keine Lust auf nächtliche Diskussionen mit Dieter.

„Ich will es nicht. Und außerdem kann ich es auch nicht. Ich habe selber nichts. Ohne Marlenes Hilfe hätte ich mir noch nicht einmal einen Urlaub leisten können. Ich bin selber pleite und falls ich zu Geld komme, werde ich es ganz sicher in eine neue Wohnung statt in irgendeines deiner fadenscheinigen Projekte investieren."

„Eine neue Wohnung? Du ziehst um?"

„Ich muss umziehen. Dieses Haus wird abgerissen."

„Vielleicht solltest du mal den Typen aus dem Black Cat fragen? Der, vor dem ich dich gerettet habe. Eine Kleinigkeit, die dir offenbar schon komplett entfallen ist."

„Vielen Dank noch mal für deine Rettung." Ich verdrehte die Augen. „Aber ich weiß wirklich nicht, was das mit deiner erpresserischen Art zu tun hat, mit der du an mein nicht vorhandenes Geld willst."

„Vielleicht hat dieser Typ ja ein bisschen Geld. Und so wie er dich angesehen hat, sollte es für dich eine Kleinigkeit sein, es ihm abzuknöpfen."

„Dieter, es reicht. Geh jetzt bitte."

„Das habe ich also davon, dass ich dich gerettet habe? Es ist das Letzte, wie du mich behandelst, Pauline."

„Na und? Dann ist es eben das Letzte. Dabei fällt mir ein – kann es sein, dass du dich mir gegenüber auch nicht immer korrekt verhalten hast? Denk mal drüber nach."

„Du hast mich damals im Stich gelassen, Pauline. Moralisch schuldest du mir durchaus etwas. Sicher hätte ich dir dein Geld längst wieder zurückgeben können, wenn ich damals nicht so durcheinander gewesen wäre, weil du mich verlassen hast."

„Dieter, bitte behalte deine pseudo-psychologischen Wahrheiten für dich. Ich bin müde."

„Warum bist du nur so zickig. Du bekommst doch alles wieder, mitsamt Zins und Zinseszins. Sogar eine Aufwandsentschädigung könnte ich dir zahlen. Du musst dich nur ein wenig gedulden, Pauline. Und wenn du vielleicht die fünfhundert noch locker machen könntest..."

Ich gähnte.

„Dieter, es ist bereits früher Morgen. Ich bin müde und möchte schlafen. Ich werde jetzt ins Bad gehen und mich abschminken. Und spätestens, wenn ich damit fertig bin, dann bist du weg. Und wenn du mir einen besonderen Gefallen tun möchtest, dann vielleicht sogar ein bisschen früher. Oder am besten sofort. Hast du mich verstanden?"

Ohne eine Antwort abzuwarten, ging ich mit hoch erhobenem Haupt ins Bad. Doch sobald ich den Schlüssel hinter mir umgedreht hatte, lehnte ich mich gegen die Wand und sank todmüde in mich zusammen. Ich fühlte mich erschöpft und gleichzeitig total überdreht. Das halbvolle Weinglas hielt ich noch immer in der Hand und obwohl ich mittlerweile definitiv viel zu viel getrunken hatte, spülte ich den Rest in einem Zug hinunter. Ich wollte einfach nur in Ruhe träumen.

Ich kann nicht sagen, wie lange ich mit geschlossenen Augen an der Wand lehnte. Anfangs hörte ich noch, wie Dieter meinen Namen rief, doch irgendwann ging es ihm offenbar auf die Nerven, sich mit einer geschlossenen Tür zu unterhalten. Seine Stimme kippte. Aus dem bittenden Gemurmel wurde ein wütendes „Dann eben nicht, du blöde Kuh. Du wirst es noch bitter bereuen."

Ich war so erschöpft, dass es mir völlig egal war, mit welchen Worten er mich titulierte, geschweige denn, womit er mich bedrohte. Ich kannte ihn schließlich. Er war ein Blender, nichts weiter. Erleichtert hörte ich die Wohnungstür ins Schloss fallen. Müde wankte ich zu meinem Bett, schälte mich aus meinen Klamotten und schmiegte mich unter die Decke. Mit geschlossenen Au-

gen versuchte ich einen Hauch von Ralphs Duft zu er-
schnuppern. Tatsächlich galten ihm meine letzten Gedanken, bevor ich einschlief. Wo hatte er den Abend
verbracht? Und wo war er jetzt?

Der Stalker

Sie hatte hinreißend ausgesehen an diesem Abend. Und vermutlich wusste sie es sogar. Dieses Strahlende, ja beinahe Übertriebene, das andere Frau lächerlich hätte erscheinen lassen, passte zu ihr, wobei er nicht hätte sagen können, warum dies so war.

Dabei entsprach sie keinesfalls dem Zeitgeist. Ihre Figur war zu drall und üppig, für den heutigen Geschmack, der schmale Silhouetten bevorzugte. Ihr auffälliger orangefarbener Lippenstift passte nicht zu ihrer Haarfarbe, doch auch das schien in ihrem Falle nicht zu stören. Ihr breites Lachen war strahlend, ihre gute Laune ansteckend und mitreißend. Alle Männer hatten ihr hinterhergeschaut. Auch er. Mehrfach sogar. Aber vermutlich hatte sie es nicht einmal bemerkt.

Für einen Moment hatte er sich sogar damit zu trösten versucht, dass er ihrer nicht würdig war. Doch schnell hatte dieses Argument sein Blut in Wallungen versetzt. Denn aus welchem Grund sollte er sich selbst herabsetzen und erniedrigen? Wie kam er überhaupt dazu? Wütend schnappte er nach Luft, bis ihm auf einmal die naheliegende Lösung vor Augen stand.

Denn sie hatte Schuld. Natürlich. Sie war diejenige, die ihn zu seinem Verhalten zwang. Er spürte, wie seine Atemzüge sich bei diesem Gedanken verkrampften und seine Schultermuskulatur sich versteifte, bis sie wehtat. Sie hatte Schuld. Sie ganz allein.

Das nächste Foto

Der Herbst schritt voran und mein Leben schien sich den unwirtlicher werdenden Witterungsverhältnissen anzupassen. Die bunten, farbenfrohen, im Wind tanzenden Blätter, die den Oktober ausgemacht und für einen gewissen Schwung gesorgt hatten, machten dem November Platz, der grau und trübsinnig begann. Und wie das Wetter schien auch mein Leben in einer langweiligen Einförmigkeit zu versinken.

Mein Chef deutete mit seinen spinnenartigen Fingern auf öde Aufstellungen und sich türmende Aktenberge und ordnete Überstunden an. Von Ralph hörte ich nichts, dafür erging Tim sich in unendlichen Entschuldigungstiraden. Ja, er hätte alles falsch gemacht und sich unmöglich verhalten. Nein, ich könne nichts dafür. Er würde mich lieben. Er könne ohne mich nicht leben. Es dauerte nicht lange und er begann mir Blumen und Geschenke zu schicken und lud mich zum Essen ein. Und obwohl ich eigentlich keine Lust dazu hatte, ließ ich mich irgendwann breitschlagen und nahm eine seiner unzähligen Einladungen an.

„Und wie ist es gelaufen?", fragte Marlene, als ich ihr ein paar Tage später im Black Cat davon erzählte.

„Das Essen war ganz nett", ich merkte selber, wie lahm und wenig enthusiastisch ich klang.

„Und danach?"

„Wir sind dann zu mir gegangen. Und seitdem..."

„Ist Tim wieder öfter bei dir...", vollendete Marlene den Satz und starrte mich an. „Sag mal, merkst du noch was?"

„Wieso?"

„Du lieber Himmel, Pauline. Es ist noch nicht lange her, da hast du mir selber erzählt, dass du Tim als Urheber der anonymen Anrufe verdächtigen würdest. Du glaubtest sogar, er hätte dir ein unerwünschtes Foto geschickt. Bist du diesbezüglich überhaupt weitergekommen? Es gab ja mehrere Verdächtige für dich."

Sie sprach das Wort Verdächtige auf eine merkwürdige Art und Weise aus, die implizierte, dass noch weit mehr hinter der ganzen Sache stecken mochte. Doch ich wollte dieses Thema nicht vertiefen. Zweifelsohne würden wir wieder bei Ralph landen. Marlenes übermäßig zickige Reaktion, als wir über Ralph gesprochen hatten, war mir gut im Gedächtnis geblieben. Ich verspürte keine Lust, mir erneut ihre Vorhaltungen anhören zu müssen.

Außerdem waren wir im Black Cat und dieser Ort schien momentan der einzige auf der Welt zu sein, an dem ich mich wirklich wohl fühlte. Der Ort, der meine Träume beflügelte und meinem Leben zumindest einen kleinen Zauber verlieh. Dort blühte ich auf, zumal zuhause, in meiner Wohnung, das Damoklesschwert eines drohenden Umzugs über allem schwebte. Doch hier war alles anders. Tims stumme Anbetung verschwand genauso in der Bedeutungslosigkeit wie der langweilige Alltag im Büro. Denn hier fand das wahre Leben statt.

Mein zunächst noch dezentes Mitsummen der alten Rocksongs, die immer wieder rauf und runter gespielt wurden, steigerte sich zu später Stunde und unter Alkoholeinfluss zu einem lauten Singen, begleitet von ausgelassenen, ekstatischen Tänzen. Jede Note barg eine Erinnerung, jede Textzeile war untermalt von nostalgischen Gedanken. Ich flirtete mit jedem Mann, der es darauf anlegte, ohne jemals die entscheidende Grenze zu überschreiten, hinter der nervtötende Komplikationen auf mich gelauert hätten.

Und immer wieder hielt ich Ausschau nach Ralph. Ich vermisste ihn. Seine lässige Art, wenn er mich Prinzessin nannte. Seine Küsse, die Wärme seiner Haut, der Duft seiner Haare. Seine Hände, die mich berührten. Sogar seine oft so ironische Art, die er manchmal schroff, wie ein plötzlich hervorgezogenes Schutzschild vor sich hielt. Doch zu meiner geheimen Enttäuschung stand er nie hinter der Bar oder lehnte am Tresen. Mehr als einmal, wenn ich mit zuviel Alkohol im Blut durch die nasskalte Novembernacht zu meiner Wohnung zurück wankte, war ich versucht ihn anzurufen oder ihm eine Nachricht zu schicken. Doch etwas in mir hielt mich zurück. War es die Angst vor einer Enttäuschung? Vor einer Zurückweisung? Oder einfach nur der Gedanke, dass es keine gute Idee war, mir in meiner momentanen Situation weitere Schwierigkeiten und komplizierte Verwicklungen aufzuladen, die einem Treffen mit Ralph zweifelsohne folgen würden?

Und als ich eines Abends von der Arbeit kam, lag wieder ein Umschlag in meinem Briefkasten. Zögernd drehte ich ihn hin und her. Enthielt er ein Foto? Bot sich mir erneut ein widerliches, am Computer zusammengeschnittenes Motiv? Langsam öffnete ich den Umschlag.

Tatsächlich fiel mir ein Foto entgegen. Obwohl ich es instinktiv am liebsten auf der Stelle weggeworfen hätte, zwang ich mich, das Bild genauer zu betrachten. Diesmal erwartete mich kein nackter Körper. Doch bei näherer Betrachtung fand ich das Motiv weit erschreckender als dasjenige, das auf dem ersten Foto abgebildet war. Das Klopfen meines Herzens schien laut in meinen Ohren widerzuhallen. Und als jemand meine Schultern berührte, zuckte ich zusammen und stieß unwillkürlich einen Schrei aus.

„Pauline, was ist denn? Tut mir leid, ich wollte dich nicht erschrecken."

Tatsächlich brauchte ich einen Moment, bis mir klar wurde, dass es Martin war, der mich angesprochen hatte. Er trug eine warme Jacke, eine Mütze und hatte sich gegen die Novemberkälte sogar einen Schal um den Hals gebunden.

„Pauline, ist irgendwas? Stimmt etwas nicht?"

„Er weiß, wo ich wohne." Meine Stimme klang schrill und atemlos, als ich Martin das Bild unter die Nase hielt. „Und er wird wiederkommen. Sieh nur."

„Was hast du denn da? Zeig her, du bist ja völlig durcheinander."

Nachdenklich betrachtete er das Foto.

„Woher hast du das Bild?"

„Es lag in meinem Briefkasten."

„In deinem Briefkasten?" Seine Stimme klang ehrlich erstaunt. „Wer schickt dir denn so etwas?"

„Ich weiß nicht, wer es war. Es ist eine Drohung." Nackte Verzweiflung schwang in meiner Stimme mit. „Verstehst du denn nicht?"

„Eine Drohung?" Martin schaute mich überrascht an. „Aber es ist doch nur ein Bild, wie du das Haus betrittst."

„Ja." Die langsame Gründlichkeit seiner Betrachtungen machte mich wahnsinnig.

„Warum sollte dir jemand mit einem Bild von dem Haus, in dem du wohnst, drohen?"

„Es ist eine Botschaft, verstehst du nicht? Jemand will mir klarmachen, dass er weiß, wo ich wohne."

„Wer? Und warum?"

„Ich weiß es nicht." Ich war so aufgeregt, dass es mir schwerfiel, die Worte in die richtige Reihenfolge zu bringen. „Neulich habe ich schon einmal ein solches Bild erhalten."

„Dir hat schon einmal jemand ein Bild von diesem Haus geschickt?"

„Nein, es war ein manipuliertes Foto. Jemand muss es am Computer zusammengebastelt haben."

„Und was zeigte es?"

„Es zeigte mich." Meine Stimme wurde auffallend leise, als ich Martins prüfenden Blick auf mir spürte. Offenbar wartete er auf nähere Informationen. „Mein Gesicht und einen nackten Körper."

„Einen nackten Körper?"

„Einen nackten Frauenkörper." Fast würgte ich die Worte hervor. Dennoch sprach ich weiter. „Bekleidet nur mit langen, halterlosen Strümpfen."

„Halterlose Strümpfe?" Ratlos schaute er mich an. „Und du weißt nicht, wer hinter diesem ganzen Spuk steckt?"

„Nein."

„Hast du etwas unternommen, um es herauszufinden?"

„Nicht wirklich." Es war sinnlos auf meinen Versuch eines knallhart im Stile von erfolgreichen Fernsehkommissarinnen durchgeführtes Verhör hinzuweisen. Letztendlich hatte die ganze Sache im Bett geendet und trug zudem eine nicht unerheblich Schuld daran, dass ich mich lieber meinen Tagträumen hingab, statt mich um die Dinge zu kümmern, die in meinem Leben schief liefen. Die Quittung für mein Verhalten bekam ich jetzt.

„Vielleicht hat sich einfach nur jemand einen geschmacklosen Scherz mit dir erlaubt." Nachdenklich streifte Martins Blick noch einmal das Foto, bevor er sich erneut mir zuwandte. „Pauline, ich würde dir sehr gerne helfen. Aber wie du siehst, bin ich gerade auf dem Sprung. Ein wichtiger Termin, den ich nicht absagen kann."

„Aber das erwarte ich doch auch gar nicht. Geh ruhig zu deinem Termin. Wir können ja ein anderes Mal weiter reden. Vermutlich hast du recht und es hat sich tatsächlich jemand einfach nur einen üblen Scherz mit mir erlaubt."

„Bestimmt ist es so. Ich kann ja nach meinem Termin noch einmal bei dir vorbeischauen."

„Wenn du meinst."

„Ich denke, in spätestens zwei Stunden bin ich wieder da. Stell dir vor, ich habe so etwas wie einen Vorstellungstermin. Ich müsste wieder kellnern, eigentlich nicht das, was ich möchte. Aber es ist immer noch besser als gar nichts, nicht wahr? Möchtest du irgendwo anders auf mich warten? Im Black Cat vielleicht? Oder im Café Bettina? Ich meine nur, falls du im Moment nicht allein in deiner Wohnung sein möchtest."

Ich starrte ihn an. So weit hatte ich noch gar nicht gedacht.

„Meinst du, es ist gefährlich, alleine hier im Haus zu sein?"

„Ich weiß es nicht." Martin zuckte mit den Achseln. „Aber du selbst hast das Foto doch als Drohung empfunden."

„Das stimmt. Aber wahrscheinlich habe ich ziemlich übertrieben reagiert." Langsam beruhigte sich mein Herzschlag und ich fühlte mich in der Lage, wieder klarer zu denken.

„Meinst du? Also, mich würden derartige Fotos, wie du sie erhalten hast, schon beunruhigen."

„Das tun sie auch. Aber derjenige, der mir die Fotos geschickt hat, muss doch bereits vor diesem Bild, das ich heute erhalten habe, gewusst haben, wo ich wohne. Immerhin ist das erste Bild ja auch bei mir angekommen."

„Das stimmt natürlich." Martin legte abwägend den Kopf auf die Seite. „Es sei denn, es handelt sich um zwei unterschiedliche Menschen,die dir Fotos schicken?"

„Aber das wäre doch absurd, oder?"

„Wer weiß schon, was in den Leuten so vorgeht?" Martin zuckte mit den Achseln. „Hast du zufällig das erste Foto dabei? Vielleicht lassen sich daraus irgendwelche Rückschlüsse ziehen."

„Ich habe es oben in meiner Wohnung. Aber du hast doch jetzt deinen Vorstellungstermin. Geh nur."

„Aber ich kann dich in dieser Situation doch nicht allein lassen. Soll ich nicht wenigstens kurz nachsehen, ob in deiner Wohnung alles in Ordnung ist?"

„Ich kann mir nicht vorstellen, dass jemand während meiner Abwesenheit dort eingestiegen ist." Mein gekünsteltes Lachen klang seltsam blechern. „Aber es wäre nett, wenn du noch für einen Moment warten könntest. Ich laufe nur schnell in meine Wohnung und schaue nach dem rechten."

Bereits während ich sprach, sprang ich die Treppenstufen hinauf. Mein Herzschlag, der sich gerade eben erst beruhigt hatte, erklomm neue Oktaven, als ich den Schlüssel in das Schloss schob. Doch die Tür ließ sich wie gewöhnlich öffnen und auch mein hastig durchgeführter Streifzug durch die Wohnung ergab nichts Auffälliges.

„Es scheint alles okay zu sein", rief ich zu Martin hinunter, der noch immer im Treppenhaus stand und wartete.

„Okay. Aber wenn dir irgendetwas seltsam vorkommt, dann melde dich sofort."

„Das mache ich. Geh nur zu deinem Termin. Ich drücke dir die Daumen. Ich möchte unter keinen Umständen, dass du meinetwegen unpünktlich bist."

„Aber..."

„Kein Aber. Ich werde gleich bei Tim anrufen, damit er vorbeikommt."

„Okay. Aber scheu dich nicht, mich anzurufen, wenn du Angst hast. Du bist wichtiger als dieser Job, der mir in Aussicht gestellt wurde."

„Sag das nicht. Von dem Job sollst du immerhin leben. Ich bin nur deine Nachbarin." Ich lachte gekünstelt. „Und jetzt geh endlich los. Mir wird schon nichts passieren."

Tatsächlich verabschiedete er sich, die Haustür klappte mit einem endgültig klingenden Geräusch hinter ihm zu.

Ich war alleine im Haus.

Doch trotz meiner vollmundigen Aussagen, dass alles okay sei, war mir die Stille im Haus nie mehr aufgefallen als jetzt. Nie zuvor war mir die Tatsache so bewusst, dass Martin und ich die letzten Mieter im Haus darstellten.

Ich stellte das Radio an, um die lähmende Stille zu vertreiben. Ein Musikredakteur, dem das windige, nasskalte Herbstwetter offenbar genauso sehr auf die Nerven ging wie mir, hatte sich wohl dazu inspirieren lassen, ein uraltes sommerliches Lied hervorzukramen, das sonst nie im Radio lief.

Summertime von Ella Fitzgerald tönte in einem aufreizend langsamen Rhythmus, untermalt von einem malerischen Knacken, das dem schlechten Empfang geschuldet war, aus meinem Küchenradio, während ich die in der Novemberdunkelheit umherirrenden Passanten beobachtete. Irgendwo zwischen diesen Menschen musste sich auch derjenige befinden, der die beiden Fotos so zielsicher in meinem Briefkasten deponiert hatte. Oder handelte es sich wirklich um zwei Personen? Noch immer kam mir Martins Theorie ebenso abstrus wie auch verwirrend vor. Warum sollte jemand so etwas tun? Schon allein diese Frage erschien absurd. Und warum sollten sogar zwei Menschen sich zu einer derartigen Aktion hinreißen lassen?

Ella besang springende Fische und wogende Felder, ein Bild, das ganz und gar nicht zu meinem Leben, wie es sich momentan bot, passte. Ich fühlte mich allein und verängstigt. Trotz des vermeintlich harmloseren Motives wirkte das neue Foto auf mich noch eine Spur unverfrorener und kälter als das erste Bild. Es gab da jemanden, der mich beobachtete. Jemand, der keinerlei Hemmungen dabei verspürte, mich zu fotografieren, wenn ich das Haus betrat. Jemand, dem es offenbar gleichgültig war, dass ich ihn bei seinem Vorhaben ertappen könnte.

Ich fröstelte. Was sollte ich jetzt tun? Ich hatte Martin gesagt, ich würde Tim anrufen, doch im Grunde verspürte ich wenig Lust darauf, zumal Tim mit Sicherheit nachher ohnehin noch vorbeikommen würde. Tim war verlässlich. Ich gehörte zu seinem normalen Tagesablauf. Sein Feierabend war fest für mich eingeplant. Falls er doch einmal keine Zeit hatte, etwas, dass für mein Empfinden viel zu selten der Fall war, würde er sich zumindest melden und sei es nur, um sich wortreich für seine Abwesenheit zu entschuldigen.

Nachdenklich betrachtete ich mein Handy. Mein erster Impuls war es, Marlene anzurufen. Doch die Erinnerung an unser letztes Treffen hielt mich zurück. Sie hatte mir klar zu verstehen gegeben, für wie unsinnig sie das ewige hin und her meiner Beziehungen sowohl zu Ralph als auch zu Tim hielt. In beiden sah sie verdächtige Personen, die mich stalken könnten. Ich hatte keine Lust, sie jetzt kleinlaut über ein neues Foto zu informieren.

Hinzu kam, dass ich selbst nicht wirklich zu erklären vermochte, warum ich erneut an Tim hängengeblieben war. Er war da. Er war beharrlich. Er versicherte mir ständig, wie viel ich ihm bedeutete. Lag hierin bereits die Antwort auf meine Frage? Schon immer war ich recht gut darin gewesen, Dinge zu verdrängen. Überdeutlich erkannte ich, dass ich vieles, was mich an Tim störte, auf genau diese Weise beiseite geschoben hatte. Seine haarsträubenden Eifersuchtsanfälle mutierten zu einem lästigen, kleinen Problemchen, dem aber keine wirkliche Bedeutung zukam. Seine Träume von einem geregelten Leben, die ich als einengend und kontrollierend empfand, hatte ich als übersteigertes Fantasiegebilde abgetan, eine Angelegenheit, die sich irgendwann von selber erledigen würde. Ich wollte mit alldem nichts zu tun haben. Mir ging es ausschließlich um meinen Spaß.

Das erste Foto lag schon eine Weile zurück. Ich hatte es als einen – wenn auch ziemlich derben – Scherz abgestempelt. Und die anonymen Anrufe, die gelegentlich noch bei mir ankamen, drückte ich mit einer Lässigkeit weg, mit der jemand anderes vielleicht nervenden Kopfschmerzen keine Beachtung schenkte, in der Hoffnung sie würden dann einfach von selbst verschwinden. Nur hatte ich bei dieser Betrachtungsweise vergessen, dass ein anfangs kaum spürbarer Schmerz sich im Lauf der Zeit zu einer heftigen Migräne weiterentwickeln konnte.

Ich kuschelte mich enger in meine Strickjacke. Die roten Rücklichter der Autos auf der Straße schienen mich vor irgendetwas zu warnen.

Noch immer lief Summertime im Hintergrund. Und diesmal funktionierte es, und zunächst schemenhafte, dann immer deutlichere Erinnerungen an den Spätsommer tauchten in mir auf. Damals, als ich Tim kennengelernt hatte. Mir fiel ein, dass ich ihn noch immer nicht zu den Dingen befragt hatte, die Ralph mir erzählt hatte. *Er hat dir eine halbe Ewigkeit geifernd hinterhergestarrt.* Das waren Ralphs Worte gewesen. Doch statt Tim darauf anzusprechen, hatte ich meine Zeit viel lieber darauf verwendet, mit offenen Augen von Ralph zu träumen. Und tatsächlich dauerte es auch diesmal nur einen winzigen Moment, bis die Sommerhitze in meinen Gedanken wieder allgegenwärtig wurde. Die Zeit, bevor das Wetter im September auf ein erträgliches Maß heruntergekühlt war. Die Zeit, als ich mich dauernd mit Ralph getroffen hatte.

Von Anfang an hatte er mir gefallen. Seine aufreizend lässige Art zog mich magisch an. Und dass er nur schwer zu durchschauen war, schien ihn nur noch begehrenswerter zu machen. Fragen nach seinem Privatleben ging er geschickt aus dem Weg. Eine Zeitlang hegte ich den Verdacht, er würde eine Ehefrau und womöglich sogar Kinder vor mir verbergen. Doch sicher war ich mir nicht. Und da, wo Tim mir voller Stolz seine Eigentumswohnung vorgeführt hatte, die ich im übrigen einfach nur schrecklich und öde fand, wusste ich von Ralph noch nicht einmal, wo er überhaupt wohnte.

Doch war es am Ende ausgerechnet Ralphs Geheimniskrämerei gewesen, die mich in Tims Arme getrieben hatte?

Verfolgte einer der beiden – oder gar beide - mich wirklich mit diesen seltsamen Fotos? Aber aus welchem Grund? Und was hatte es mit Marlenes bruchstückhaften Kommentaren über Ralphs Vergangenheit auf sich? Überhaupt, was war los mit Marlene? Natürlich wusste ich, dass sie schon immer über die Männer in meinem Leben die Nase gerümpft hatte. Sie war auf diesem Gebiet weitaus kritischer und anspruchsvoller als ich. Doch derart wütend, ja geradezu abweisend wie bei unseren letzten Treffen, hatte sie zuvor nie reagiert.

Noch einmal betrachtete ich das Bild, das ich heute erhalten hatte. Fest stand, dass ich weder bei Ralph noch bei Tim misstrauisch geworden wäre, wenn sie mich beim Betreten des Hauses fotografiert hätten. Hätte ich einen der beiden dabei erwischt, hätte ich zweifelsohne gelacht und mir keinerlei Gedanken gemacht. War ich zu naiv, was meine Bekanntschaften anging?

Mit einem leisen Seufzer drehte ich mich vom Fenster weg und ließ mit einem Ruck die Jalousien herunter.

Der Stalker

Sie stand am Fenster.

Zwar konnte er sie jetzt nicht mehr sehen, da sie die Jalousien heruntergelassen hatte. Aber bis vor wenigen Augenblicken hatte er ihre Gestalt ausmachen können. Und er war sich sicher, dass sie noch immer in der Küche stand und zwischen den schmalen Jalousienspalten die dunkle Straße beobachtete. Bedächtig trat er aus dem Schatten eines Baumes, hinter dem er ausgeharrt hatte.

Hatte sie ihn bemerkt? Fast hoffte er es und für einen winzigen Moment ärgerte er sich, dass er sich nicht öffentlicher gezeigt hatte. Was wäre schon dabei, wenn er ungeniert quer über die Straße auf ein bestimmtes Fenster gestarrt hätte? Einen der mit Regenschirmen und tief ins Gesicht gezogenen Mützen durch die Gegend eilenden Passanten, hätte es sicher nicht interessiert. Die meisten von ihnen hatten sich ohnehin in eine Art Zombie verwandelt, die ohne ununterbrochenes Gestarre auf ihr Smartphone nicht lebensfähig schienen. Sinn- und kopflos eilten sie nebeneinander her, blind für alles, was nicht auf dem Display ihres Handys Platz fand.

Dabei war er durchaus kein Technik-Hasser. Vieles faszinierte ihn sogar. Wie etwa dieses kleine handliche Gerät, das eine ganz besondere Überraschung für Pauline darstellte. Schon bald wollte er sie mit dem Ergebnis seiner Mühen konfrontieren. Wie mochte sie darauf reagieren?

Er spürte, wie sein Herz heftiger zu klopfen begann. Seine Atemzüge beschleunigten sich. Er bestimmte über ihr Leben. Er wies sie in ihre Schranken.

Und sie hatte es nicht anders verdient. Viel zu lange hatte sie sich nur um sich selber gekümmert und ihn nach ihrer Pfeife tanzen lassen. Verdammte Schlampe.

Doch trotz dieser abfälligen Bemerkung wusste er genau, dass ihr heute Abend sein letzter Gedanke vor dem Einschlafen gelten würde. Und morgen der erste beim Aufwachen. Sie bestimmte sein Leben. Und er hasste sich dafür. Und sie auch.

Zu viel von allem

„Oh, hallo." Eigentlich hatte ich mit Tim gerechnet, auch wenn es für ihn noch zu früh war. Doch tatsächlich war es Danny, den ich jetzt vor meiner Wohnungstür erblickte.

„Es ist sonst nicht meine Art, unangekündigt vorbeizukommen. Aber ich war gerade in der Nähe und dachte, ich könnte einen Blick auf deine Möbel werfen, um einzuschätzen, was bei einem Umzug zu transportieren wäre. Komme ich ungelegen?"

„Nein, natürlich nicht."

„Wirklich nicht? Ich meine nur, weil du die Tür lediglich einen winzigen Spalt geöffnet hast."

„Ach das...", impulsiv riss ich die Tür komplett auf. „Das hat andere Gründe. Komm doch rein."

„Gern." Umständlich trat er sich die Füße ab. „Wo fangen wir an?"

Ich führte ihn ins Wohnzimmer. Die nicht geputzten Fenster waren mir irgendwie peinlich, genau wie die Wolldecke mit dem altertümlich anmutenden Schottenkaromuster, unter die ich mich gern beim Fernsehen kuschelte. Doch für Danny schienen derartige Kleinigkeiten ohne Belang. statt dessen konzentrierte er sich auf meine Schränke und Regale.

„Was steht in den Schränken?"

„Zum Glück nicht viel." Ich öffnete eine der Türen. „Gläser, ein bisschen Krimskrams. Alte Fotoalben. Und hier in den Regalen gibt es noch ein paar Bücher und Ordner mit Papieren."

„Das sieht in der Tat recht übersichtlich aus. Und der Teppich?"

„Der kommt mit. Ich hänge an ihm. Und an der Lampe auch."

„Die Vorhänge?"

„Keine Ahnung", ratlos blickte ich ihn an. „Irgendwie wirken sie altmodisch, nicht wahr?"

„Das musst du entscheiden." Er lächelte.

„Tja, mal schauen. Ich bin mir noch nicht sicher."

„Nun, an den Vorhängen soll es nicht scheitern. Die bekomme ich immer irgendwo unter."

„Es ist sehr nett von dir, mir zu helfen."

„Keine Ursache. Und was das Wohnzimmer betrifft, sollte es keine Probleme geben. Wie sieht es mit dem nächsten Raum aus?"

Die Küche. Ich wollte ihn gerade dorthin lotsen, als mir das Foto einfiel, das noch immer auf dem Küchentisch lag. Das Foto, das ich vorhin aus dem Briefkasten gefischt hatte. Und auch wenn es für Außenstehende vermutlich gar nicht bedrohlich wirkte, wollte ich es jetzt nicht sehen.

„Hier wäre dann das Schlafzimmer." Ich schob ihn in den Raum. Seine Miene, die im Wohnzimmer noch Sorglosigkeit ausgestrahlt hatte, wurde angesichts meines völlig überfüllten Kleiderschranks deutlich angespannter.

„Du lieber Himmel, so viele Klamotten. Gehört das alles dir?"

„Ja, sicher. Die Kommode ist auch voll bis oben hin. Und die Schuhe, die dort in der Ecke stehen, müssen auch alle mit. Der Rest steht unter dem Bett oder im

Flur. Ach ja – und hinter diesem Paravant befindet sich noch eine Kleiderstange. Die zieht natürlich auch mit um, mit allem, was daran hängt."

Danny schüttelte entsetzt den Kopf. Ich erinnerte mich, dass er mir einst angeboten hatte, in seine WG zu ziehen. Vermutlich überlegte er gerade, wie allein meine Klamotten in einem WG-Zimmer Platz finden sollten.

Ich dagegen fühlte mich erleichtert. Nicht nur die Tatsache, dass Danny sein Versprechen einhielt und mir half, tat mir gut. Auf einmal war auch der Gedanke an den bevorstehenden Umzug nicht mehr nur ein einziges chaotisches, Schreckensszenario, das ich irgendwie hinter mich bringen musste. Erneut fiel mir das Foto auf meinem Küchentisch ein. Denn bot der Wohnungswechsel nicht auch die Chance, demjenigen zu entkommen, der die Fotos in meinen Briefkasten geschoben hatte?

Doch ich kam nicht dazu, dieses Thema in Gedanken weiter zu verfolgen, denn mein Telefon begann zu läuten.

„Entschuldige bitte." Ich ließ Danny, in meinem Schlafzimmer zurück und ging in den Flur, wo ich das Handy aus meiner Tasche zerrte.

Das Display signalisierte eine unbekannte Nummer. Doch das schreckte mich nicht. Der unbekannte Anrufer, der keinen Ton von sich gab, rief gewöhnlich mit unterdrückter Nummer an.

„Hallo?"

„Hallo, Pauline. Rate mal, wer am Telefon ist."

Die Stimme war männlich, doch sie kam mir nicht bekannt vor. Und mit dem glucksenden Unterton konnte ich erst recht nichts anfangen.

„Ich weiß nicht."

„Na klar weißt du es. Du bist nur so überrascht.

Denk mal nach."

„Keine Ahnung." Ich lehnte mich an die Wand im Flur. War das der unbekannte Anrufer, der sonst kein Wort am Telefon verlauten ließ?

„Ich könnte mich beschreiben. Vielleicht fällt es dir dann ein."

„Nur zu."

„Groß, breitschultrig, rothaarig."

„Rothaarig?" Das erstaunte mich wirklich. Bei Männern bevorzugte ich definitiv dunkle Haare.

„Na ja, eher blond mit einem Stich ins Rote." Der Anrufer schien angesichts meines Tonfalls zu bemerken, dass seine Antwort nicht meinen Geschmack getroffen hatte.

„Ich komme nicht drauf. Es tut mir leid."

„Vielleicht hilft es dir, wenn ich dir sage, dass wir uns im Black Cat getroffen haben." Noch immer klang die Stimme des Mannes gutgelaunt. Er schien keineswegs beleidigt zu sein, dass ich ihn nicht auf Anhieb erkannte. Doch auch dieser Hinweis brachte mich nicht weiter. Wem hatte ich dort meine Telefonnummer gegeben?

„Aus dem Black Cat?", wiederholte ich.

„Ja. Die Party neulich. Du erinnerst dich?"

Zumindest an die letzte Party im Black Cat hatte ich eher schemenhafte Erinnerungen. Der Streit mit Tim. Dieter, der mich nach Hause gebracht hatte, um mich anzupumpen. Doch es waren mehr nebulöse, als wirklich greifbare Erinnerungsfetzen, die vor mir auftauchten. Wirklich sicher wusste ich nur, dass ich definitiv zu viel getrunken hatte.

„Du bist doch da gewesen, oder?" Zum ersten Mal klang seine Stimme leicht unsicher.

„Ja, sicher. Aber...“

„Ich bin Gerrit.“ Endlich nannte er seinen Namen, doch selbst das half mir nicht weiter. Verlegen wühlte ich in meinen Haaren, obwohl er das nicht sehen konnte.

„Gerrit“, wiederholte ich nachdenklich, verbunden mit der Hoffnung, dass mir beim Aussprechen seines Namens alles wieder einfallen würde. Und tatsächlich. Wie von Zauberhand war die Situation wieder da.

Bereits kurz nachdem er sich vorgestellt hatte, hatte er nach meiner Telefonnummer gefragt. Und obwohl ich nicht verhehlen konnte, dass ich mich geschmeichelt gefühlt hatte, hatte ich sie ihm nicht gegeben. Oder doch? Auf einmal war ich mir nicht mehr sicher. Wie verhielt ich mich jetzt am besten. Fürs erste verfiel ich beinahe automatisch in den für mich typischen flirtenden Singsang.

„Ach hallo, Gerrit. Sorry, ich hatte gerade eine kleine Gedächtnislücke. Natürlich weiß ich, wer du bist.“

„Na siehst du.“ Er schien zufrieden. Ein nervöses Lachen leitete seine nächsten Fragen ein. „Wie geht es dir? Was machst du gerade.“

„Gut. Ich...“ Du lieber Himmel, was sollte ich ihm erzählen? Ich kannte ihn doch gar nicht.

„Ich dachte, wir könnten uns mal treffen.“

„Ja, sicher.“ Meine Antwort kam automatisch. Doch war es wirklich das, was ich wollte? Auf was für ein Spielchen ließ ich mich ein? „Aber du weißt schon, dass ich einen Freund habe. Ich weiß nicht, was er davon hält. Vielleicht sollten wir es lieber lassen.“

„Es geht um einen Kaffee, Pauline. Ganz einfach und unverbindlich. Oder führst du eine so zwanghafte Beziehung, dass du noch nicht einmal einen anderen Mann ansehen darfst?"

„Natürlich nicht. Aber es wäre vielleicht nicht so gut, wenn..."

Dannys Räuspern rettete mich. Dabei hatte ich seine Anwesenheit beinahe vergessen. Ich fuhr zusammen, als hätte mich jemand bei etwas verbotenem ertappt.

„Es ist im Moment gerade schlecht. Vielleicht ein anderes Mal." Jetzt klang meine Stimme nicht mehr flirtend, sondern statt dessen ziemlich gehetzt.

„Aber..."

„Bitte, ich kann gerade nicht."

„Aber sagtest du nicht, dass du..."

„Vielleicht ein anderes Mal, okay."

Hastig beendete ich das Gespräch.

Dannys ebenso neugieriger wie auch interessierter Blick ruhte auf mir. Wieviel hatte er mitbekommen? Beinahe war ich versucht, seinen fragenden Blick zu ignorieren und einfach unser Gespräch über den Umzug fortzuführen, als sei nichts geschehen. Schließlich war ich ihm keine Rechenschaft schuldig. Doch dann fiel mir ein, dass er ebenfalls auf der Party im Black Cat gewesen war. War es nicht einen Versuch wert, ihn einfach zu fragen, ob ihm etwas aufgefallen war?

„Ach, Danny?"

„Ja?"

„Auf der Party neulich... Du kannst dich nicht zufällig daran erinnern, ob ich jemandem meine Telefonnummer gegeben habe?"

„Ob du jemandem deine Telefonnummer gegeben hast?" Er schien ehrlich verblüfft über diese Frage. „Warum sollte ich das mitbekommen haben?"

„Oh, es hätte ja sein können. Es war nur so ein Gedanke."

Ich setzte mein strahlendes Lächeln auf. „Aber im Grunde ist es auch egal."

Danny warf mir einen kurzen, kopfschüttelnden Blick zu, fing dann aber mein Lächeln auf. Dennoch hatte ich das sichere Gefühl, dass er sich seine ganz eigenen Gedanken über Frauen machte, die wirre Telefongespräche führten, die nicht wussten, an wen sie ihre Telefonnummer weitergegeben hatten und die mehr Klamotten und Schuhe als Bücher im Schrank hatten.

Doch glücklicherweise läutete es in diesem Moment an der Tür. Erleichtert darüber, dass ich mich nicht weiter mit derart unerfreulichen Gedanken auseinandersetzen musste, öffnete ich.

Natürlich war es Tim, der vor der Tür stand. Kunststück – es war seine übliche Uhrzeit. In der gegenüberliegenden Tür sah ich Martin, der dabei war, seine Wohnungstür aufzuschließen. Viel lieber, als mich besitzergreifend an Tim ziehen zu lassen, hätte ich mich nach dem Verlauf von Martins Vorstellungsgespräch erkundigt. Doch das war angesichts der eisigen Miene, die Tim dem hinter mir stehenden Danny zukommen ließ, schlicht unmöglich.

„Das ist Danny." Ohne große Überzeugung versuchte ich die Situation zu entkrampfen. „Ihr kennt euch sicher aus dem Black Cat. Danny hilft mir bei den Vorbereitungen für den Umzug. Danny, das ist Tim."

„Ich bin Paulines Freund." Tims Berührung wurde zunehmend zu einem klammerartigen Griff. „Ich denke, Dannys Hilfe wird nicht nötig sein."

„Warum nicht?"

„Das würde ich lieber mit dir allein besprechen, Pauline." Tims Lächeln verkam mehr und mehr zu einer zwanghaften Karikatur.

„Wie du meinst." Danny zuckte mit den Achseln. „Bis bald, Pauline."

„Was wollte er von dir?" Tim fuhr mich an, kaum dass sich die Tür hinter Danny geschlossen hatte. Ich warf ihm einen entnervten Blick zu.

„Hallo. Ich freue mich auch, dich zu sehen, Tim."

„Was soll das? Warum lenkst du jetzt ab?"

„Ich lenke nicht ab. Ich verspüre nur einfach keine Lust auf ein derartiges Gespräch. Danny ist nett und wollte mir helfen."

„Danny wollte etwas ganz anderes, Pauline. Das weißt du ganz genau."

„Natürlich. Er machte gerade Anstalten, mich auf mein Bett zu zerren, um es die ganze Nacht wild und ungehemmt mit mir zu treiben."

Sprachlos starrte er mich an. Für einen Moment schien er meine Worte tatsächlich für bare Münze zu nehmen, bis ihm bewusst wurde, dass ich sie ironisch gemeint haben musste. Leicht verlegen fummelte er am Stoff seiner Jacke herum, bevor er entschieden freundlicher erneut eine Frage an mich richtete.

„Bist du fertig oder möchtest du dich noch umziehen?"

„Wofür?

„Wir wollten zu meiner Mutter."

„Heute?"

„Ja, heute. Sie hat uns zum Essen eingeladen. Ich habs dir gesagt. Neulich. Am Telefon. Du hast gesagt, du würdest mitkommen."

Hatte ich das? Nur langsam tauchte eine schwache Erinnerung daran auf, dass ich einer Einladung in undeutlichen, schnell dahingemurmelten Worten zugestimmt hatte, nur um im Hintergrund bereits nach einer

Ausrede zu suchen, die ich beizeiten präsentieren wollte. Doch dafür war es jetzt zu spät.

Auch Tim schien zu spüren, dass hier etwas schief lief. Mein völlig verwirrter Blick sprach offenbar Bände. Sofort ergriff er wieder das Wort.

„Das kann doch nicht wahr sein. Ich fahre durch die halbe Stadt, um dich abzuholen, treffe dich in Gegenwart eines fremden Mannes an und dann hast du auch noch die Verabredung mit meiner Mutter vergessen."

„Es tut mir leid." Ich holte tief Luft. Auf einmal wurde mir klar, was jetzt zu tun war. Langsam und betont deutlich sprach ich weiter. „Vielleicht gibt es einen unbewussten Grund, warum ich die Verabredung mit deiner Mutter vergessen habe."

„Ein unbewusster Grund? Was soll der Unsinn? Was meinst du damit?"

„Tim, das weißt du doch selber. Dir gefällt es nicht, wie ich lebe. Und ich kann mit einem gemeinsamen Essen bei deiner Mutter nichts anfangen. Wir machen uns doch nur gegenseitig etwas vor." Es beruhigte mich, Martin in der Wohnung gegenüber zu wissen. Sollte es brenzlig werden, konnte ich ihn zu Hilfe holen.

„Was meinst du damit?" Er klang alarmiert.

„Ich meine damit, dass wir uns nicht mehr treffen sollten. Ich denke, es ist besser so."

Einen Moment war es ganz still. Und als Tim endlich etwas sagte, war seine eben noch zornerfüllte Stimme leise, ja geradezu ängstlich.

„Das kannst du mir nicht antun, Pauline. Ich liebe dich."

„Das sagst du immer. Aber es hilft uns jetzt auch nicht weiter."

„Aber Pauline, ich wollte dir anbieten, bei mir einzuziehen. Darum sagte ich vorhin zu Danny, dass du ihn wegen des Umzuges nicht brauchst. Ich würde alles für dich organisieren. Du bist die Frau meines Lebens. Ich liebe dich. Du kannst mich doch jetzt nicht einfach fallenlassen."

„Aber du siehst doch selber, wie sinnlos es mit uns beiden ist. Wir streiten nur."

„Aber das wird anders werden, wenn wir erst einmal zusammenwohnen."

„Aber das möchte ich nicht, Tim."

„Natürlich möchtest du es." Er griff nach meiner Hand und lächelte. „Du weißt es nur noch nicht. Aber du kannst mir vertrauen. Glaube mir, ich weiß, was gut für dich ist."

„Ich möchte es nicht." Geduldig wiederholte ich die Worte und zog gleichzeitig meine Hand weg. Tim ergriff sie erneut. Was für ein absurdes Spiel.

„Pauline." Tim strich über meine Finger. Einen Moment senkte er den Blick, dann schaute er mich an. „Ich meine es ernst, mit dem was ich sage. Du bist meine Traumfrau."

„Aber Tim. Ich habe doch gerade gesagt..."

„Lass mich ausreden. Ich war noch nicht fertig." Geradezu feierlich schaute er mich an. Noch immer berührte er meine Finger, obwohl ich erneut versuchte, sie ihm zu entziehen.

„Es fällt mir nicht leicht, über das zu sprechen, was ich dir jetzt sagen werde. Denn könnte es sein, dass du mich betrogen hast?"

„Aber..."

„Nein, sprich nicht weiter. Ich möchte nichts Näheres von dir darüber erfahren. So etwas kommt leider vor. Sicher wolltest du es eigentlich gar nicht. Ein schwacher

Moment – und schon ist es passiert."

Ich starrte ihn an. Was erwartete er von mir?

„Aber ich verzeihe dir." Er lächelte breit. „Denn du bist meine Traumfrau. Ich liebe dich. Wir werden heiraten und Kinder bekommen. Alles, was du willst."

„Aber ich will das alles nicht."

„Natürlich willst du es. Lass mich nur machen. Ich weiß genau, was du willst. Denn ich liebe dich, Pauline."

„Tim, es tut mir leid. Aber es passt nicht mit uns."

„Natürlich passt es. Wir ergänzen uns perfekt. Wo ich langsam und konzentriert bin, bist du schnell, gutgelaunt und fröhlich. Die Herzen fliegen dir zu. Alle mögen dich. Wir haben eine großartige Zeit vor uns."

„Du liebst mich nicht, Tim. Du siehst in mir einen Menschen, der ich nicht bin."

„Pauline, ich weiß, wer du bist. Wie du bist. Und natürlich ist mir klar, dass du ein ganz anderes Vorleben hast als ich. Sicher gab es immer irgendwelche Männer in deinem Leben, die dich verehrt haben. Vielleicht war es sogar mehr als schlichte Verehrung." Er erlaubte sich ein kleines eitles Lachen. „Aber das macht nichts. Natürlich würde ich dir deswegen nie Vorwürfe machen. Ich habe meiner Mutter schon von dir erzählt. Sie ist eine zurückhaltende, sittenstrenge Frau. Aber dich wird sie lieben, Pauline."

Das glaubte ich weniger. So wie Tim seine Mutter beschrieb, würde sie bei meinem Anblick eher abwertend die Nase rümpfen. Aber das konnte Tim offenbar nicht einschätzen. Genau, wie er viele andere Dinge nicht einschätzen konnte und lieber Zuflucht in eine Fantasiewelt nahm.

„Es geht nicht, Tim. Wir passen nicht zusammen. Es

hat keinen Zweck. Wir würden uns nur streiten."

„Aber nein." Er lächelte breit. „Wir lieben uns. Wenn du es möchtest, dann können wir natürlich auch sofort heiraten. Ich werde dich nie wieder hergeben. Nicht, nachdem ich Ewigkeiten auf dich gewartet habe."

„Aber was meinst du damit?" Ralphs Worte fielen mir ein. *Er hat dir monatelang hinterher gegeifert.*

„Dass ich dich liebe? Dass wir heiraten werden? Dass ich mit dir zusammenleben möchte? Nun, wenn du möchtest, dann können wir natürlich auch erst einmal so zusammenleben. Aber du sollst wissen, dass ich dich heiraten möchte. Ja, du kannst dich als meine Verlobte bezeichnen. Ich habe nichts dagegen." Er strahlte mich an.

„Nein, das meine ich nicht." Unauffällig versuchte ich erneut, ihm meine Hand zu entziehen. In was für eine Situation war ich hier hineingeraten? „Was meintest du damit, dass du Ewigkeiten auf mich gewartet hast?"

„Nun, ich habe es dir nie erzählt, aber tatsächlich bin ich monatelang beinahe jeden Abend in deine Stammkneipe gegangen. Du warst mein Traum. Mein Ziel."

„Woher kanntest du mich?"

„Aber ich kannte dich doch gar nicht. Verstehst du denn nicht? Ich hatte tatsächlich einmal eine Verabredung im Black Cat, die aus einem Onlinedating resultierte. Dabei habe ich dich gesehen. Und von da an wusste ich, dass du meine Traumfrau bist, Pauline."

„Du willst mir jetzt nicht erzählen, dass du mich monatelang dort beobachtet hast?"

„Doch". Er lachte breit und fröhlich. Offenbar hielt er sein täppisches Verhalten für den letzten Liebesbeweis, dessen es noch bedurfte, um mich umzustimmen.

„Ich hätte alles für dich getan. Ich kann verstehen, dass ich dir nicht aufgefallen bin. Ich weiß selber, dass ich nicht unbedingt der Typ bin, den eine Frau auf der Stelle bemerkt. Und du standest immer im Mittelpunkt. Die Hübscheste. Die Umschwärmteste."

„Tim, bitte geh." Die Worte platzten aus mir heraus. Ich hätte meine Absage gern freundlicher und taktvoller formuliert, doch angesichts der Ungeheuerlichkeit seiner Erklärung gelang es mir nicht.

„Was meinst du?" Verblüfft starrte er mich an, als sei ihm meine Art zu reagieren völlig unverständlich. Ich holte tief Luft.

„Es tut mir leid, wenn ich irgendwelche Hoffnungen in dir geweckt habe. Ich finde dich nett, aber zu mehr reicht es nicht. Es hat einfach keinen Sinn mit uns."

„Du wirfst mich raus?" Mit einem Ruck schien er aus seiner verkitschten Traumwelt zu erwachen. „Wie kommst du dazu? Nach allem, was ich für dich getan habe?"

Er hatte nicht wirklich etwas für mich getan, doch ich wollte die Situation nicht noch weiter aufheizen. „Ich glaube, es ist besser, wenn du jetzt gehst."

„Wie kannst du nur? Was soll das?" Wütend starrte er mich an. „Der Anrufer hatte völlig recht. Du bist einfach nur eine widerliche Schlampe."

„Von welchem Anrufer sprichst du?"

„Das kann dir doch egal sein."

Mit einem Ruck riss er meine Wohnungstür auf und stürmte laut polternd die Treppe hinunter. Gleichermaßen verwirrt wie auch betroffen starrte ich ihm hinterher.

Weitere Komplikationen

Mein Handy läutete, als ich im Büro saß und arbeitete. Ich ignorierte die hochgezogenen Augenbrauen meines Chefs. Schon lange hatte ich mich damit abgefunden, dass er vermutlich über kein Privatleben verfügte, geschweige denn über Freunde, die ihn anriefen, einfach nur um zu fragen, wie es ihm ginge. Vermutlich aber auch nicht über einen Stalker, der verstummte, sobald das Gespräch entgegengenommen wurde.

Doch diesmal war es nicht der Stalker. Es war Marlene. Noch immer hatte ich mich nicht dazu aufraffen können, sie anzurufen. Zu verwirrend war ihre Reaktion bei unserem letzten Gespräch gewesen. Doch als ich jetzt ihren Namen auf dem Display aufleuchten sah, fühlte ich mich getröstet und erleichtert. Meine beste Freundin. Es gab sie noch. Sie hatte mich nicht vergessen.

„Pauline, wie geht es dir?" Ihre Stimme klang gutgelaunt, doch ich meinte eine leise Unruhe zu erkennen. Es war eine winzige Nuance und jemand, der sie nicht so gut kannte wie ich, hätte es sicher gar nicht bemerkt.

„Ganz gut."

„Wann hast du heute Feierabend?"

„Nun, ich..."

Mein Chef näherte sich mit seinem halbvollen Kaffeebecher der Kaffeemaschine und machte sich ausnehmend langsam daran zu schaffen. Obwohl er meine

Handygespräche verabscheute, schien er gleichwohl sehr daran interessiert zu erfahren, um was es bei meinem Telefongespräch ging.

„Ich merke schon, du kannst gerade schlecht reden. Was hältst du davon, wenn wir uns nachher treffen?", fragte Marlene, die mein Herumgedruckse richtig deutete. Als ich nicht sofort antwortete, fuhr sie fort. Diesmal klang sie deutlich besorgter. „Es ist doch alles in Ordnung bei dir, oder? Hast du Probleme? Ist etwas passiert?"

„Alles soweit okay." Ich wollte nicht unbedingt vor meinem Chef von den verwirrenden Ereignissen der letzten Tage berichten.

„Heute abend im Black Cat? Um halb acht?", schlug Marlene vor und mein Herz machte angesichts der altvertrauten Worte, die ich in den letzten Tagen vermisst hatte, einen Sprung.

„Ich werde da sein. Bis später."

Sorgsam räumte ich mein Handy zurück in meine Tasche. Mein Chef hatte die umständliche Prozedur, mit der er sich der Kaffeemaschine gewidmet hatte, beendet und balancierte seinen gefüllten Becher zurück zu seinem Schreibtisch.

„Pauline, ich wollte nur fragen... oh, du wolltest gerade gehen?"

Ich war dabei, mir meinen Mantel anzuziehen und hatte auch bereits den Schal um den Hals gewunden, als es an der Tür läutete. Martin stand im Treppenhaus. Er hielt eine Flasche Wein in der Hand.

„Ich bin auf dem Weg ins Black Cat."

„Bist du dort verabredet?"

„Ja, mit Marlene."

Martin stand direkt im Türrahmen und versperrte mir somit den Ausgang. Es schien ihm nicht aufzufallen. Statt beiseite zu treten, redete er weiter.

„Ach so. Nun, ich dachte... Ich wollte dich fragen, ob sich wegen des Fotos etwas ergeben hat. Du wirktest so besorgt neulich."

„Nun..."

„Es war Tim, nicht wahr? Ich habe gehört, wie er dich angeschrien hat."

„Es tut mir leid, dass du unseren Streit mit anhören musstest."

„Hat er sich mittlerweile erneut bei dir gemeldet? Hast du etwas gegen ihn unternommen?"

„Bislang nicht. Ich war so durcheinander."

„Das kann ich gut verstehen." Vertrauensvoll schaute er mich an. „Ich kam gerade von meinem Termin, als ich Tims wütende Rufe hörte. Ich habe ernsthaft überlegt, bei dir zu klingeln und dir meine Hilfe anzubieten."

„Vielen Dank für dein Angebot. Zum Glück bin ich alleine mit ihm fertig geworden. Aber jetzt..." Ich lächelte entschuldigend und drängte mich gegen Martin, der noch immer die Tür blockierte. „... jetzt muss ich los."

„Ja, natürlich. Entschuldige, wie gedankenlos von mir." Er packte seine Weinflasche fester. „Ich habe auch noch zu tun. Ich erwarte Besuch und werde noch etwas zu Essen vorbereiten."

„Viel Spaß mit deinem Besuch. Ich muss mich jetzt leider wirklich beeilen, sonst komme ich zu spät."

„Ja, natürlich. Ich wünsche dir auch einen schönen Abend, Pauline."

Ich eilte bereits die Treppenstufen hinunter, als mir

noch etwas einfiel.

„Ach Martin, wie ist eigentlich dein Vorstellungsgespräch verlaufen?"

„Das erzähle ich dir ein anderes Mal."

„Ich dachte nur, dass du vielleicht einen Grund zum Feiern hast. Wegen der Weinflasche."

Abwartend hielt ich inne und wandte mich zu ihm um. Zu meiner Überraschung breitete sich ein ironisches Lächeln auf seinen Gesichtszügen aus, ein Ausdruck der völlig untypisch für Martin war.

„Manchmal verläuft alles leider ganz anders, als man denkt."

„Es hat also nicht geklappt? Das tut mir leid. Aber es wird sich bestimmt noch etwas für dich finden. Ich drücke dir ganz fest die Daumen."

„Ich weiß, Pauline." Der seltsam ironische Gesichtsausdruck war so schnell verschwunden, wie er aufgetaucht war. Für einen Moment fragte ich mich, ob ich es mir nur eingebildet hatte. Noch immer umklammerte Martin die Weinflasche. Sein Blick blieb daran hängen. „Aber bestimmt finden wir trotzdem bald mal wieder einen Grund zum Anstoßen, nicht wahr Pauline?"

Ich nickte, doch ich kam mir seltsam vor. Wie jemand, der lacht, obwohl er den Witz nicht verstanden hat.

„Und dann ist er gegangen? Einfach so?" Marlene riss die Augen weit auf.

„Ja." Ich nickte. Martins merkwürdiges Lächeln vorhin im Treppenhaus hatte ich längst vergessen. Nach Ralph dagegen hielt ich unauffällig, aber offenbar ebenso vergebens wie an diversen Abenden zuvor, Ausschau. Doch es war natürlich Tim, über den Marlene und ich sprachen.

„Und seitdem hast du nichts mehr von ihm gehört?"

„Nein."

Wir saßen im Black Cat. Draußen pfiff ein nasskalter Wind durch die Novemberdunkelheit und fegte die letzten Blätter von den Bäumen. Aus irgendeinem Grund schien das Wetter meine schlechte Stimmung zu verstärken. Ich sehnte mich nach Wärme, nach langen, ewig dauernden Tagen. Unwillkürlich stellte ich mir vor, wie es wäre, mit Ralph ans Meer zu fahren, im heißen Sand herumzuliegen, die Sonne zu genießen und vielleicht ein wenig herumzuknutschen. Abends könnten wir Essen gehen, bevor wir uns für eine herrlich sündige Nacht in ein Hotelbett zurückzogen. Und erst, wenn die Sonne wieder aufging würden wir eng aneinandergeschmiegt einschlafen.

„Und er wollte wirklich, dass du zu ihm ziehst?", fragte Marlene und holte mich damit ziemlich unsanft aus meiner Traumwelt zurück in die dumpfe Realität. Seufzend nippte ich an meinem Weinglas.

„Das hat er zumindest behauptet. Er wollte mich sogar heiraten. Letztendlich hat er mich dann aber als Schlampe bezeichnet, als er gegangen ist."

„Was für ein Wechsel."

„Er war wütend. Und verletzt."

„Das ist mir klar. Glaubst du, dass er hinter dem Bild steckt?" Umständlich deutete Marlene auf das zweite Foto aus meinen Briefkasten, das jetzt zwischen uns auf dem Tisch lag.

„Ich habe es auch schon überlegt." Nachdenklich betrachtete ich das Foto. „Vermutlich ist es so."

„Du meinst wegen seiner Eifersuchtsattacken?"

„Genau." Ich nickte und trank einen weiteren

Schluck Wein. „Du hast ihn von Anfang an verdächtigt. Und offenbar lagst du damit richtig. Mich nervte seine Eifersucht nur. Dass er derart ausrasten könnte, hätte ich nicht vermutet. Ehrlich gesagt habe ich ihn deswegen eher belächelt."

„Weil du es gewohnt bist."

„Was soll ich gewohnt sein?" Ich warf Marlene einen erstaunten Blick zu. „Was meinst du damit?"

„Nun, du bist beliebt. Begehrt. Vermutlich haben schon viele Männer in deiner Nähe eifersüchtig auf einen Nebenbuhler reagiert."

„Nun fang du nicht auch noch an. Du klingst ja beinahe wie Tim."

„Aber es stimmt doch. Dabei hatte er doch keinen Grund eifersüchtig zu sein. Oder?" Prüfend schaute sie mich an. Der Nachmittag mit Ralph fiel mir ein. Ich hatte Marlene nie etwas davon erzählt. Und ich beabsichtigte dies auch jetzt nicht zu tun.

„Wirst du irgendetwas gegen ihn unternehmen?", fragte sie, als ich weiter schwieg.

„Etwas unternehmen?"

„Ja. Wirst du zur Polizei gehen oder dergleichen."

„Seltsam. Auf dem Weg zu meiner Verabredung mit dir habe ich Martin getroffen. Er hat mir ganz ähnliche Fragen gestellt."

„Und was hast du ihm geantwortet?"

„Ehrlich gesagt weiß ich nicht genau, was jetzt am besten zu tun ist. Ich bin mir unschlüssig. Meinst du, dass es etwas bringt wenn ich ihn anzeige? Seit Tim weg ist, habe ich keine anonymen Anrufe mehr erhalten. Und weitere Fotos sind bislang auch nicht aufgetaucht. Vielleicht hat die ganze Sache sich mit seinem Weggang einfach von selbst erledigt."

„Ja, das wäre wirklich zu hoffen."

„Ich möchte nicht sinnlos nachtreten. Tim wirkte in der Tat sehr verletzt. Ich glaube, es wäre keine gute Idee, ihm in der jetzigen Situation auch noch die Polizei auf den Hals zu hetzen. Vielleicht hat der ganze Spuk tatsächlich ein Ende und..."

„Pauline?" Ein rotblonder Mann stand auf einmal vor unserem Tisch und lächelte mich erwartungsvoll an.

„Ja?" Fragend schaute ich ihn an. Wer war das? Was wollte er? Doch bevor ich ihn fragen konnte, zog er mich von meinem Stuhl empor und riss mich in einer Art stürmischen Umarmung an sich.

„Wie schön, dass es endlich geklappt hat und du Zeit gefunden hast."

Wofür? Am liebsten hätte ich diese Frage gestellt, doch ich hielt mich zurück. Irgendwas stimmte hier nicht.

„Ich..."

„Jetzt sag bloß, dass du mich nicht erkennst? War das Licht bei unserem letzten Zusammentreffen derart schlecht?"

Ich starrte ihn verwirrt an. Doch etwas an seiner Stimme kam mir bekannt vor. *Rate mal, wer am Telefon ist.* Wer war es, der mir diese Frage gestellt hatte?

Nur ganz allmählich schälte sich wieder das Bild aus meinen Gedanken hervor. Eine alkoholumnebelte Party, von der ich kaum noch etwas wusste. Ein Mann, der unbedingt meine Telefonnummer hatte haben wollen und dem ich sie dann wohl auch gegeben hatte, obwohl ich mich partout nicht daran erinnern konnte.

„Gerrit?" Meine Stimme klang eher nach einer Frage, als nach einer Begrüßung.

„Genau." Er lächelte zufrieden. „Wir haben doch

neulich telefoniert, Süße. Schon vergessen?"

„Ich..." Verwirrt starrte ich ihn an.

„Hör mal, ich bin heute mit Pauline verabredet", schaltete Marlene sich ein.

„Aber das ist Unsinn. Ich bin mit Pauline verabredet. Und zwar jetzt."

„Wie kann das sein?", fragte Marlene. „Hast du dich mit ihm verabredet, Pauline?"

„Nein." Ich wusste ja noch nicht einmal, dass ich ihm meine Telefonnummer gegeben hatte, von einer Verabredung ganz zu schweigen. Irgendetwas lief in meinem Leben ganz offensichtlich schief. „Aber setz dich doch erst mal. Es tut mir leid, aber ich kann mich gar nicht daran erinnere, dass wir..."

„Ich schlage vor, du gehst." Marlene, die meine Verwirrung zu bemerken schien, klang rigoros. Ich war ihr dankbar, dass sie mir die Entscheidung abnahm. Gerrit sah das naturgemäß ganz anders.

„Hey, was soll das. Ich werde ja wohl noch..."

„Gar nichts wirst du. Du siehst doch, dass Pauline sich mit mir unterhält. Lass sie in Ruhe."

„Wir können ja telefonieren", schlug ich vor, ein hilfloser Versuch, die Wogen zu glätten.

„Verarschen kann ich mich allein." Mein Vorschlag schien bei Gerrit nicht anzukommen. „Blöde Schlampe."

Er bedachte uns mit einem wütenden Blick und schüttelte abwertend den Kopf. Dann ging er.

Ein paar Tage später schlenderte ich auf dem Heimweg von der Arbeit, tief in Gedanken versunken, durch die kalte, novemberfeuchte Dämmerung. Tim hatte sich seit unserer letzten Zusammenkunft noch immer nicht bei mir gemeldet. Handelte es sich hierbei um ein gutes oder ein schlechtes Zeichen? Vielleicht hatte er sich tatsächlich einfach zurückgezogen, um seine Wunden zu lecken. Er tat mir leid. Schließlich wusste ich selber, wie quälend Liebeskummer sein konnte. Doch ich war ganz sicher die letzte Person, die ihm in dieser Situation Trost und Hilfe spenden konnte.

Dafür hatte Gerrit noch einmal angerufen, doch ich hatte das Gespräch nicht entgegengenommen. Weitere Komplikationen in meinem Leben wollte ich unbedingt vermeiden.

Dieser ausgesprochen edel anmutende Vorsatz umfasste jedoch keinesfalls meine ständigen Träumereien von Ralph. Ich vermisste ihn. Sein Lächeln. Seine Hände. Seine Küsse. Seine Nähe. Sogar seine Ironie, seine Unnahbarkeit und seinen Spott. Einmal ertappte ich mich dabei, wie ich genau diese Worte in mein Handy tippte: Ich vermisse dich. Glücklicherweise hatte ich meine Sinne jedoch noch so weit unter Kontrolle, dass ich die Botschaft nicht abschickte. Dennoch erkundigte ich mich ein paar Mal bei der Bedienung im Black Cat, wo ich Ralph finden könne. Doch mehr als ein Schulterzucken sprang als Antwort für mich nicht heraus.

Ich ergötzte mich an Fantasien, in denen er sich genauso nach mir sehnte, wie ich nach ihm. Aber was hielt ihn dann davon ab, sich bei mir zu melden? Gab es wirklich eine andere Frau in seinem Leben? Kinder? Verpflichtungen, von denen ich nichts ahnte? Und was hatte es mit Marlenes dubiosen Andeutungen über Ralphs Vergangenheit auf sich?

Meist gab ich an diesem Punkt auf und versuchte mich auf mein eigenes Leben zu konzentrieren. Dort gab es schließlich mehr als genug Dinge, um die ich mich dringend kümmern musste. Eine neue Wohnung zu finden war dabei eines der vorrangigen Probleme. Und wenn ich sie endlich gefunden hatte, müsste ich meinen Umzug organisieren. Und sicher wäre es auch weitaus höflicher, Gerrit auf eine vernünftige Art klarzumachen, dass es mit uns nichts werden würde, statt ihn einfach feige am Telefon wegzudrücken.

Mit diesen Gedanken betrat ich das Haus, in dem meine Wohnung lag. Wie gewöhnlich öffnete ich den Briefkasten. Ein Umschlag lag darin. Mein Herzschlag schien für einen kurzen Moment auszusetzen. Verdammt, ich hatte doch so sehr gehofft, dass dieser ganze Spuk endlich ein Ende gefunden hatte. Was sollte das?

Genervt öffnete ich den Umschlag. Wie ich es erwartet hatte, lag ein Foto darin. Das Motiv, das ich dort im schwachen Licht der Treppenhausbeleuchtung erblickte, ließ mich zusammenzucken und unwillkürlich nach Luft schnappen. Mein Magen krampfte sich zu einem kleinen, harten Klumpen zusammen und ich fühlte den Drang, mich zu übergeben, während ich wie von Furien getrieben die Treppenstufen zu meiner Wohnung hinaufstürmte.

„Aber...“ Marlene betrachtete das Foto im diffusen Kerzenlicht des Black Cat mit zusammengekniffenen Augen. „Ein Nacktfoto. Hattest du nicht schon einmal eines bekommen?“

„Ja, aber das vorherige Bild war manipuliert. Das ist hier nicht der Fall.“

„Das heißt, jemand hat ein wirkliches Nacktbild von dir aufgenommen?“ Diesmal kniff Marlene ihre Augen nicht zusammen, sondern sie riss sie weit auf.

„Sieht so aus.“

„Aber was machst du da eigentlich? Auf dem Bild, meine ich?" Trotz allem schien Marlene eher interessiert als beunruhigt.

„Das siehst du doch. Ich liege auf meinem Bett."

„Du liegst nackt auf dem Bett? Machst du so was öfters?"

„Vielleicht bin ich gerade aus der Dusche gekommen. Das dort vorne könnte ein Handtuchzipfel sein."

„Also, wenn ich aus der Dusche komme, ziehe ich mich an und gehe zur Arbeit. Warum bleibst du nackt auf dem Bett liegen?"

„Ich mache so etwas manchmal. Ich bleibe noch einen Moment liegen, stehe dann auf und suche die Sachen raus, die ich anziehen möchte."

Marlene schüttelte den Kopf. Ich kam mir lächerlich und unfassbar blöd vor, fast als wäre es meine eigene Schuld, dass dieses ekelhafte Bild in meinem Briefkasten gelandet war.

„Also, ich denke nicht, dass du über deine Klamotten nachgrübelst. Dein Blick sieht ziemlich hungrig aus, findest du nicht? Sicher lechzt du nach einem Mann."

Ich hatte keine Lust, Marlenes Worte zu kommentieren, zumal sie nicht gerade leise gesprochen hatte. Einige Gäste drehten sich bereits nach uns um. Marlene schien es nicht zu bemerken. Sie trank einen großen Schluck Wein und redete weiter.

„Wer knipst überhaupt solche Bilder von dir? Du musst es doch gemerkt haben, wenn ein Kerl mit seinem Smartphone oder einer Kamera direkt vor dir steht, während du dich auf dem Bett räkelst."

„Das habe ich mich natürlich auch gefragt. Und schau mal, was ich gefunden habe." Ich zog einen komischen kleinen Apparat aus der Tasche, irgendein technisches Ding, das ich nicht recht einzuordnen wusste. „Könnte das eine Kamera sein?"

„Du meinst..." Fassungslos starrte Marlene den kleinen Gegenstand in meiner Hand an. „Ich kenne mich mit so was nicht aus."

„Glaubst du etwa ich?"

„Nein, natürlich nicht. Wie hast du sie gefunden? Und vor allem wo?"

„Ich habe mir angeschaut, aus welcher Perspektive das Foto aufgenommen wurde. Es musste ein Standpunkt über mir gewesen sein. Und wie du bereits richtig festgestellt hast, kann ich mir nicht vorstellen, dass es jemandem gelingt mich in dieser Position unbemerkt aufzunehmen. Die Lampe war naheliegend. Sie ist der einzige Gegenstand, der direkt über meinem Bett hängt."

„Du willst mir nicht erzählen, dass jemand diese Kamera in deiner Schlafzimmerlampe installiert hat? Wer macht so etwas?"

„Das habe ich mich auch schon gefragt."

„Und zu welchem Ergebnis bist du gekommen? Wer war es?" Marlene zog die Augenbrauen in die Höhe, doch ihre Stimme klang verblüffend gelassen. Auf meinen pikierten Tonfall ging sie nicht ein. Vielleicht spürte sie einfach, dass ich mit meinen Nerven am Ende war und versuchte, mich auf diese Weise zu beruhigen.

„Tim. Zumindest war das mein erster Verdacht, zumal er auch technisch sicher zu so etwas in der Lage wäre. Er kennt sich mit allerlei Geräten aus. Es ist sogar sein Beruf."

„Ich gebe dir recht." Marlene schaute mich nachdenklich an, bevor sie langsam weitersprach. „Tim wäre naheliegend. Er ist eifersüchtig und wollte vielleicht auf diese Weise überwachen, was sich auf deinem Bett abspielte. Aber wir sollten ihn nicht unter Generalverdacht stellen. Lass uns in aller Ruhe überlegen. Kannst du in etwa einschätzen, wie lange die Kamera dort bereits hing? Wann hast du die Lampe das letzte Mal näher in Augenschein genommen?"

„Ich weiß ja nicht, wie dein Haushalt organisiert ist, aber ich kontrolliere ganz gewiss nicht ununterbrochen meine Lampen nach versteckten Kameras."

„So meinte ich es doch nicht." Marlene seufzte. „Aber du musst doch irgendwann mal die Glühbirne gewechselt oder die Lampe abgestaubt haben. Wann hast du so etwas das letzte Mal getan?"

„Ich weiß es nicht."

„Und außer Tim gibt es keine andere Person, die sich allein in deinem Schlafzimmer aufgehalten hat und der du ein gewisses technisches Verständnis zutraust?"

Ich spürte, worauf sie hinaus wollte. Der Name lag förmlich in der Luft. Und dieses Wissen machte mich aggressiv.

„Deiner Meinung nach steckt doch ohnehin Ralph hinter allem."

„Du lieber Himmel, Pauline, nun reagier doch nicht so empfindlich." Marlene hob abwehrend die Hände. Betont ruhig fuhr sie fort. „Ich habe weder den Namen von Ralph noch von jemand anderem genannt. Entspann dich. Trink noch einen Schluck Wein. Und jetzt überlegen wir gemeinsam in aller Ruhe. Welche Person hatte die Möglichkeit, die Kamera zu installieren? Wer war in deinem Schlafzimmer, außer Tim? Denk nach."

„Ich weiß es nicht."

„Lass dir Zeit. Sei nicht so verstockt und beleidigt. Und bedenke bitte auch, dass es sich vermutlich um eine

Person handelt, die noch eine Rechnung mit dir offen hat. Jemand, der dich nicht leiden kann oder dir eins auswischen will."

Im ersten Moment hätte ich am liebsten erneut hochfahrend und wütend reagiert. Doch dann merkte ich, dass mich Marlenes methodische Art beinahe gegen meinen Willen beruhigte. Endlich hatte ich das Gefühl, nicht mehr nur auf der Stelle zu treten. Langsam aber sicher ertastete ich einen schmalen, kaum sichtbaren Weg, der mich aus dem Dickicht meiner wild umherspringenden Gedanken herausführte.

„Lass dir Zeit." Erneut klang ihre Stimme ruhig und bestimmt. „Wer könnte es noch gewesen sein, abgesehen von Tim?"

„Dieter" Ich war selbst erstaunt, als meine Lippen seinen Namen formten. „Dieter kennt sich ebenfalls mit diversen technischen Spielereien aus."

„Dieter?" Auch Marlene schien überrascht. „Ich weiß, dass du ihn wegen der anonymen Anrufe im Verdacht hattest. Aber das Foto? Es ist doch sicher schon länger her, dass er sich ungestört in deinem Schlafzimmer aufgehalten hat, oder?"

„Wir wissen ja nicht, wie lange die Kamera schon hängt. Vielleicht hat er sie irgendwann installiert und macht erst jetzt von ihr Gebrauch."

„Aber du bist damals bei ihm ausgezogen und lebst seither in deiner Wohnung."

„Aber Dieter war neulich bei mir. Also hatte er zumindest die Möglichkeit, die Kamera zu installieren."

„Er war in deiner Wohnung?" Interessiert schaute sie mich an. „Das musst du mir genauer erklären."

„Er hat mich wieder einmal um Geld angepumpt. Er hat die ganze alte Leier bemüht: Ich wäre ihm etwas schuldig, letztendlich drohte er mir sogar. Du kennst ihn und seine Art. Ich war müde und genervt und hatte keine Lust, mir das alles noch einmal anzuhören, geschweige denn, mich weiter um ihn zu kümmern. Ich habe ihn aufgefordert zu verschwinden und bin ins Bad gegangen. Er hätte durchaus kurz in mein Schlafzimmer gehen können, während ich im Bad war. Wie lange dauert es, so eine Kamera zu installieren?"

„Ich weiß nicht." Marlene zuckte mit den Schultern. „Wann war Dieter denn bei dir?"

„Neulich erst. Ich hatte Streit mit Tim und da hat Dieter mich vom Black Cat nach Hause begleitet."

„Pauline, wie wir sie kennen. Immer einen Mann an ihrer Seite." Jetzt war es Marlene, die pikiert klang. Mit einem Schluck trank sie ihr Weinglas leer und bestellte mit einem herrischen Winken Nachschub.

„Es war gar nicht so, wie du es darstellst. Und du kennst doch Dieter."

„Eben. Letztendlich ist er auch nur ein Mann."

„Aber es ging ihm doch nur um Geld für eines seiner unzähligen, von vornherein zum Scheitern verurteilten Projekte. Meinst du, er hat sich mehr davon versprochen, als er anbot, mich nach Hause zu begleiten?"

„Woher soll ich das wissen?", fragend schaute sie mich an. „Und warum lässt du ihn alleine in deiner Wohnung herumstöbern?"

„Du lieber Himmel, glaubst du, er würde mich bestehlen oder so? So ist Dieter nicht. Glaub mir, ich kenne ihn."

„Er schuldet dir Geld. Er lädt seine Unzufriedenheit bei dir ab und er hat dir sogar gedroht. So gut scheinst du ihn doch nicht zu kennen, Pauline." Marlene zog ihre Augenbrauen abschätzend in die Höhe. Die Bedienung stellte zwei neue Weingläser vor uns auf den Tisch und verschwand wieder. Erneut ergriff Marlene das Wort.

„Kommen weitere Personen in Frage?"

„Nein."

„Also Tim oder Dieter. Denk noch mal genauer nach. Vielleicht hast du etwas übersehen. Waren Handwerker da? Der Hausmeister? Es muss ja nicht gleich..."

Handwerker. Irgendetwas in mir rührte sich bei diesem Wort.

„Danny."

„Danny?"

„Ja, Danny. Du weißt schon, der Typ aus dem Baumarkt. Wir haben ihn im Black Cat auf einer Party getroffen. Erinnerst du dich?"

„Ja." Sie nickte.

„Er wollte sich einfach nur bei mir umsehen, wegen des bevorstehenden Umzuges. Mein Telefon hat geklingelt, als er da war. Ich habe ihn für einen Moment in meinem Schlafzimmer allein gelassen, um ungestört telefonieren zu können."

„Hmm. Also Tim, Danny oder Dieter." Sie klang nicht recht zufrieden. „Aber zumindest sieht es dann ja so aus, als sei mein Lieblingsverdächtiger Ralph aus dem Rennen, nicht wahr? Offenbar liegt es ja schon eine Weile zurück, dass du ihn in deinem Schlafzimmer empfangen hast."

Sie lachte, doch es klang irgendwie künstlich, mit einem leicht hysterischen Unterton.

„Ralph." Mitten in Marlenes Lachen hinein dehnte ich den Namen in die Länge.

Denn natürlich war Ralph in meinem Schlafzimmer gewesen. Damals, an jenem unvergesslichen Nachmittag. Jede Berührung und jede Bewegung strömten auf mich zu und die Erinnerung überflutete mich auf eine Art, die mich hilflos und unkritisch zurückließ, wie ein Schulmädchen, das an seinen allerersten Schwarm denkt. Sein Lächeln, seine Art mich zu berühren. Seine Küsse. Sein heiser hervorgebrachtes Prinzessin, weitab von jeder Ironie, die er sonst so oft in seine Worte legte. Das Geräusch, mit dem unsere verschwitzten, feuchten Körper sich beinahe widerwillig voneinander lösten. Seine Hand, die meinen nackten Rücken hinunterwanderte. Sein Atem an meinem Hals, seine Stimme an meinem Ohr. Ich spürte, wie meine Gesichtszüge bei dieser Erinnerung weich und verträumt wurden. Und ganz offensichtlich war ich nicht die Einzige, die diese Veränderung registrierte.

„Er war bei dir." Der sachliche Unterton war endgültig aus Marlenes Stimme verschwunden. Sie klang einfach nur schrill, laut und entsetzlich wütend. „Du lieber Himmel, ich sehe es dir an. Pauline, wie kannst du nur? Er ist ein dubioser Widerling. Das weißt du doch genau."

„Beruhige dich." Nur ungern verließ ich meine Erinnerung an diesen phantastischen Nachmittag mit Ralph, um in die schnöde Wirklichkeit zurückzukehren. „Es war nur einmal. Und es liegt schon länger zurück."

„Schon länger? Was heißt das genau?"

„Es war im Oktober." Die Schnelligkeit, mit der ich den Zeitpunkt parat hatte, ließ vermuten, dass ich sehr oft daran dachte. Ich hoffte, es würde Marlene nicht auffallen. Hastig fuhr ich fort. „Kurz nachdem du mir gesagt hast, du seist überzeugt, Ralph würde hinter dem ersten Foto stecken. Du weißt schon, dieses manipulierte Bild mit den halterlosen Strümpfen."

„Und da hast du..."

„Ich wollte ihn befragen. Ich wollte einfach wissen, was er dazu zu sagen hat."

„Aber dazu ist es offenbar nicht gekommen."

„Nun..."

„Statt dessen hast du mit ihm...?"

„Ja."

„Sag mal, merkst du noch was?"

„Was meinst du damit?" Ihre plötzliche Aggressivität irritierte mich.

„Wir reden Ewigkeiten über diese Fotos, die dich ja so sehr beunruhigen. Und nun erzählst du mir ganz beiläufig von einer schier unübersichtlichen Anzahl von Männern in deinem Schlafzimmer."

„Eine unübersichtliche Anzahl? Was soll der Unsinn, Marlene."

„Unsinn? Je länger du darüber nachgedacht hast, um so mehr Männer tauchten auf. Wie soll ich das alles denn sonst bezeichnen?"

„Aber es war doch alles ganz anders. Das weißt du doch genau."

„Ach ja? Weiß ich das wirklich? Und warum gehst du fröhlich mit der Person, die am dringendsten tatverdächtig ist, ins Bett?"

„Dringend tatverdächtig – was redest du denn da? Wir sind hier nicht bei der Polizei. Und warum sollte Ralph überhaupt so etwas machen? Aus welchem Grund sollte er mich mit diesen Fotos tyrannisieren?"

„Woher soll ich das wissen? Ich habe ihn ja schon immer für absolut unseriös gehalten. Aber du scheinst nichts mehr zu merken, Pauline. Du lässt dich mit jedem ein. Du kennst keinerlei Hemmungen. Du flirtest, als gäbe es kein morgen. Bei Gerrit wusstest du ja noch nicht einmal, dass du ihm deine Telefonnummer gegeben hast, geschweige denn, dass ihr verabredet gewesen seid."

„Aber was hat Gerrit denn damit zu tun? Ich kann dir versichern, dass er ganz sicher nicht in meinem Schlafzimmer war."

„Wirklich? Von der Verabredung mit ihm wusstest du doch auch nichts? Hast du es am Ende nur verdrängt? Bist du so etwas wie eine nimmermüde Nymphomanin mit Gedächtnisschwund?"

Verwirrt starrte ich sie an. Was war nur los mit ihr?

„Bist du schon einmal auf den Gedanken gekommen, dass auch Gerrit schwindeln könnte? Ich will ihn nicht beschuldigen, aber es könnte doch sein, dass er sich das alles nur ausgedacht hat. Dass er mit mir verabredet war, meine ich?"

„Aber woher sollte er wissen, dass er dich hier im Black Cat antrifft?"

„Weil ich oft hier bin. Mit Tim hat es doch ganz ähnlich angefangen."

„Warum kannst du eigentlich nicht aufhören zu betonen, dass wirklich jeder Kerl hinter dir her ist?"

„Marlene, beruhige dich. Du bist total aufgebracht. Und was hat das eine mit dem anderen zu tun? Wir wollen doch versuchen zu klären, was es mit den Fotos auf sich hat, die..."

„Aber habt ihr nicht auch telefoniert? Gerrit hat doch so etwas erwähnt. Hat er sich deine Telefonnummer ausgedacht? Oder kann er hellsehen?"

„Ich habe keine Ahnung, wie er an meine Nummer gekommen ist. Vielleicht hat sie ihm auch jemand anderes gegeben. Im Black Cat kennen mich viele."

„Unsinn. Wer sollte so etwas machen. Und vor allem, warum? Weißt du, was ich glaube, Pauline?"

„Was denn?"

„Ich glaube, dass in deinem Leben etwas vollkommen falsch läuft. Willst du dich mit diesen ganzen Dingen am Ende nur wichtig machen?"

„Nein. Wie kommst du darauf?" Verwirrt starrte ich sie an.

„Pauline, ganz ehrlich, bring erst mal dein Leben in Ordnung. Das ist ja das totale Chaos. So kann es doch nicht ernsthaft weitergehen."

„Ich weiß, aber..."

„Du bist meine Freundin. Wirklich. Aber langsam zweifle ich an dir. Kann ich dir noch trauen? Kannst du dir noch trauen?"

„Wie meinst du das?" Ich fuhr mir über die Stirn. Das konnte sie doch unmöglich ernst meinen.

„Nimmst du Drogen? Diese Erinnerungslücken sind doch nicht normal. Oder geht es dir am Ende nur darum, dir eine tolle Story zusammenzuspinnen?"

„Was redest du da?"

„Pauline, sei ehrlich. Hast du die Kamera selbst in deinem Schlafzimmer installiert und tust jetzt so, als wäre es eine fremde Person gewesen?"

„Nein. Und warum sollte ich so etwas tun?"

„Du warst schon immer recht findig und umtriebig. Und du weißt ganz genau, welchen Hebel du bei Männern bedienen musst."

„Ich weiß nicht, was du meinst. Und selbst wenn es so wäre – was hat das alles mit den Fotos zu tun?"

„Was das mit den Fotos zu tun hat? Nun, das kann ich dir sagen." Marlene lehnte sich auf ihrem Stuhl zurück und stürzte den restlichen Wein aus ihrem Glas in einem Zug hinunter, bevor sie erneut das Wort ergriff. Ihre Stimme klang undeutlich und leicht verwischt.

„Ist es am Ende so, dass du diese Fotos selbst in deinen Briefkasten steckst, um davon abzulenken, dass du es bist, die andere erpresst? Mit Fotos, die die Männer, die dich besuchen, in deinem Schlafzimmer zeigen?"

„Sag mal, spinnst du? Du drehst ja völlig ab."

„Pauline, ich weiß ehrlich gesagt nicht mehr, ob ich dir noch trauen kann. Sieh endlich zu, dass du dein Leben wieder unter Kontrolle bekommst. Aber ich kann dir einen Tipp geben. Es ist sicher keine gute Idee, wenn du als allererstes mit jedem dahergelaufenen Barbetreiber ins Bett springst."

„Aber ich..."

Doch ich kam nicht weiter. Marlene schlüpfte in ihren Wintermantel und band ihren Schal um.

„Nimm es mir nicht übel, aber ich muss erst mal hier raus. Sorry, aber das war alles etwas zu viel für mich."

Sie verschwand, ohne sich noch einmal nach mir umzudrehen. Wortlos starrte ich ihr hinterher. Aus den Augenwinkeln bemerkte ich, wie einer der Männer, die an der Bar saßen, mir anzüglich zublinzelte.

Bei der Arbeit

„Pauline, bitte kommen Sie mal zu mir." Die Stimme meines Chefs schnarrte aus der altertümlichen Gegensprechanlage.

„Sofort. Ich muss nur noch schnell..."

„Auf der Stelle." Ein trockenes Räuspern erklang.

„Sofort. Ohne Umwege."

Seufzend schob ich die Unterschriftenmappe beiseite, die ich gerade vorbereitete, strich meinen Rock glatt und ging hinüber in das Büro meines Chefs.

Wie immer, wenn ich sein Büro betrat, verwirrte mich die Tatsache, dass es dort noch altertümlicher aussah, als in dem Raum, in dem ich meinen Platz hatte. Mein Chef war Anwalt, doch mit spektakulären Gerichtsprozessen und öffentlichkeitswirksamen Auftritten hatte er nichts zu tun. In einem Gerichtssaal hatte ich ihn noch nie gesehen und ich war mir nicht einmal sicher, ob er überhaupt schon einmal einen betreten hatte. Er war auf Vermögensverwaltungen spezialisiert und kümmerte sich um Testamentsvollstreckungen, Geldanlagen und dergleichen. Anfangs, als ich begonnen hatte für seinen Geschäftspartner zu arbeiten, hatte ich mit großen Augen die Summen registriert, die auf Veranlassung der Anwälte hin- und hergeschoben wurden.

„Das mag für Sie eine ganz neue Welt sein, Pauline. Aber glauben Sie mir, die Menschen, die hinter diesen Beträgen stehen, sind auch nicht glücklicher als wir. Nur reicher." Der Geschäftspartner meines jetzigen Chefs war ein älterer, freundlicher Mann von etwas dicklicher Statur mit einem fröhlichen, offenen Lächeln gewesen, der seine ganz eigene Meinung über Geld und Glück gehabt hatte. Ich mochte ihn und ich war ehrlich traurig und bestürzt, als er schon bald nachdem er mich eingestellt hatte, einem Herzinfarkt erlag. Sein Nachfolger war mein derzeitiger Chef, ein Mann, der sich durch spinnenartige Finger und ein humorloses Wesen auszeichnete. Wir passten nicht zusammen. Mehr als einmal hatte ich es gespürt. Gelegentlich fragte ich mich im Stillen, warum er mich nicht längst hinausgeworfen und durch eine andere Mitarbeiterin ersetzt hatte. Doch vielleicht ging es ihm genau wie mir und er war schlicht mit anderen Dingen beschäftigt, so dass ich auf seiner Prioritätenliste so weit unten stand, wie er auf meiner. Vielleicht waren wir uns einfach derart egal, dass keiner von uns die Veranlassung sah, etwas am Status quo zu ändern.

„Was gibt es denn?"

„Eine Menge. Und offen gestanden weiß ich nicht, wo ich anfangen soll." Er hielt ein Schreiben zwischen seinen spinnenartigen Fingern und starrte angewidert auf meinen für sein Empfinden mit Sicherheit viel zu kurzen Rock. Ich schlug kokett die Beine übereinander und musterte unauffällig sein Jackett in gedeckten Farben. Der Schnitt war unvorteilhaft und passte nicht zu seiner Figur. Wie in so vielen anderen Dingen waren wir auch, was unsere Kleidung betraf, in gänzlich unterschiedlichen Welten unterwegs.

Noch einmal schaute er auf die Papiere in seiner Hand, bevor er sich erneut mir zuwandte.

„Dieses Gespräch ist mir äußerst unangenehm", begann er mit einem leichten Zögern. Sein Gesicht war rot, an den Schläfen zeigten sich sogar ein paar Schweißperlen. Wollte er mich entlassen? Ich fühlte mich relativ emotionslos bei dieser Überlegung. Allerdings spielte ich kurz mit dem Gedanken, ihn zu bitten, seine Kündigung erst auszusprechen, sobald ich eine neue Wohnung gefunden hatte. Für einen neuen Mietvertrag bildete ein fester Arbeitsplatz einen unersetzlichen Pluspunkt. Würde er sich auf diesen Deal einlassen?

„Dieses Foto war heute in der Post." Seine anklagende Stimme drang in meine Überlegungen. Instinktiv schloss ich die Augen. Auf einmal wurde mir gleichzeitig heiß und kalt und die Welt schien vor meinen Augen zu schwanken. Leichter Schwindel verstellte mir die Sicht. Und obwohl ich durchaus ahnte, was jetzt kommen würde, traute ich mich kaum hinzuschauen. Das durfte nicht sein. Doch als ich endlich einen Blick auf das Foto vor mir warf, sah ich meine schlimmsten Befürchtungen bestätigt. Ein nackter Busen, ein von einer Decke kaum verhüllter nackter Hintern. Oder um genauer zu sein: Mein nackter Busen und mein fast nackter Hintern. Ich schaute schnell wieder weg. Vermutlich sah ich jetzt genauso aus wie mein Chef. Rotgesichtig und äußerst peinlich berührt.

„Haben Sie dazu etwas zu sagen?"

Was erwartete er von mir? Trotz meiner Ratlosigkeit versuchte ich stotternd zu einer Erklärung anzusetzen.

„Ich... Es tut mir leid, dass Sie ein derartiges Foto von mir erhalten haben."

„Ja, das finde ich auch äußerst bedauerlich. Haben Sie noch mehr dazu zu sagen?"

„Ich habe da momentan ein Problem. Ein größeres

Problem."

„Ich auch. Meine Frau hat die Post heute geöffnet. Können Sie sich in etwa vorstellen, was los war, als sie dieses Bild entdeckt hat?"

Auch das noch. Seine Frau arbeitete gelegentlich mit im Büro. Dass ausgerechnet diese an eine alte Jungfer erinnernde Frau, die zudem noch Vorsitzende einer obskuren Religionsgemeinschaft war, dieses Foto von mir gesehen hatte, war mir fast noch peinlicher, als dass es in die spinnenartigen Finger meines Chefs gelangt war.

„Möchten Sie mir vielleicht von Ihrem Problem erzählen?" Er schaute mich nicht an, sondern hielt bei seiner Frage den Kopf gesenkt und trommelte unruhig mit den Fingern auf der Schreibtischoberfläche.

„Ich habe auch Bilder erhalten."

„Solche Bilder?"

„Ja. Es war nicht genau dieses Foto, aber es waren ähnliche Bilder."

„Und von wem stammen die Bilder?"

„Ich weiß es nicht." Jetzt klang meine Stimme ehrlich verzweifelt. „Ich habe wirklich keine Ahnung."

„Waren Sie bei der Polizei?"

„Nein. Ich bin noch nicht dazu gekommen."

„Sie sind noch nicht dazu gekommen?" Ruckartig hob er den Kopf. Seine Finger hörten abrupt auf die Schreibtischoberfläche zu bearbeiten. Jetzt ruhte sein Blick auf mir und dieser Blick verriet mehr als deutlich, dass er mir kein Wort glaubte. „Sie erhalten derartige Bilder und gehen nicht sofort zur Polizei? Wer knipst überhaupt so ein Foto von Ihnen?"

„Ich weiß es nicht. Ich habe neulich in meiner Schlafzimmerlampe etwas entdeckt. Eine Kamera."

„Eine Kamera? In Ihrem Schlafzimmer?"

Das Wort Schlafzimmer klang aus seinem Mund nach einem geradezu verbotenen Ort.

„Ja."

„Und natürlich wissen Sie nicht, wer diese Kamera installiert hat, nicht wahr?" So wie er es sagte, klang es, als sei ich ausgesprochen dämlich.

„Nein. Woher soll ich es wissen?"

Er warf das Foto mit einer angeekelten Geste von sich.

„Pauline, nur für den Fall, dass Ihnen diese Fakten abhanden gekommen sind: Wir arbeiten für Leute mit einem gewissen Vermögen. Wir wissen sowohl um deren Errungenschaften, als auch um deren Nöte. In diesen Räumen lagern streng vertrauliche Informationen. Die Menschen, die uns beauftragen, müssen sich auf unsere Diskretion verlassen können."

„Ich weiß, aber ich verstehe nicht..."

„Sie wissen? Warum lassen Sie sich dann auf so einen... so einen Schrott ein." Erregt hieb er mit der Hand auf den Schreibtisch. „Wissen Sie, in was für eine Situation Sie mich mit einem solchen Bild bringen können?"

„Es ist mir bewusst, dass es peinlich für Sie ist, dieses Foto erhalten zu haben und natürlich entschuldige ich mich dafür. Aber ..."

„Sie entschuldigen sich? Glauben Sie ernsthaft, damit sei alles gesagt? Pauline, Sie haben mir selber gerade mitgeteilt, dass auch Sie entsprechende Bilder erhalten haben. Was passiert, wenn einer unserer Klienten eines erhält? Wie stehe ich dann da?"

„Aber warum sollte einer Ihrer Klienten eines erhalten? Woher sollte jemand überhaupt wissen, wer Ihre Klienten sind?"

„Es wusste immerhin offenbar auch jemand, wo Sie arbeiten. Warum also sollte dieser dubiose Jemand nicht auch noch herausfinden, wen wir vertreten?"

„Aber das ist doch unwahrscheinlich. Ich kann mir nicht vorstellen, dass..."

„Oder wollen Sie mich erpressen? Haben Sie diese Idee aus dem Internet?"

„Das Internet? Was hat das Internet damit zu tun?"

„Da machen doch alle Geld, mit derartigen Dingen. Man liest es immer wieder."

„Aber warum sollte ich Sie erpressen wollen?"

„Weil Sie Geld brauchen natürlich. Aber ich sage Ihnen eines, Pauline - darauf lasse ich mich nicht ein. Ich werde mir kein Verhältnis oder etwas Ähnliches mit Ihnen unterjubeln lassen. Unter keinen Umständen."

„Aber ich wollte doch gar nicht..." Ich starrte ihn an, eher verblüfft als verärgert. „Wie können Sie nur behaupten, ich würde Sie erpressen?"

„Das habe ich nie getan." Wütend deutete er mit seinem erhobenen Zeigefinger auf mich. „Aber dass diese Möglichkeit im Raum steht und denkbar wäre, lässt sich ja wohl nicht leugnen. Zumindest nicht, wenn man den derzeitigen Stand dieser unerfreulichen Geschichte in Betracht zieht. Das müssen doch sogar Sie zugeben, nicht wahr, Pauline?"

Was sollte ich jetzt sagen, zumal ihn meine Meinung doch ohnehin nicht zu interessieren schien? Marlene fiel mir ein, die mir ganz ähnliche Dinge unterstellt hatte. Was hatten meine Mitmenschen für eine seltsame Meinung von mir?

„Und jetzt? Sie können mich doch nicht einfach hinauswerfen?" Meine Stimme klang bemerkenswert kleinlaut. Der lässige Abstand, mit dem ich diese Möglichkeit eben noch als gar nicht so schlimm erachtet hatte, war verschwunden. Ohne meinen Job hatte ich kein regelmäßiges Einkommen, kein Geld für Einkäufe, die nicht unbedingt notwendig waren und die Aussicht auf eine neue Wohnung tendierte praktisch gegen null. Schlagartig wurde mir bewusst, wie dünn der Boden war, auf dem ich lebte.

„Da bin ich mir nicht sicher. Immerhin fällt das, was Sie da betrieben haben, unter einen eklatanten Vertrauensbruch. Ich habe mich daher entschlossen, Sie mit sofortiger Wirkung freizustellen. Packen Sie Ihre Sachen und verlassen Sie Ihren Arbeitsplatz. Und was die Kündigung betrifft, werden Sie noch von mir hören. Denn Sie werden mir sicher Recht darin geben, dass nach derartigen Einblicken eine von Respekt und gegenseitiger Anerkennung getragene Zusammenarbeit nicht möglich ist."

„Aber ich..."

„Bitte verlassen Sie jetzt dieses Büro. Und tun Sie mir einen Gefallen – nehmen Sie diesen Schmutz mit. Zur Beweissicherung habe ich bereits Kopien angefertigt. Ich denke, es ist auch in Ihrem Interesse, wenn wir uns stillschweigend in dieser unsäglich peinlichen Angelegenheit einigen. Sie werden diesbezüglich von mir hören. Und versuchen Sie bitte nicht, mich zu kontaktieren. Momentan bin ich für Sie nicht zu sprechen, Pauline. Das ist mein letztes Wort. Bitte geben Sie mir Ihren Schlüssel und verlassen Sie das Büro. Derzeit ist Ihre Mitarbeit hier nicht erwünscht."

Sprachlos starrte ich ihn an. Ich brauchte ein paar Sekunden, die mir wie Stunden vorkamen, um mich zu besinnen. Dann stand ich auf, ging zu meinem Platz, griff nach meiner Jacke, meinem Schal und meiner Tasche.

Im Weggehen knallte ich den Schlüssel auf den Schreibtisch meines Chefs.

„Ich quittiere Ihnen den Empfang." Wichtigtuerisch begann er in seiner Schreibtischschublade zu kramen.

Doch ich hatte keine Lust neben seinem Schreibtisch zu stehen und ihn dabei zu beobachten, wie er mit großspuriger Geste eine Quittung ausstellte. Ohne abzuwarten wandte ich mich um und verließ grußlos das Büro.

Nach Hause mochte ich nicht gehen. Statt dessen schlenderte ich durch einen Park und wusste nicht mehr weiter. Dabei hatte ich seltsamerweise oft davon geträumt, meinen Job einfach hinzuwerfen. Ich schätzte meine Arbeit nicht sonderlich. Ich wollte einfach leben. Idiotischerweise erkannte ich erst in diesem Moment, als alles zusammenbrach, wie wichtig meine tägliche Arbeit war.

Wie ein Teenie hatte ich in den Tag hineingelebt. Partys und Spaß waren eine Art Lebenselexier für mich geworden. Mir fiel ein, wie oft Marlene mich für meine mangelnde Einstellung kritisiert hatte. Und sie hatte Recht behalten.

Was sollte ich jetzt machen? Eine traurige Ballade von REM spukte in meinem Kopf herum, die sich irgendwann unversehens zu Moon River wandelte. Am liebsten hätte ich geheult. Holly Golightly 2.0 – entzaubert und enttäuschend als billige Kopie enttarnt, ohne auch nur einen Hauch der Grazie und Schönheit des anbetungswürdigen Originals.

Schniefend lehnte ich mich gegen einen novemberfeuchten Baum und kramte das Foto heraus, das mein Chef erhalten und das er mir in die Hand gedrückt hatte.

Es war scheußlich, aber auf eine ganz andere Art als

die Bilder, die ich erhalten hatte. Zwar lag ich genau wie auf dem anderen Nacktfoto in einem Bett, doch diesmal lächelte ich nicht mit leuchtenden Augen stillvergnügt vor mich hin. Auf diesem Foto schien es, als würde ich schlafen. Die Beleuchtung war seltsam diffus. Das dünne Laken, das einen Teil meines Körpers bedeckte, hatte sich um meine Beine gewickelt, ließ jedoch andere Körperteile komplett frei. Das andere Foto von mir auf dem Bett strahlte eine gewisse Lebensfreude und Sinnlichkeit aus. Dieses hier wirkte einfach nur langweilig, grau und scheußlich.

Das Gemisch aus traurigen Liedern in meinem Kopf, verbunden mit diesem gräßlichen Foto, den Geschehnissen der vergangenen Tage und dem abscheulichen Gefühl, alles falsch gemacht und alles verloren zu haben, trieben mir die Tränen in die Augen. Ich musste irgendwas tun, sonst würde ich hier im Park, mitten im dunstigen Novembernebel, zusammenbrechen.

Mit zitternden Fingern kramte ich mein Handy hervor. Es war mir egal, ob meine spontane Eingebung sinnvoll oder gar vernünftig war.

Ich rief Ralphs Nummer auf.

Er meldete sich sehr schnell, doch es war kein schmachtendes *Prinzessin*, mit dem er mich begrüßte.

„Ach, hallo." Seine Stimme klang kalt und geschäftsmäßig.

„Ralph!" Ich schrie seinen Namen fast in das Telefon. Gleichzeitig spürte ich, wie Tränen über meine Wangen rannen. Ich schniefte, als ich weitersprach „Können wir uns sehen?"

„Du willst mich sehen?" Seine Betonung lag ganz eindeutig auf dem vorletzten Wort. Ganz offensichtlich war mein Wunsch so ziemlich das Letzte, was er erwartet hatte.

„Ja." Erneut schniefte ich. „Bitte. Hast du Zeit?"

„Jetzt?" Fast schien er entsetzt.

„Warum nicht?"

Für einen kurzen Moment schwieg er. Audrey Hepburns sanfte Stimme schien in meinem Kopf den Titelsong aus Frühstück bei Tiffany zu summen und mich in ferne, schönere Welten zu leiten, bis die Melodie rüde von Ralph unterbrochen wurde.

„Ist das eine Falle?"

„Eine Falle? Was meinst du damit?"

„Das weißt du doch genau."

„Nein." In das Durcheinander, das meine Gedanken ohnehin beherrschte, mischte sich Verständnislosigkeit. Worauf wollte er hinaus?

Er seufzte, doch selbst sein Seufzer klang eher aufgebracht, angesichts meiner Begriffsstutzigkeit, als resigniert.

„Pauline, es ist mir zwar rätselhaft, warum du dich derart ahnungslos gibst, aber du kannst deinem kleinen Freund gern von mir ausrichten, dass er etwas erleben kann, wenn er sich noch ein einziges Mal in meiner Nähe blicken lässt."

„Redest du von Tim?"

„Ich rede von Mamas Liebling. Ist er bei dir? Ich warne dich, wenn dein Anruf eine Falle von diesem miesen, kleinen Schmarotzer ist, dann ist was los."

„Was für eine Falle meinst du?" Mein Schniefen wurde lauter. Nichts in meinem Leben schien auch nur ansatzweise so zu laufen, wie ich es mir vorstellte.

„Ist er bei dir? Ich will es wissen." Jetzt klang seine Stimme einfach nur wütend. Das war ungewöhnlich. Ansonsten dominierte bei Ralph stets eine gewisse Lässigkeit, vermischt mit einer guten Portion Selbstironie, mittels der er so ziemlich jede Situation unter Kontrolle brachte. Aufgebracht oder gar unbeherrscht hatte ich ihn noch nie erlebt. Was war los? Ich fuhr über mein tränennasses Gesicht.

„Nein, natürlich ist er nicht bei mir. Ich habe die ganze Sache mit ihm beendet. Aber was genau meintest du mit einer Falle?"

„Er ist wirklich nicht bei dir?"

„Nein."

„Und du hast mit ihm Schluss gemacht? Wann?"

„Vor ein paar Tagen schon. Ist das wichtig?"

„Und jetzt willst du dich mit mir treffen?"

„Ja." Seine Fragen machten mir Angst. Irgendwas stimmte nicht. „Ich will mit dir reden."

„Reden?" Es klang so, als hätte er etwas ganz anderes erwartet.

„Ja. Ich wollte dich etwas fragen."

„Was denn? Geht das nicht auch am Telefon?"

Er wirkte so abweisend. Alles schien schiefzulaufen. Was sollte ich tun? Zu meinem Entsetzen spürte ich, wie die Tränen in wahren Strömen meine Wangen herab rannen. Jetzt heulte ich richtig.

„Können wir uns nicht sehen?"

„Ich kann nicht zu dir kommen." Er klang entschieden und abweisend.

„Ja, dann..." Ich schniefte.

„Sag mal, weinst du, Prinzessin?" Diesmal klang seine Stimme vorsichtig und zögernd.

„Vielleicht ein bisschen."

„Weswegen weinst du? Was ist passiert?"

„Alles Mögliche." Ich heulte weiter und lehnte mich gegen einen Baum. Ich war froh, dass er hier stand. Ich brauchte einfach etwas zum Anlehnen. Das einzig tröstliche schien die sanfte Stimme von Audrey Hepburn, die noch immer in meinem Kopf widerhallte. „Bist du im Black Cat? Ich meine, wenn du nicht zu mir kommen kannst, dann könnte ich auch ins Black Cat kommen."

„Hat er dir irgendwas angetan?"

„Wer?"

„Mamas Liebling."

„Ich weiß es nicht." Für einen winzigen Moment verweilten meine Gedanken erneut bei den Fotos. „Ich weiß es wirklich nicht."

Ralph schwieg. Als ich schon fast davon überzeugt war, dass er gleich grußlos auflegen würde, erklang auf einmal wieder seine Stimme. Diesmal sprach er ruhiger und gefasster.

„In Ordnung, Prinzessin. Wir treffen uns in dem kleinen Café, direkt neben dem Black Cat. Du weißt, welches ich meine?"

„Das Café Bettina?"

„Genau dort. Passt es dir in einer halben Stunde?"

„Ja." Ich hauchte die Worte fast in den Hörer. „Das passt sehr gut. Vielen Dank, dass du es einrichten kannst." Ein paar Sekunden hielt ich inne. Ich wischte mir die Tränen ab. Meine Stimme wurde noch leiser, als sie es gerade eben bereits war.

„Ich habe dich vermisst Ralph. Schrecklich vermisst. Die ganze Zeit."

Doch Ralph hatte bereits aufgelegt und konnte mich nicht mehr hören.

Der Tag der geplatzten Träume

Ralph war breitschultrig, dunkelhaarig und hatte das gewisse Etwas. Es gab viele Orte, an denen er mir aufgefallen wäre. Im Café Bettina wirkte er allerdings zwischen den älteren Leuten, die hausgebackene Torten von blümchenumkränzten Tellern aßen, geradezu exotisch. Als ich hereinkam, entdeckte ich ihn sofort, an einem Tisch ganz am Ende des Raumes.

„Hi, wie schön, dass du schon da bist. Ich..."

Auf dem Weg hierher hatte ich überlegt, was ich sagen wollte. Ralphs merkwürdige Andeutungen Tim betreffend gingen mir nicht aus dem Kopf. Was war vorgefallen? Hatte Ralph auch ein Foto erhalten? Fand ich hier womöglich den Beweis, dass tatsächlich Tim hinter der ganzen vertrackten Geschichte steckte?

Ich rief mir Tims Eifersuchtsanfälle ins Gedächtnis zurück, seine kindischen Verdächtigungen, seine absurden Zukunftspläne, in denen er für mich offenbar die Rolle einer dümmlich lächelnden Marionette vorgesehen hatte. War tatsächlich er es gewesen, der die Kamera in meinem Schlafzimmer installiert hatte? Noch während ich Ralph gegenüber Platz nahm, überlegte ich, wie ich das Thema am besten zur Sprache bringen konnte. Denn dass ich Ralph von allem erzählen würde stand außer Frage. Doch als ich aufschaute und ihn zum ersten Mal wirklich betrachtete, blieben mir meine sorgsam zurechtgelegten Worte im Mund stecken.

Denn Ralph sah chaotisch aus. Sein rechtes Auge war komplett zugeschwollen und von schillernden Blutergüssen umgeben, die sich über sein Jochbein, bis hin zur Nase ausbreiteten. Über seine Stirn zog sich eine mit mehren Stichen sorgsam zusammengefügte Naht. Eine winzige Ecke an einem Zahn war weggebrochen.

Instinktiv streckte ich meine Hand aus, doch er zuckte zurück.

„Nicht. Fass das bloß nicht an. Das Auge tut schon ziemlich weh, aber die Prellungen an der Nase sind fast noch schlimmer."

„Was ist passiert? Wer hat dir das angetan?" Ich sank auf den Stuhl ihm gegenüber.

Er straffte die Schultern und versuchte sich in diesem ironischen Lächeln, das so typisch für ihn war. Doch ich erkannte den Schrecken und den Schmerz, der in seinen Augenwinkeln lauerte.

„Ich denke, ich habe Mamas Liebling ein wenig unterschätzt."

„Mamas Liebling? Du redest doch nicht etwa von Tim?"

„Von wem sonst? Offenbar war er nicht erfreut über unser kleines Techtelmechtel. Nett von dir, ihm davon zu erzählen, ohne mich zumindest vorzuwarnen."

„Aber ich habe es ihm nicht erzählt."

„Und wer soll es sonst gewesen sein? Ich vielleicht?"

Er schoss einen abweisenden Blick auf mich ab und trank einen Schluck Kaffee. Sein zugeschwollenes Auge schien mich anklagend zu mustern.

„Wie ist es passiert? Hat er dir aufgelauert?"

„Es war drüben im Laden." Er deutete in Richtung des Black Cat. „Und aufgelauert ist vermutlich zu viel gesagt. Ich war allein dort. Auf einmal öffnete sich die

Tür und er stürmte herein. Bevor ich wirklich reagieren konnte, hatte er schon zugeschlagen und faselte etwas davon, dass ich dich ihm weggenommen hätte."

„Aber das kann nicht sein." Ich hatte Tim nie explizit den so verführerischen Nachmittag mit Ralph gestanden. Oder genügten für jemanden wie Tim bereits bloße Andeutungen? Der gutaussehende Dunkelhaarige. So hatte Tim Ralph genannt. Machte er sich wirklich nach seinem so vagen Verdacht auf den Weg und schlug ihn einfach zusammen? Nachdenklich betrachtete ich Ralphs Wunden.

„War es wirklich Tim? Bist du dir ganz sicher? Und er hat nichts weiter gesagt?"

„Es war ganz sicher Tim." Ralph rührte so heftig in seiner Tasse, dass der Kaffee überschwappte. „Als er auftauchte, war ich immerhin noch im Besitz meiner vollen Sehkraft. Und abgesehen von seinen zaghaften Andeutungen, dass ich Schuld am Scheitern eurer ach so wunderbaren Beziehung sei, hat er sich zu keinen weiteren Äußerungen hinreißen lassen. Ich kann dir allerdings versichern, dass mir nach seinem ersten Treffer der Sinn auch nicht mehr nach einer gepflegten Konversation stand."

Er musste furchtbare Schmerzen haben. Seine angespannten Gesichtszüge sprachen Bände. Selbst das Atmen schien ihm schwerzufallen.

„Ralph, du gehörst ins Bett"

„In deines, Prinzessin? Ich versichere dir, dort wäre ich momentan absolut nutzlos."

„Hey. Nun sei doch nicht so. Außerdem habe ich das ganz anders gemeint."

„Wie denn?"

„Anders eben." Ich zuckte mit den Achseln. „Tu bitte

nicht so, als hättest du die Lage im Griff."

„Ich glaube, du hast einen völlig falschen Eindruck von mir. Denn gerade im Moment habe ich bedauerlicherweise absolut gar nichts im Griff."

„Ich auch nicht. Ich..." Für einen Augenblick war ich versucht loszulegen. Ich wollte ihm von meinem so gut wie verlorenen Job berichten, von den Fotos in meinem Briefkasten, dem Zerwürfnis mit Marlene, dem ganzen Chaos, das mich umgab. Doch nach einem weiteren Blick auf sein zugeschwollenes Auge hielt ich inne. Es gab im Moment wahrlich ganz andere Probleme. Stockend und unsicher fuhr ich fort.

„Warst du beim Arzt?"

„Ja. Meine Nähkünste reichten für meine Stirn leider nicht aus."

„Und was hat er gesagt?"

„Das Gleiche wie du. Ich soll mich hinlegen und schonen."

„Du solltest dich daran halten. Du bist krank. Leg dich hin, ruh dich aus und werd erst mal gesund."

Er lächelte, doch diesmal war sein Lächeln nicht ironisch, sondern müde und erschöpft.

„Das würde ich gern. Aber daran ist nicht zu denken. Ich muss arbeiten."

„Aber Ralph, damit kannst du nicht arbeiten. Das geht nicht."

„Es muss gehen."

„Aber Tim kann zurückkommen. Was machst du, wenn er das gleiche noch einmal versucht?"

„Er hat jetzt Hausverbot. Er wird nicht wiederkommen."

„Meinst du wirklich?"

„Ich denke schon."

„Aber kann nicht eine deiner Aushilfen das Black Cat übernehmen, bis du wieder gesund bist? Du warst doch in der letzten Zeit ohnehin nicht so oft da. Da wäre es doch sicher möglich, dass..."

„Es ist dir aufgefallen?"

„Was?"

„Dass ich in letzter Zeit nicht so oft im Black Cat gewesen bin?"

„Ja, sicher. Ich habe immer nach dir Ausschau gehalten. Wo bist du gewesen?" Es waren genau diese Fragen, die ich nie zuvor zu stellen gewagt hatte und auch jetzt behagte mir das Warten auf eine Antwort nicht. Denn was kam jetzt? Eine kranke Ehefrau? Ein neugeborenes Baby? War heute der Tag der geplatzten Träume?

„Ich... ich hatte anderes zu tun." Ralph, dem unser Gespräch mindestens genauso viel Unbehagen zu bereiten schien wie mir, wandte sich ab und schaute aus dem Fenster.

„Aber du kannst mit diesen Verletzungen nicht arbeiten. Besteht nicht die Möglichkeit, dass du bei Tim Verdienstausfall geltend machst oder wie das heißt?"

„So etwas dauert Ewigkeiten." Noch immer hielt Ralph den Kopf zum Fenster hin gewandt. „Ich bin selbständig, Pauline. Ich kann den Laden jetzt nicht einfach schließen, nur weil ich das Pech hatte, deinem leicht aggressiven Ex-Lover im Weg gestanden zu haben. Das kann ich mir nicht leisten. Zudem muss ich dringend mal wieder selber Geld verdienen, statt ewig meine Aushilfen zu bezahlen."

„Aber was hattest du denn in letzter Zeit anderes zu tun? Warum bist du so selten im Black Cat gewesen?"

Meine Stimme klang schrill und ängstlich. Wollte ich

tatsächlich eine Antwort auf meine Frage? Endlich wandte Ralph den Kopf vom Fenster weg und schaute mich an. Noch vor wenigen Tagen hätte ich seinen Blick vermutlich unwiderstehlich gefunden. Heute sah er angesichts des geschwollenen Auges einfach nur grotesk aus.

„Das fragst du jetzt nicht ernsthaft, Prinzessin?"

„Doch", unsicher erwiderte ich seinen Blick. Und trotz des merkwürdigen Gefühls, das dieses Thema in mir auslöste, schaffte ich es nicht, es fallen zu lassen. „Was war los? Warum warst du nie da? Ist etwas passiert?"

„Das ist doch offensichtlich." Er starrte mich an. „Denk doch mal nach."

„Offensichtlich? Für mich nicht. Ehrlich gesagt verstehe ich überhaupt nicht, was du..."

„Pauline. Verdammt noch mal, ich bin krank. Es geht mir wirklich ziemlich beschissen. Ich habe keine Lust auf deine Spielchen." Seine Stimme war unversehens lauter geworden. Eine ältere Frau am Nebentisch warf ihm einen empörten Blick zu.

„Ich verstehe nicht, was du meinst. Sag es doch einfach. Hat es mit deinem Privatleben zu tun?"

Diesmal klang ich recht lässig, doch mein Herz begann heftiger zu schlagen. Noch immer lauerte die Angst vor einer Antwort, die ich nicht hören wollte, im Hintergrund.

„Pauline, bitte. Müssen wir das jetzt diskutieren? Es geht mir wirklich nicht gut und außerdem muss ich rüber ins Black Cat. Die ersten Gäste kommen bald." Er stand auf, fuhr sich über die Schläfen und zuckte im gleichen Moment zusammen. Offenbar hatte er unbeabsichtigt eine seiner vielen Verletzungen berührt. Ich erhob mich ebenfalls, fest entschlossen, mich nicht abwimmeln zu lassen.

„Ich helfe dir." Die Worte waren heraus, bevor ich näher darüber nachgedacht hatte.

„Du willst mir helfen?" Spöttisch betonte er das erste Wort. „Wobei denn?"

„Ich helfe dir im Black Cat. Heute. Es ist das Mindeste, was ich für dich tun kann."

Seine Antwort bestand in einem lässigen Schnauben, das ich nicht recht einordnen konnte. Doch er protestierte nicht, als ich mich ihm anschloss.

Es war bereits spät, als die letzten Gäste endlich gegangen waren. Ich fühlte mich müde und ausgelaugt nach diesem langen Tag. Doch neben Ralph wirkte ich vermutlich wie das blühende Leben.

„Vielen Dank für deine Hilfe." Erschöpft lehnte er sich an die Wand und schloss die Augen. Sein Gesicht war grau und seine Züge schmerzverzerrt. Routiniert warf er eine Tablette ein.

„Und jetzt?"

„Was und jetzt?" Er starrte mich aus dem nicht zugeschwollenen Auge an. „Was meinst du damit?"

„Du kannst nicht einfach allein nach Hause fahren, Ralph. Du bist krank."

„Mach dir keine Sorgen, Prinzessin. Ich passe auf mich auf."

„Komm mit zu mir." Die Worte platzten aus mir heraus, obwohl ich den ganzen Abend Zeit gehabt hatte, sie mir zurechtzulegen. „Es ist nicht weit. Du bist krank. Du kannst jetzt nicht allein bleiben."

„Süße, du bist nicht meine Krankenschwester."

„Für heute Abend vielleicht schon." Ich lächelte ihn

an. „Komm mit."

Es war nicht allein Nächstenliebe, die mich auf die Idee gebracht hatte, ihm mein Bett zum Übernachten anzubieten. Angesichts der wirren Ereignisse der letzten Tage umfing mich eine diffuse Angst vor einem einsamen Heimweg durch die dunklen Straßen, selbst wenn der Weg nicht weit war. Und allein in meiner Wohnung zu sein, erschien mir auch nicht verlockend. Die Kamera in meinem Schlafzimmer hatte mich erschreckt. Nur kurz schoss mir Marlenes Verdächtigung durch den Kopf. Sie war überzeugt davon, Ralph würde hinter der ganzen Sache stecken. Holte ich mir mit ihm den Feind ins Haus?

Nachdenklich betrachtete ich ihn. Derart angeschlagen wie er war, schien er keine Gefahr für mich darzustellen. Doch auch Ralph hatte Bedenken.

„Ich weiß nicht, ob das eine gute Idee ist, Prinzessin. Wenn Mamas Liebling uns zusammen in deiner Wohnung sieht, was passiert dann? Ich bin nicht gerade wild auf einen weiteren Zusammenstoß mit ihm."

„Ich habe dir doch gesagt, dass ich nicht mehr mit ihm zusammen bin. Und schließlich kann er uns überall auflauern. Wir können uns doch nicht von ihm vorschreiben lassen, ob wir uns sehen dürfen oder nicht."

„Vielleicht hast du recht. Und bis zu meiner Wohnung ist es in der Tat viel weiter. Zudem habe ich morgen noch einen Arzttermin und der Arzt ist hier um die Ecke vom Black Cat."

„Dann komm mit." Ich winkte mit seiner Jacke.

Er seufzte. Vorhin hatte er noch mit dem für ihn so typischen ironischen Lächeln auf die teils spöttischen und teils mitfühlenden Bemerkungen einiger Gäste angesichts seiner unübersehbaren Blessuren reagiert. Doch jetzt wirkte er in der Tat wie ein geschlagener Held, der sämtliche Kräfte verpulvert hatte und einfach nur Ruhe brauchte.

„Worauf wartest du noch?" Ich gab nicht nach und tatsächlich war Ralph in seinem angeschlagenen Zustand ein leichtes Opfer. Er schloss das Black Cat ab und gemeinsam machten wir uns auf den Weg zu meiner Wohnung.

Während ich im Bad meine Zähne putzte, überlegte ich, ob jetzt der geeignete Zeitpunkt war, um ihm von den verwirrenden Ereignissen aus meinem Leben zu berichten. Zudem nagte noch immer die Frage in mir, was er in den letzten Wochen so Außergewöhnliches zu tun gehabt hatte. Warum war er so selten im Black Cat gewesen? War jetzt ein günstiger Zeitpunkt, um ihn danach zu fragen?

Ich war mir unsicher, doch tatsächlich stellte diese Überlegung sich gar nicht erst. Denn als ich ins Schlafzimmer kam und noch immer hin und her überlegte und in Gedanken sogar nach einer passenden Eröffnung suchte, da war Ralph bereits eingeschlafen. Er hatte es noch nicht einmal geschafft, das Licht auszuknipsen.

Zweiter Teil

Der Stalker

Es war widerlich. Ein würgendes Gefühl zog seinen Magen zusammen. Am liebsten hätte er sich übergeben. Nein, das stimmte nicht. Am liebsten hätte er seine Wohnungstür aufgerissen und wäre hinübergerannt in ihre Wohnung.

Den ganzen Tag hatte er auf sie gewartet. Stunden um Stunden hatte er ausgeharrt und sich während dieser Zeit, die einer Achterbahn der Gefühle gleichkam, wieder einmal selber verflucht. Warum kam er nicht von ihr los?

Doch mitten in der Nacht, als er bereits alle Hoffnungen aufgegeben hatte, kam sie endlich nach Hause. Aber sie war nicht allein. Die Wut, die ihn durchfuhr, hatte sich in einen wirklichen Schrecken gewandelt, als er sah, wer es war, der sie begleitete. Ralph. Ausgerechnet.

Das von Ralph eine weit größere Gefahr ausging als von ihren anderen Freunden, Liebhabern, One-Night-Stands oder wie immer man diese verlorenen Seelen bezeichnen mochte, hatte er vermutlich bereits lange vor Pauline erkannt. Das Leuchten in ihren Augen, die Art, wie sie sich bewegte, sobald sie Ralph entdeckte, dazu dieser ganz besondere Unterton, mit dem sie Ralphs Namen aussprach, waren Indizien, die keinen anderen Schluss zuließen.

Dennoch hatte er sich eine Zeitlang mit einer geradezu zwanghaften Besessenheit an den Gedanken geklammert, dass nichts Ernsthaftes aus den beiden werden würde. Denn waren sie sich nicht viel zu ähnlich? Beide waren sie attraktiv und begehrt, Menschen, die man wahrnahm, die man sah – ganz im Gegensatz zu ihm selber. Beide sonnten sich in dem Wahn, Mittelpunkt ihrer Welt zu sein, beide nahmen sich egoistisch genau das, was sie haben wollten. Konnte das wirklich gutgehen?

Und tatsächlich hatte es gerade in letzter Zeit so ausgesehen, als würde seine Rechnung aufgehen. Ralphs eine Zeitlang recht häufigen Besuche hatten sich auffallend reduziert und waren dann sogar ganz ausgeblieben. Noch immer brannte eine verwirrende Mischung aus Scham und Wut in seinen Adern, wenn er an die erdrückend heißen Tage im Sommer zurückdachte. Die Fenster standen damals weit offen, auch das von Paulines Schlafzimmer. Es ging auf den gleichen etwas verwahrlosten, versteckt liegenden Hinterhof hinaus wie sein eigenes Schlafzimmer. Von vornherein war es sinnlos gewesen, sich vorzumachen, die beiden würden einen Kaffee miteinander trinken und dann friedlich getrennte Wege gehen. Denn was sie dort trieben, war für ihn deutlich zu hören gewesen.

Er hätte die Kamera gar nicht gebraucht, doch wie um sich selbst zu quälen, hatte er sich die Bilder dennoch angeschaut. Es war schamlos, was sie dort auf Paulines Bett gemacht hatten. Wie sie es gemacht hatten. Während ihres Ägyptenurlaubs hatte er die Kamera montiert. Damals hatte sie ihm die Schlüssel zu ihrer Wohnung in die Hand gedrückt und ihn gebeten, ihre Pflanzen zu gießen und den Briefkasten zu leeren. Als Dankeschön hatte sie ihm irgendwelche Süßigkeiten mitgebracht, ein Alltagsgeschenk, das sie vermutlich in letzter Sekunde auf dem Flughafen erstanden hatte. Bestimmt hatte sie keinen Gedanken daran verschwendet, auf welche Weise sie sich ansonsten bei ihm hätte erkenntlich zeigen können. Nun, er hatte dafür gesorgt, dass er seine Belohnung auf eine ganz eigene Art und Weise bekam.

Doch irgendwann wurden die Bilder von Ralph seltener. Dafür tauchte der farblose Tim auf. Er hatte schnell erkannt, dass Tim sie langweilte. Mit Sicherheit war ihm keine lange Zeit in Paulines Leben vergönnt. Die Anzeichen dafür waren unverkennbar. Und trotz aller Eifersucht, die ihn beinahe automatisch überfiel, sobald er Pauline in Gegenwart eines anderen Mannes erblickte, ödete sogar ihn der immer gleiche Film, der zwischen Pauline und Tim ablief, zunehmend an. Hatte das Wegbleiben von Ralph ihn dazu verführt, ihr Bilder zu präsentieren, aufgrund derer sie die Kamera praktisch entdecken musste? Oder war es das Wissen, dass ihm nicht mehr viel Zeit blieb? Geradezu erpicht wartete er auf den Moment, an dem sie ihm von der Kamera berichten würde.

„Stell dir vor, was ich gefunden habe..." Sogar ihren Tonfall konnte er in Gedanken bereits hören. Vermutlich würde sie wie immer davon ausgehen, dass die Welt sich einzig und allein um sie drehte und jedermann nur darauf wartete, ihr bei der Lösung ihrer Probleme freudig zur Verfügung zu stehen.

Dass sie heute Abend mit Ralph im Schlepptau in ihrer Wohnung aufgetaucht war, beunruhigte ihn. Zumal Ralph noch nicht gegangen war. Übernachtete er etwa bei ihr? Das war noch nie geschehen. Stets hatte er akribisch verfolgt, wann Ralph ihre Wohnung wieder verlassen hatte. Und dass er nie über Nacht geblieben war, war eines der wenigen Dinge, die ihn an Paulines Verhältnis zu Ralph beruhigt hatten. Tatsächlich schienen ihre Treffen ausschließlich dem Austausch von Körpersäften und nicht von Gedanken zu dienen.

Seufzend ließ er sich hinter seinen Computerbildschirm fallen. Jetzt zu ihr hinüberzugehen verbot sich von selber. Erneut verfluchte er die Tatsache, dass die Kamera ihm keine neuen Bilder übermitteln würde.

Mit verkrampfter Miene lauschte er auf die Stille im Haus. Beinahe hoffte er ein Geräusch zu hören, das zumindest eine Ahnung zuließ, was sich in der Nachbarwohnung abspielte. Doch selbst als er sein Ohr an die Wand seines Schlafzimmers presste, drang kein Geräusch zu ihm hinüber. Kein erregtes Stöhnen. Kein lustvoller, spitzer Schrei. Kein aufreizendes Lachen. Nichts. Dabei grenzten sein und Paulines Schlafzimmer aneinander. Was hatte das zu bedeuten?

Er wusste es nicht. Er wusste nur, dass er handeln musste. Zumal ihn die Gewissheit quälte, dass er nicht der Einzige war, der einen perfiden Plan verfolgte. Er musste handeln. Bald. Sehr bald. Denn ansonsten wäre es endgültig zu spät für ihn.

Pauline

Es war ein seltsames Gefühl, am Morgen neben dem noch immer schlafenden Ralph aufzuwachen. An sich war diese Empfindung lächerlich. Wir hatten schließlich schon weitaus unaussprechlichere Dinge geteilt als eine Bettdecke. Dennoch fühlte ich mich unsicher und wusste nicht genau, wie ich diesem ungewohnten Moment begegnen sollte. Schließlich tappte ich leise in die Küche und kochte Kaffee. Auf dem Küchentisch lagen noch immer die Fotos. Mein Blick wanderte mehrfach unruhig über sie hinweg, während der Kaffee durch die Maschine tröpfelte. Sollte ich Ralph einweihen? Im Grunde glaubte ich nicht, dass er mit der ganzen Sache etwas zu tun hatte. Aber konnte ich wirklich davon ausgehen? Es war wie verrückt, Ewigkeiten hatte ich an Ralph gedacht, hatte ihn vermisst, mit einer Intensität die ihresgleichen suchte. Jetzt war er da und prompt regte sich in mir die alte Unsicherheit.

„Prinzessin." Offenbar hatte der Kaffeeduft Ralph angelockt. „Gut geschlafen?"

„Ja. Du auch?"

„Hmmm."

Ich reichte ihm einen Becher mit Kaffee. Und bevor ich es verhindern konnte, hielt er plötzlich die Fotos in der Hand. Aus seinen Gesichtszügen, die noch immer von diversen Prellungen, der Naht auf der Stirn und den schillernden blauen und grünen Flecken auf groteske

Art verunziert waren, sprach eine Mischung aus Verwirrung und Ratlosigkeit, bis sich schließlich eine für ihn so ungemein typische amüsierte Nuance herausschälte.

„Du bewahrst Nacktfotos von dir in der Küche auf?"

„Das ist eine längere Geschichte." Nachdenklich schaute ich ihn an. Wie verhielt ich mich jetzt am besten? Schließlich gab ich mir einen Ruck. „Komm mit, dann erzähle ich dir alles. Aber nicht hier, ich habe schon ganz kalte Füße."

Kurzentschlossen packten wir die Fotos und die dampfenden Kaffeebecher und gingen zurück ins Schlafzimmer.

„Dieses Foto hat dein Chef erhalten?" Ralph starrte ungläubig auf das Bild, das er in der Hand hielt. Mit einer automatischen Geste rieb er sich über die Stirn und zuckte zurück, als er die Naht berührte. „Von wem? Von dir?"

„Bist du verrückt? Nein, natürlich nicht. Ich weiß nicht, wer es ihm geschickt hat."

„Könnte es Mamas Liebling gewesen sein? Es wäre schließlich nicht das erste Mal, dass dein kleiner Freund ein wenig überreagiert."

„Er ist nicht mein Freund."

„Aber er war es. Wäre es also möglich, dass er das Foto an deinen Chef geschickt hat? Oder gibt es noch andere Männer in deinem Leben, denen du so etwas zutrauen würdest, zumal dieses Foto ja offenbar nicht das einzige ist." Er deutete auf die Bilder, die quer über die Bettdecke verteilt vor uns lagen. Viermal Pauline. Einmal angezogen. Zweimal nackt. Einmal manipuliert. Es war einfach nur ekelhaft. Ralph griff nach dem Nacktfoto, das mich entspannt lächelnd auf meinem Bett zeigte.

„Wie wurde das Foto überhaupt aufgenommen? Auf dem Bild, das dein Chef bekommen hat, sieht es so aus, als würdest du schlafen. Aber dieses hier... du liegst mitten auf dem Bett. Du präsentierst dich geradezu. Das ist keine Alltagsszene, wie das Bild auf dem du schläfst oder das Haus betrittst. Und es ist auch kein manipuliertes, zusammengeschnittenes Foto.Ich kann mir nicht vorstellen, dass man so ein Bild unbemerkt aufnehmen kann. Hat Mamas Liebling Fotos in dieser Art von dir gemacht?"

„Nein." Die Vorstellung, wie Tim, der bereits rot anlief, wenn es um halterlose Strümpfe ging, mich unbekümmert darum bitten würde, für ein solches Foto zu posieren, war geradezu absurd. Doch in diesem Moment wünschte ich fast, es wäre so gewesen. Denn die Wahrheit erschien mir auch jetzt noch derart angsteinflößend, dass ich sie nur mit Mühe formulieren konnte. „Es war eine versteckte Kamera in meinem Schlafzimmer installiert. Von dort muss auch dieses Foto stammen."

„Wie bitte?" Ralph starrte mich konsterniert an, fast, als sei ich völlig verrückt geworden oder hätte einen extrem geschmacklosen Witz gerissen.

„Die Kamera war in der Lampe, genau über uns. Keine Angst, ich habe sie natürlich sofort entfernt, nachdem ich sie entdeckt habe."

„Und wann hast du die Kamera entdeckt?"

„Nachdem ich das Foto erhalten habe."

„Und wie lange war die Kamera in der Lampe?"

„Ich weiß es nicht."

„Du weißt es nicht?" Ralph schnappte nach Luft. Er klang fassungslos.

„Nein. Ich..."

„Über deinem Bett hängt eine Kamera und du weißt

nicht, wie lange sie dort hing?"

„Sie war versteckt."

„Und Mamas Liebling konnte damit alles sehen, was sich auf deinem Bett abspielte?"

„Ja. Er oder wer auch immer die Kamera dort installiert hat."

„Glaubst du, er hat uns gefilmt, wenn wir..." Ralph riskierte einen Blick zu der fraglichen Lampe, fast als wolle er sich davon überzeugen, dass die Kamera tatsächlich verschwunden war.

„Vermutlich."

„Ach herrje." Ralph trank einen großen Schluck Kaffee, bevor er langsam weitersprach. „Kein Wunder, dass er derart sauer auf mich war."

„Dabei bin ich mir noch nicht einmal sicher, ob wirklich Tim hinter allem steckt."

„Wer sollte es sonst gewesen sein?"

„Ich weiß nicht." Ich zuckte mit den Achseln, bemüht, mich ein ganzes Stück weit cooler zu geben, als ich mich tatsächlich fühlte. „Ich habe das ganze Thema schon einmal mit Marlene durchgesprochen. Wir haben versucht, eine Art Rangfolge der Verdächtigen festzulegen."

„Marlene." Ralph schnaubte angenervt. „Lass mich raten – bei Marlene stand ich an erster Stelle der Verdächtigen, oder?"

„Ja." Ich nickte. „Sie war überzeugt davon, dass du hinter allem steckst."

„Was für eine Schlampe." Die Worte kamen intuitiv und spontan über seine Lippen. Für einen Moment schien er beinahe selber erschrocken, bevor er hastig weitersprach. „Sorry, Pauline. Das wollte ich nicht. Sie ist deine Freundin. Ich wollte sie nicht beleidigen. Vergiss es einfach."

„Hast du..." sorgsam wählte ich meine nächsten Worte. „Hattest du mal was mit ihr?"

„Mit Marlene?" Verschreckt starrte er mich an. „Nein. Natürlich nicht. Hat sie das etwa behauptet?"

„Nein, sie..."

„Ich weiß, dass sie deine Freundin ist, Pauline. Bestimmt verfügt sie über hunderte von guten Eigenschaften. Aber sie ist nicht mein Fall, okay?"

Ich nickte. Doch auch wenn es zwischen Marlene und mir augenblicklich nicht zum besten stand, fühlte ich mich aus irgendeinem Grund bemüßigt, sie zu verteidigen. „Sie ist intelligent und verdient viel mehr Geld als ich. Sie hat Geschmack und kennt sich aus in der Welt."

„Das mag alles sein. Aber dennoch ist sie nicht mein Fall."

„Sie ist großzügig. Sie hat mich sogar eingeladen, mit ihr nach Ägypten zu fahren. Allein hätte ich mir das nie leisten können."

„Ägypten..." Nachdenklich starrte er mich an.

„Ja. Damals hatte ich einfach kein Geld. Idiotischerweise hatte ich so ziemlich alles, was ich besaß, Dieter überlassen, der es in eines seiner wahnwitzigen Projekte gesteckt hat. Natürlich habe ich nichts davon je wiedergesehen. Und zur Belohnung pumpt er mich heute noch an und erwartet, dass ausgerechnet ich ihm weiterhelfe. Es ist wirklich alles ziemlich erniedrigend."

„Ägypten." Noch immer starrte Ralph mich an, während ich weiterhin wie eine festgefahrene Schallplatte über Dieter lamentierte. Es war mir selber peinlich, zumal Ralph nie über seine Vergangenheit sprach. Mein verstohlener Blick wurde auf einmal lauernd. Was wusste ich eigentlich von ihm?

„Ich muss zum Arzt." Mit einer Hast, die mich irritierte, stand er plötzlich auf und verschwand im Bad. Warum hatte er es auf einmal so eilig? Ging es wirklich um seinen Arzttermin?

Als er mir kurz darauf frisch geduscht gegenübertrat, hatte ich mir ebenfalls meine Klamotten übergestreift. Der ganzen Situation haftete etwas Surreales an. Monatelang hatten wir nichts anderes im Kopf gehabt, als uns gegenseitig die Klamotten vom Leib zu reißen, sobald wir uns auch nur aus der Ferne erblickten. Jetzt, wo wir das erste Mal zusammen aufwachten, schienen wir geradezu krampfhaft auf ein übertrieben anständiges Verhalten bedacht. Lag es allein an Ralphs Verletzungen? Oder gab es noch ganz andere Dinge, die zwischen uns standen?

„Ich muss jetzt wirklich los, Pauline. Vielen Dank, dass du mir geholfen hast. Das war wirklich großartig."

„Gern geschehen."

Ich begleitete ihn zur Wohnungstür. Für einen Moment standen wir uns unentschlossen im Türrahmen gegenüber. Der kalte Abend vor wenigen Wochen fiel mir ein, als ich am Küchenfenster gelehnt, *Summertime* gesummt und an Ralph gedacht hatte. Damals hatte ich gerade das zweite Foto erhalten, jenes Bild, das mich beim Betreten des Hauses zeigte. Nach meinem Dafürhalten lag meine Welt damals in Trümmern, aber die Takte der Musik hatten mich auf andere Gedanken gebracht. Sie hatten mich von Ralph träumen lassen, von einer betörenden Sinnlichkeit, die uns verband und die den zurückliegenden Sommer in ein ganz besonderes Licht getaucht hatte. Doch der Sommer war vorbei und von seiner Wärme und Leichtigkeit war nichts mehr übrig. statt dessen wirkten wir einfach nur verkrampft und unsicher.

„Soll ich mitkommen zum Arzt?" fragte ich und musterte noch einmal besorgt die grünen, gelben und bläulichen Schattierungen in seinem Gesicht.

„Nein." Er schien überrascht von meinem Vorschlag. „Lass nur. Das schaffe ich allein. Musst du nicht längst zur Arbeit?"

„Nein. Mein Chef hat mich freigestellt." Nur stockend kamen die Worte über meine Lippen. „Sicher wird er mir kündigen."

„Etwa wegen des Fotos?"

„Ich denke schon." Ich zuckte mit den Achseln und versuchte mir nicht anmerken zu lassen, wie getroffen ich mich fühlte. Doch das gelang mir offenbar nur äußerst unzureichend.

„Ach herrje." Für einen Moment schien er erschrocken. Er hob sogar die Hand und strich mir tröstend über die Wange. „Hast du deswegen geweint, gestern am Telefon. Es tut mir leid, dass ich nicht früher daran gedacht habe, dich zu fragen. Dein Leben verläuft momentan ziemlich chaotisch, nicht wahr?"

„Ja." Ich nickte und atmete tief durch. Ich hätte ihm gern noch mehr erzählt, doch hier im Türrahmen meiner Wohnungstür war nicht der richtige Platz. Zudem brannten mir ganz andere Worte auf der Zunge. Worte, die ungewohnt waren und die ich doch aussprechen musste.

„Meldest du dich, wenn du zurück bist?"

Dabei hatten Ralph und ich nie Anschlussverabredungen getroffen. Stets hatten wir es dem Schicksal überlassen, wann wir uns wieder begegneten oder eine Nachricht auf dem Handy uns in die Arme des anderen trieb. Doch nie hatten wir gleich nach einem Treffen einen Termin für ein neuerliches Beisammensein ins

Auge gefasst. Verabredungen, Begrüßungs- und Abschiedsküsse, Blümchensex, Träume von einer gemeinsamen Zukunft – all das waren Dinge für die anderen. Nicht für uns. Wir waren anders. Und wir wollten es auch sein. Doch auf einmal erschienen mir diese Prinzipien albern und überholt. Dabei war mir selber nicht ganz klar, warum ich mir auf einmal so sehr wünschte, ihn in meiner Nähe zu wissen. Zum Glück lachte er mich nicht aus, wie ich es einen Moment lang befürchtete. Statt dessen drückte er mir einen sanften Kuss auf den Mund.

„Sicher." Er lächelte.

Wir hatten uns oft geküsst, doch es war immer Leidenschaft im Spiel gewesen. Ausgerechnet dieser zarte, unschuldige Kuss berührte mich tief und ließ mein Herz schneller schlagen.

„Ciao, Prinzessin." Noch einmal streiften seine Lippen sekundenlang meinen Mund.

„Bis später." Ich strich verlegen durch seine Haare. „Ich werde hier auf dich warten."

Du lieber Himmel, das klang idiotisch und viel zu sehr nach Scarlett O´Hara, die Ashley Wilkes in den Krieg verabschiedet. Ich hoffte, Ralph hatte es nicht gehört, als er beinahe abrupt herumfuhr, die Treppe hinuntereilte und das Haus verließ, um einem grauen, dunklen Novembertag die Stirn zu bieten. Und erst jetzt fiel mir ein, dass ich immer noch nicht wusste, womit er in der Zeit, in der ich ihn nicht gesehen hatte, beschäftigt gewesen war.

Eine Zeitlang wanderte ich unruhig durch meine Wohnung, unfähig mich zu entspannen oder mich gar hinzusetzen. Erneut stürmte das Chaos der letzten Tage auf mich ein. Zudem ängstigte mich mein drohender Jobverlust. Ich fühlte mich unsicher und meinem Schicksal ausgeliefert.

Irgendwann klingelte es. Doch statt des von mir ersehnten Ralph stand Martin vor der Tür. Er hielt einen Umschlag in der Hand.

„Hallo Martin." Ich hoffte, er würde mir meine Enttäuschung nicht anmerken. „Wie geht es dir?"

„Ganz gut. Ich habe gesehen, dass bei dir Licht brennt. Und da ich gerade meinen Briefkasten geleert habe und aus deinem ebenfalls ein Umschlag herausschaute, wollte ich ihn dir rasch vorbeibringen."

„Danke, das ist sehr nett von dir."

„Hoffentlich enthält er nicht wieder eines dieser Fotos." Er drückte mir den Umschlag in die Hand. „Konntest du inzwischen herausfinden, wer hinter dem ganzen Spuk steckt?"

„Bislang nicht."

„Möchtest du nachschauen, was sich in dem Umschlag befindet?" Martin warf mir einen besorgten Blick zu. „Falls du lieber allein sein möchtest, kann ich das natürlich verstehen. Aber vielleicht ist es ja hilfreich, wenn jemand bei dir wäre." Unsicher schaute er mich an, bevor er vorsichtig lächelte und in einem hoffnungsvolleren Tonfall weitersprach. „Und vielleicht enthält der Umschlag ja auch etwas ganz anderes."

„Ja, vielleicht." Unsicher fingerte ich an dem Papier herum, bis ich die Umschlaglasche schließlich öffnete.

Es war ein Foto. Natürlich. Ich war darauf zu sehen. Mit geschlossenen Augen und verzücktem Lächeln presste ich eine Person, von der lediglich ein paar dunkle Haarsträhnen zu erkennen waren, an meinen nackten Oberkörper. Ich hätte heulen mögen.

„Pauline." Martin, der meine Reaktion richtig deutete, schaute mich bestürzt an. „Ist es schon wieder ein..."

Ich hielt ihm das Foto hin und sank praktisch in einer Bewegung schluchzend an seine Schulter. Jetzt heulte ich tatsächlich.

Minutenlang hielt mich eine Art Weinkrampf gefangen, bevor ich wieder registrierte, was um mich herum geschah.

„Pauline, nun wein doch nicht." Von weither drang Martins Stimme an mein Ohr. Ganz offensichtlich war er schockiert von der Heftigkeit meines Ausbruchs. Seine Hände strichen sanft durch meine Haare, als sei ich ein unglückliches, verzweifeltes Kind.

„Es geht schon so lange so." Ich schniefte weiter. „Ich fühle mich so allein und hintergangen."

„Wir werden herausfinden, wer dahinter steckt."

„Ich weiß nicht mehr weiter." Erneut durchbrach ein Schluchzen meine Stimme.

„Ich helfe dir. Bitte beruhige dich." Seine Stimme wurde leiser und sanfter. Noch immer berührten seine Hände meine Haare. „Ich bin doch bei dir. Hast du denn schon etwas unternommen, um herauszufinden, wer hinter den Fotos steckt?"

„Ich habe es versucht. Aber ich weiß einfach nicht, wie ich die ganze Sache anpacken soll." Erneut kämpfte ich mit den Tränen

Martin musterte mich teilnahmsvoll.

„Hast du schon einmal überlegt, die Polizei einzuschalten?"

„Vermutlich hätte ich es längst tun sollen. Aber es kam immer irgendetwas dazwischen."

„Was denn? Was ist dir dazwischengekommen?"

Ich schniefte und schnaubte mir die Nase in einem

Taschentuch, das Martin mir hinhielt. „Irgendwas war immer. Zunächst habe ich noch versucht, gemeinsam mit Marlene einen Verdächtigen herauszufinden. Aber irgendwie kamen wir nicht weiter. Und vielleicht habe ich mich auch einfach zu oft ablenken lassen."

„Aber Pauline, du kannst dich doch nicht ernsthaft ablenken lassen, wenn es um ein so wichtiges Thema geht. Jemand verfolgt dich. Jemand findet es offensichtlich amüsant, dir dein Leben zur Hölle zu machen. Um so etwas solltest du dich kümmern."

„Ich weiß." Niedergeschlagen blickte ich zu Boden.

„Von was wurdest du denn abgelenkt? Oder sollte ich lieber fragen von wem du abgelenkt wurdest?" Für einen Moment schweifte Martins Blick gedankenverloren in die Ferne, bevor er sich wieder mir zuwandte. Seine Stimme klang auf einmal ein wenig brüchig, aber vielleicht bildete ich mir das auch nur ein. „Es war Ralph, nicht wahr? Derjenige, der dich abgelenkt hat?"

„Ja, vielleicht wurde ich auch von Ralph abgelenkt."

„Er war heute Nacht bei dir. Ich habe zufällig mitbekommen, wie er sich vorhin von dir verabschiedet hat."

„Ja, er war hier. Er..."

„Hast du dir schon einmal überlegt..."

„Ja?" Erwartungsvoll schaute ich Martin an. Es tat gut, mit ihm zu reden. Doch dieser Eindruck verflog, als Martin zögernd fortfuhr. „Nun, ich will mich da nicht in etwas einmischen, das mich nichts angeht, Pauline. Aber könnte es sein, dass Ralph etwas mit der ganzen Sache zu tun hat?"

„Ralph? Aber wie kommst du darauf?"

„Nun, du musst doch schon selbst auf diesen Gedanken gekommen sein. Ralph ist mysteriös. Seine Vergangenheit liegt irgendwo im Dunklen. Es gibt Gerüchte über ihn, aber niemand weiß etwas genaues."

„Du redest wie Marlene. Sie versucht mich auch ständig von dieser Theorie zu überzeugen."

„Vermutlich deshalb, weil diese Theorie gar nicht so abwegig ist. Ralph ist schwer zu durchschauen. Warum ist er überhaupt wieder bei dir aufgetaucht? Denn eine Zeitlang war er doch von der Bildfläche verschwunden, nicht wahr?"

„Er... nun, er tat mir leid. Tim hat ihn zusammengeschlagen."

„Tim hat Ralph verprügelt?" Martin schaute mich mit großen Augen an. „Aber das kann doch nicht sein. Ralph ist ein großer, durchtrainierter Typ. Er sollte mit jemandem wie Tim spielend fertig werden."

„Soweit ich es verstanden habe, hat Tim Ralph aus dem Hinterhalt angegriffen. Ralph hat schreckliche Prellungen an den Rippen. Und sein Gesicht sieht furchtbar aus."

„Hmm." Martin wirkte nicht recht zufrieden. „Besteht nicht auch die Möglichkeit, dass Ralphs Verletzungen von ganz woanders her stammen?"

„Wie meinst du das?"

„Nun, vielleicht kennt er noch zwielichtige Gestalten aus seiner Vergangenheit. Vielleicht schuldet er ihnen Geld. Ich habe gehört, dass solche Leute nicht lange fackeln, wenn es um ihre ureigensten Interessen geht."

„Aber was habe ich damit zu tun. Warum sollte er mir diese Fotos schicken?"

„Nun, nehmen wir mal an, er braucht Geld. Möglicherweise hat er die Fotos verkauft und die Bilder tummeln sich jetzt bereits auf irgendeiner Internetseite. Vielleicht haben auch seine Freunde Interesse an diesen Bildern. Du bist hübsch, Pauline. Vielleicht finden es auch andere Männer ausgesprochen spannend, zu beobachten, was in deinem Schlafzimmer so vor sich geht. Und die Welt des Internets ist weitverzweigt und äußerst unübersichtlich."

„Aber..." So weit hatte ich noch gar nicht gedacht. Tatsächlich wurde mir kurz schwarz vor Augen.

„Pauline, ich möchte dich nicht beunruhigen." Martin beugte sich zu mir hinüber. „Aber wir müssen uns den Tatsachen stellen."

„Aber was soll ich denn jetzt machen?"

„Ich weiß es auch nicht." Unentschlossen trat er von einem Fuß auf den anderen. „Aber wie wärs, wenn wir zu mir hinübergehen, einen Kaffee zusammen trinken und dabei gemeinsam in aller Ruhe überlegen, was jetzt am besten zu tun wäre?"

„Das ist eine gute Idee." Noch immer war mir flau im Magen. Doch Martins Vorschlag beruhigte mich, seine Worte klangen durchdacht und vernünftig.

„Nimm doch am besten die Fotos mit. Ehrlich gesagt habe ich mittlerweile ein wenig den Überblick darüber verloren, wie viele du eigentlich erhalten hast. Vielleicht helfen uns die Bilder weiter. Möglicherweise gibt es irgendein Detail darauf, das uns auf die richtige Spur bringt."

„Du hast recht."

Ich griff nach den Fotos, die noch immer neben meinem ungemachten Bett lagen und folgte Martin hinüber in seine Wohnung.

Der Stalker

Sie war in seiner Wohnung. Martin konnte sein Glück kaum fassen, als Pauline ihm gegenüber an seinem kleinen Küchentisch Platz nahm. Natürlich war sie auch früher schon bei ihm gewesen. Es hatte eine Zeit gegeben, da hatten sie oft Abends beisammen gesessen. Martin hatte dabei die Kunst Einladungen so auszusprechen, dass sie einen spontanen Eindruck erweckten, immer weiter verfeinert. Noch heute klang ihm seine Stimme im Ohr:

„Ich habe viel zu viel gekocht, Pauline. Wenn du Lust hast, dann könnten wir doch zusammen essen. Nein, natürlich störst du nicht. Sonst hätte ich dich ja nicht gefragt. Komm doch einfach rüber und wir leisten einander ein wenig Gesellschaft."

Manchmal hatte sie eine Flasche Wein aus ihren Beständen beigesteuert.

Er liebte diese Abende. Mehr und mehr begannen sie sein Leben zu bestimmen. Er ertappte sich dabei, wie er das Internet und die wenigen Kochbücher, die er besaß, nach neuen Gerichten durchforstete. Im Frühling, hatte er eine Zeitlang sogar geglaubt, echte Chancen bei ihr zu haben. Die Erinnerung an die herrlichen Maiabende gehörten zu den kostbarsten überhaupt. Damals hatte er sich angewöhnt, einen kleinen Picknickkorb zu packen und gemeinsam hatten sie die Parks der Umgebung erkundet oder sie waren zur Elbe hinuntergegangen. Dort setzten sie sich auf eine Decke, tranken Wein und aßen die von Martin zubereiteten Köstlichkeiten. Stets hatte er darauf geachtet, einen Abstand von mehreren Tagen zwischen den Picknicks verstreichen zu lassen, obwohl ihn die Tatsache, sie nicht sehen zu können, beinahe in den Wahnsinn trieb. Er wusste genau, dass er sie verlieren würde, wenn er sich ihr aufdrängte oder sie gar langweilte.

Er nahm es sogar hin, dass sie bei ihren ewigen Streifzügen mit der unerträglichen Marlene den einen oder anderen One-Night-Stand aufgabelte. Pauline war kein Kind von Traurigkeit und sie war es auch nie gewesen. Er legte Wert auf seine Rolle als ihr langjähriger guter Freund und Vertrauter, der sich von den Gestalten, die nur kurze Zeit in ihrem Leben eine Rolle spielten, abhob. Irgendwann musste sie einfach erkennen, wie wichtig er für sie war.

Doch mit dem Sommer war Ralph aufgetaucht. Vom ersten Moment an hatte Martin erkannt, dass er mit seinen Picknickkörben und hausgemachten Salaten gegen die aufreizenden Blicke, die die beiden miteinander austauschten, machtlos war.

Die nächsten Wochen war die schlimmsten seines Lebens gewesen. Er verfluchte sogar die Kamera, die er doch selber aufgehängt und auf die er so stolz gewesen war. Die Bilder, die sie ihm jetzt lieferte, waren beinahe unerträglich quälend für ihn. Doch gleichzeitig zogen sie ihn magisch an, in einer Art, die es ihm verbot einfach wegzuschauen.

Und jetzt saß Pauline hier vor ihm, auf dem Küchenstuhl, und blickte ihn ebenso erwartungs- wie auch vertrauensvoll an. Sie war es gewohnt, dass er sich um ihre Probleme kümmerte. Alles, was ihr lästig war, delegierte sie an ihn. Sie wälzte es auf ihn ab. Doch jetzt war seine Stunde gekommen. Sein ewiger selbstloser Einsatz zahlte sich endlich aus. Jetzt gehörte sie ihm. Er lächelte und spürte eine ungewohnte Stärke in sich aufsteigen.

Pauline

„Natürlich muss es jemand gewesen sein, der Zugang zu deinem Schlafzimmer hat und der sich dort auch zumindest für ein paar Augenblicke allein aufhalten konnte, ohne dass es dir seltsam vorgekommen wäre." Martin erinnerte mich mit seiner Argumentation an Marlene. Inzwischen hatte ich ihm alles erzählt, ich hatte die Kamera im Schlafzimmer ebenso erwähnt wie die Gründe meiner Freistellung im Büro und ich hatte ihm alle Fotos gezeigt.

„Ralph gehört mit Sicherheit dazu, habe ich recht?"

„Ja. Aber Tim auch. Und sogar Dieter und Danny waren dort." Mittlerweile konnte ich die Liste der Verdächtigen genauso routiniert hinunterschnurren, wie die Namen meiner Lieblingsdesigner.

„Danny?"

„Ja, das ist so ein Typ aus dem Baumarkt."

„Und was macht er in deinem Schlafzimmer?" Martin wirkte deutlich irritiert.

„Nichts. Er hat angeboten, mir beim Umzug zu helfen und hat nachgeschaut, was im Schlafzimmer zusammengepackt werden muss. Aber da das Telefon klingelte und Gerrit anrief, habe ich ihn allein im Schlafzimmer gelassen."

„Gerrit?" Martins Augenbrauen schnellten in die Höhe.

„Ja, Gerrit. Das ist auch so eine verworrene Geschichte. Er behauptet, ich hätte ihm meine Telefonnummer gegeben, aber ich kann mich teuflischerweise überhaupt nicht daran erinnern. Und dann war ich angeblich auch mit ihm verabredet, aber..."

„... daran konntest du dich auch nicht erinnern?" Martin erlaubte sich ein bekümmertes Kopfschütteln. „Pauline, dein Leben scheint sich momentan in der Tat in einem ziemlichen Chaos zu befinden. Außerdem denke ich, dass du noch einen weiteren Verdächtigen vergessen hast."

„Wen meinst du?"

Martin seufzte.

„Ich will dich nicht noch weiter durcheinander bringen."

„Aber wen meinst du? Sag schon."

„Nun..." Er seufzte und hielt inne. „Vielleicht solltest du wirklich besser zur Polizei gehen. Obwohl du selber einräumen musst, dass einige Dinge irgendwie unplausibel wirken."

„Unplausibel?"

„Du musst zugeben, dass einiges durchaus seltsam klingt. Du bist mit Tim zusammen, triffst dich aber mit Ralph, der ohnehin einen eher zwielichtigen Ruf hat. Und eure Verabredungen drehten sich ja beileibe nicht um Kaffeetrinken oder etwas ähnlich Harmloses. Ein Mann, den du im Baumarkt bezirzt hast, tummelt sich offenbar völlig ungestört in deinem Schlafzimmer. Dein Ex-Freund Dieter geht bei dir ein und aus. Du steckst Männern deine Telefonnummer zu und verabredest dich mit ihnen, ohne dass du dich daran erinnern kannst. Wirklich seriös wirkt das alles nicht."

„Aber so war das alles doch gar nicht. Ich habe dir doch erklärt, dass..."

„Aber in dieser Art könnte es dargestellt werden, Pauline. Und du kannst dagegen nicht einmal Einwendungen erheben. Denn es sind Fakten. Und es gibt ganz sicher Menschen, die dich allein aufgrund dieser unbestreitbaren Tatsachen mit äußerst unschönen Worten belegen würden. Denn dadurch wirkst du verrucht oder um es plumper auszudrücken...“

„Schlampig“, vollendete ich seinen Satz, während gleichzeitig Tims schrille Stimme in mir nachhallte: *Der Anrufer hatte völlig recht. Du bist einfach nur eine widerliche Schlampe.*

Auch Gerrit hatte mich blöde Schlampe genannt. Sogar Ralph hatte gelegentlich... nein, das stimmte nicht. Wenn Ralph mir gegenüber derartige Ausdrücke verwendete, dann stand dahinter ein ganz anderer Zusammenhang.

Allerdings hatte Ralph Marlene als Schlampe bezeichnet. Was für ein Durcheinander. Verlief mein Leben wirklich so chaotisch, wie es mir gerade vorkam? Wie naiv war ich, wenn ich mir vorgestellt hatte, diese ganzen Ungereimtheiten mit einem Lächeln aus der Welt räumen zu können? Selbst der bedächtige Martin schien meine Probleme bedenklich zu finden – und das schien mir noch vorsichtig ausgedrückt.

„Und was die Fotos betrifft - sie sehen unterschiedlich aus, findest du nicht?“

„Es sind unterschiedliche Bilder.“ Ich zuckte mit den Achseln, dabei traute ich mich kaum hinzuschauen. Es war alles nur widerlich und unendlich peinlich.

„So meine ich das nicht. Die Art, wie die Bilder aufgenommen wurden. Diese beiden...“ Er deutete auf das Bild von mir an der Haustür und das Bild, das mein Chef erhalten hatte. „Sie wirken irgendwie spontan.“

„Spontan?"

„Ja, siehst du das nicht? Es wirkt völlig natürlich, wie du das Haus betrittst. Und auch auf dem Bild, das dein Chef erhalten hat, bist du zwar nackt, aber es sieht so aus, als würdest du schlafen. Du hast ja sogar die Augen geschlossen."

„Das stimmt. Aber auf den anderen Bildern habe ich auch nichts an."

„Genau. Aber es ist ein Unterschied, ob man nichts an hat, weil man aus der Dusche steigt oder ob man sich engumschlungen aneinanderpresst. Verstehst du, was ich damit sagen will?"

Ich war mir nicht sicher. Doch ich nickte und trank einen Schluck Kaffee, bevor ich das Wort erneut an Martin richtete.

„Erwähntest du nicht vorhin einen weiteren Verdächtigen? Wen meintest du damit?"

„Ich möchte dich wirklich nicht beunruhigen, Pauline." Martin wog abwägend den Kopf hin und her. „Vermutlich ist es ohnehin ziemlicher Unsinn. Am Ende schüre ich nur den Verdacht gegen eine unschuldige Person. Nein, das möchte ich nicht."

„Doch. Sag schon. Ich muss es wissen."

Erneut maß er mich mit einem nachdenklichen Blick.

„Pauline, es liegt wirklich nicht in meinem Interesse..."

„Sag schon. Ich muss es wissen, Martin."

Nachdenklich wog er den Kopf hin und her bis er endlich zu einer Entscheidung kam.

„Nun, gut. Wenn du es unbedingt möchtest, dann werde ich es dir sagen."

„Also? Wer ist es?"

Er räusperte sich.

„Hast du schon mal daran gedacht, dass Marlene hinter diesen ganzen Dingen stecken könnte?"

„Marlene?" Fassungslos starrte ich ihn an. Das konnte er unmöglich ernsthaft meinen. „Aber sie ist meine beste Freundin. Warum sollte sie so etwas tun?"

„Nun, ich könnte mir vorstellen, dass sie eifersüchtig auf dich ist."

„Aber sie ist viel erfolgreicher als ich. Sie hat den besseren Job, eine schöne und sehr viel größere Wohnung als ich, sie hat keine finanziellen Sorgen, besitzt ein Auto und fährt dauernd in den Urlaub. Sie hat sogar Schuhe von Christian Louboutin."

„Du glaubst doch nicht ernsthaft, dass irgendwelche bestimmten Schuhe die Lizenz zum Glücklichsein bedeuten."

„Nun, bei den Schuhen von Christian Louboutin könnte es durchaus sein. Sie sind traumhaft. Ich würde eine Menge für ein Paar solch herrlicher Schuhe tun."

Martin lächelte und stellte unsere längst leergetrunkenen Kaffeebecher beiseite. Es war ein warmes, nettes Lächeln und kein spöttisches und es vermittelte mir zumindest einen Hauch von Hoffnung, der gut in Martins zwar unaufgeräumte, aber gemütliche Küche passte. Eine Zeitung lag herum, zwei schwere, gußeiserne Pfannen standen auf dem kalten Herd und warteten dort augenscheinlich auf ihre Reinigung, genau wie ein leerer Becher, ein Teller und ein Messer, die sich neben der Spüle aufreihten.

„So langsam verstehe ich, was dich immer wieder von wichtigen Dingen ablenkt."

„Entschuldige. Du hast recht. Dies ist ganz sicher nicht der richtige Moment, um über Schuhe zu sprechen, auch wenn es wirklich sündhaft schöne Schuhe sind."

„Ach, Unsinn." Martin winkte meine Entschuldigung mit einer Handbewegung beiseite. „Glaub mir, es kann auch sehr befreiend sein, wenn man sich nicht ständig in einer scheinbar unendlichen Wiederholung mit dem immer gleichen Thema auseinandersetzen muss." Er seufzte, als hätte er seine ganz eigenen Erfahrungen auf diesem Gebiet. „Außerdem schwimmst du damit vermutlich absolut auf der Welle des Zeitgeistes. Flexible, wandelbare Menschen, die sich jeder Situation mit Leichtigkeit anpassen können, sind ein gefragtes Gut."

„Das kann sein. Aber dennoch würde es mich interessieren, warum du ausgerechnet Marlene zum Kreis der Verdächtigen zählst?"

„Ulkig, jetzt war doch tatsächlich ich derjenige, der sich hat ablenken lassen. Ja, warum zähle ich Marlene zum Kreis der Verdächtigen? Das ist eine berechtigte Frage. Wie du schon angemerkt hast, kommt sie in vielen Dingen besser weg als du, und sie hat durchaus Erfolge vorzuweisen. Aber..."

„Ja?" Ich starrte ihn an. Seine ausschweifende Art zu erzählen, machte mich wahnsinnig.

„Nun, es gibt auch etwas, wobei du absolut im Vorteil gegenüber Marlene bist."

„Aber wobei soll das sein? Sie hat doch alles, ich dagegen..."

„Männer." Martin ließ das Wort geradezu provozierend unterkühlt in unser Gespräch fallen. „Deine Art, dich anzuziehen und dich zurechtzumachen. Dein Geschmack. Dein Talent zu flirten."

Marlenes Stimme drang in mein Bewusstsein. *Du bist hübsch und flirtest gern. Mehr brauchen Männer im allgemeinen nicht.*

„Marlene hat einmal etwas ganz Ähnliches gesagt", räumte ich ein.

„Da siehst du es. Und du musst nur einmal beobachten, wie sie die Männer anschaut, die sich mit dir unterhalten. Und bei einem fällt ihr Blick ganz besonders auf.

„Bei wem?"

„Bei Ralph."

„Aber sie kann Ralph nicht leiden. Sie hat mich doch sogar davor gewarnt, dass er hinter diesen Fotos stecken könnte."

„Ich denke, dass sie beinahe alles tun würde, um einen Typen wie Ralph zu bekommen. Sie kann einem fast leid tun mit ihrer Besessenheit."

„Du musst dich irren, Martin." Ich starrte ihn an, verwirrt über seine Einschätzung meiner besten Freundin, einer Einschätzung, die eine weitere, ganz neue Facette auf die ganze Angelegenheit warf. „Außerdem hat sie doch diesen Freund in Ägypten. Wie hieß er noch?"

„Pauline, ein Freund in Ägypten ist weit weg. Ich kenne ihn nicht und ich will ihm nichts unterstellen. Aber du kannst nicht leugnen, dass es schon viele ebenso seltsame wie auch traurige Geschichten gegeben hat, von alleinreisenden Frauen, die im Urlaub auf das Gemeinste ausgenommen wurden. Wie gesagt, vielleicht zählt Marlenes Freund auch gar nicht zu dieser unerfreulichen Gattung Mensch. Kennst du ihn eigentlich?"

„Ich habe ihn gesehen, als ich mit Marlene dort war. Er arbeitet als Kellner in einem Hotel. Er sieht ganz gut aus, aber..." Ich hielt inne. Erinnerte ich mich wirklich an keine weiteren Details? „Er wollte meine Handynummer haben."

Martin zog die Augenbrauen hoch.

„Das ist nicht dein Ernst."

„Doch. Aber ich hielt die ganze Sache für einen Scherz und habe sie ihm nicht gegeben."

„Wirklich nicht?"

„Nein, diesmal wirklich nicht. Und er hat sich auch nie bei mir gemeldet."

„Und hat Marlene dir in letzter Zeit etwas von ihm erzählt?"

„Nein", musste ich zugeben.

„Das klingt nicht nach einer echten Freundschaft. Ehrlich gesagt klingt es noch nicht einmal nach einer losen Bekanntschaft."

„Das stimmt allerdings."

„Und dass er nach deiner Handynummer gefragt hat, obwohl er Marlene bereits kannte, beweist doch, dass er dich interessant fand. Er wollte mehr von dir wissen."

„Meinst du wirklich?" Zweifelnd schaute ich ihn an. „Aber ich kann mir beim besten Willen nicht vorstellen, dass sie aus diesem Grund in meinem Schlafzimmer eine Kamera über meinem Bett installiert haben soll. Ich weiß nicht einmal, ob sie technisch so versiert ist, um so etwas zu bewerkstelligen."

„Das kann ich allerdings auch nicht beurteilen. Aber ich könnte mir vorstellen, dass so etwas heutzutage gar nicht so kompliziert ist, wie wir es vielleicht annehmen. Wenn du möchtest, dann schauen wir einfach im Internet nach."

Marlene

„Papa."

Marlene hasste es, wenn ihr Vater sie im Büro an ihrem Schreibtisch aufsuchte. Im Grunde hasste sie es immer, wenn ihr Vater mit diesem besonderen, fragenden Gesichtsausdruck bei ihr auftauchte. Er wollte etwas wissen. Etwas ganz Bestimmtes.

„Marlene, wie sieht es aus? Bist du weitergekommen?"

„Womit?" Vermutlich ahnte er noch nicht einmal ansatzweise, wieviel Anstrengung es sie kostete, diesen bezwingend unschuldigen Tonfall in ihre Stimme zu legen. Zudem waren ihre Worte eine Farce, wusste sie doch genau, um was es ging. Doch sie zielte darauf ab, Zeit zu gewinnen. Nur ein paar Sekunden noch. Vielleicht fiel ihr doch noch etwas ein. Etwas, das ihn zufriedenstellen würde.

„Marlene-Kind, du weißt doch, wovon ich spreche." Er setzte sich auf den Besucherstuhl vor ihrem Schreibtisch. Sein Lächeln täuschte nicht über den drängenden Ausdruck in seinen Augen hinweg.

„Ach, das meinst du." Merkte er nicht, wie aufgesetzt ihre Antwort klang? Offenbar nicht. Hektisch begann sie auf ihrer Tastatur herumzutippen. „Ich habe die Preise noch einmal verglichen. Wenn wir..."

„Marlene." Unvermittelt sprang er auf, ging um den Schreibtisch herum und legte ihr eine Hand auf den

Arm. Vielleicht glaubte er, dieser Geste würde etwas Beruhigendes anhaften. Doch Marlene spürte, wie ihr Pulsschlag immer heftiger hämmerte und ein dumpfes Wutgefühl in ihrem Bauch zunahm, vor allem, als er in diesen vertraulichen Singsang verfiel, den sie so sehr hasste.

„Das meine ich nicht. Es geht um nichts Geschäftliches. Es geht um... nun, um etwas Privates. Du weißt schon."

Es geht darum, deine Tochter zu verschachern. Marlene hätte ihm die Worte am liebsten entgegen geschrieen, doch natürlich tat sie es nicht. In ihrer Familie schrie man nicht. In ihrer Familie zeigte man überhaupt wenig Gefühle. Vermutlich genau wie bei...

„Du meinst Ralph?" Die Worte waren heraus. Marlene konnte selber kaum glauben, dass sie es gewagt hatte, sie auszusprechen. Wenn es einen Gott gab, dann wäre jetzt eine Belohnung fällig.

„Genau." Ihr Vater lächelte anerkennend, fast, als hätte sie ein kompliziertes, geschäftliches Verhandlungsmanöver durchschaut. Und tatsächlich war es für ihn vermutlich nichts anderes. *Eine Frau, Marlene.* Erneut klang seine Stimme in ihr wider, ein hundertfach geführtes Gespräch spulte sich beinahe automatisch in ihr ab. *Du kannst die Firma nicht übernehmen. Ja, natürlich ist mir bekannt, dass Frauen heutzutage genauso aktiv im Geschäftsleben stehen wie Männer. Aber du weißt doch genau, dass das in deinem Fall nicht klappen wird. Du erinnerst dich, wie du damals das Geschäft in den Sand gesetzt hast? Du brauchst einen Mann an deiner Seite, Marlene.*

Und Marlene hasste dieses Gespräch zutiefst. Dennoch bemühte sie sich, einen unverfänglichen Tonfall anzuschlagen.

„Aber ich verstehe immer noch nicht ganz, warum du dir ausgerechnet Ralph in den Kopf gesetzt hast. Es gibt doch noch andere Männer, die in Frage kommen würden."

„Nenne mir einen." Ihr Vater lächelte.

„Nun..." Marlene setzte einen abwartenden Gesichtsausdruck auf, fast, als müsse sie aus der Menge der Männer in ihrem Leben mühsam genau diejenigen auswählen, die es verdienten, jetzt genannt zu werden.

„Du weißt, was ich erwarte. Aus guter Familie. Mit den entsprechenden Verbindungen. Und ein wenig Geld kann natürlich auch nicht schaden."

Er klang, als würde er über Pferdezucht reden. Marlene spürte Panik in sich aufsteigen. Was sollte sie sagen?

„Ich könnte natürlich auch gar nicht heiraten."

„Unsere Familie muss fortgeführt werden." Die Antwort ihres Vaters duldete keinen Widerspruch. „Du kannst von mir aus zuhause bleiben und dich den ganzen Tag mit Trivialitäten beschäftigen. Deine kleine, hübsche Freundin würde von einem derartigen Leben vermutlich träumen."

„Aber ich möchte gar nicht den ganzen Tag zuhause bleiben."

„Dann hilfst du eben ein bisschen mit im Büro." Es klang, als würde er über ein Hobby reden, nicht über ihre wahre Leidenschaft. Seufzend lehnte er sich zurück. „Aber du bist noch nicht weitergekommen, nicht wahr? Ach Marlene, warum kannst du nicht ein bisschen so sein wie deine kleine, hübsche Freundin."

„Du meinst Pauline?"

„Hast du noch andere Freundinnen? Pauline würde

wissen, wie sie einen Mann an sich binden muss. Ich denke, sie hätte auch mit jemandem wie Ralph ein leichtes Spiel. Dabei wäre er ein Mann, der aus einer gänzlich anderen Gesellschaftsschicht stammt und einen anderen Hintergrund hat als sie."

„Papa, wir leben im einundzwanzigsten Jahrhundert. Dinge wie ein gesellschaftlicher Hintergrund und eine bestimmte Gesellschaftsschicht spielen keine Rolle mehr."

„Das stimmt nicht und du weißt es auch. Und Ralph wäre in dieser Hinsicht perfekt. Er hat Verbindungen."

„Aber sie bedeuten ihm nichts. Und die Firma seines Vaters hat sein Bruder übernommen. Sein Bruder, der praktisch nicht mehr mit ihm spricht, seit... nun du kennst doch die Geschichte."

„Sein Bruder wird sich wieder einkriegen. Die Verbindung mit uns käme auch ihm zupass. Da bin ich mir sicher."

„Aber du kannst doch deswegen nicht mein Glück aufs Spiel setzen."

„Welches Glück? Wartet an der nächsten Ecke jemand, der dich heiraten möchte? Wir verletzen niemanden, Marlene. Im übrigen bin ich der Meinung, dass eine Emotion wie Glück ohnehin überschätzt wird. Das ist doch alles mehr oder weniger esoterischer Mist."

„Es ist dir also egal, ob ich unglücklich bin?"

„Das habe ich nicht gesagt." Er hob einen Zeigefinger. „Natürlich möchte ich nicht, dass du unglücklich bist. Aber ich finde es geradezu unverantwortlich, alles was deine Zukunft betrifft, auf so etwas diffuses wie Glück zu setzen und jedwede andere Idee damit von vornherein auszuklammern."

Jedwede andere Idee – was meinte er damit? Firmenfusionen? Machtpositionen? Finanzielle Vorteile? Würde er dafür seine Tochter hergeben?

„Marlene, du bist über dreißig. Es wird Zeit. Verzeih mir meine Offenheit, aber langsam muss wirklich ein Erbe her. Wir können es uns nicht erlauben, ewig zu warten, bis...“

Die Tür öffnete sich und ihre Assistentin stand im Türrahmen. Sie zuckte zusammen, als sie Marlenes Vater sah, der sich offenbar ungesehen an ihr vorbeigeschlichen hatte.

„Es tut mir leid, wenn ich störe. Aber...“

Aus den Augenwinkeln sah Marlene, wie ihr Vater bereits im Begriff war, mit rüden Worten darauf zu bestehen, weiterhin allein mit seiner Tochter sprechen zu können. Doch Marlene war schneller. Jeder Aufschub war ihr willkommen.

„Ja? Was ist denn?“

„Nun, es ist ein Besucher da. Er lässt sich nicht abwimmeln. Er sagt, es sei wichtig und er...“

Der ominöse Besucher schob Marlenes Assistentin beiseite und drängte sich in das Büro. Marlene wäre beinahe jede Person Recht gewesen, angefangen vom Hausmeister bis zum ewig nörgelnden Abteilungsleiter aus dem zweiten Stockwerk. Doch die Person, die sich jetzt vor ihr und ihrem Vater aufbaute, hatte sie ganz sicher nicht erwartet.

„Ralph.“ Sie starrte ihn an. Woher stammten die blauen Flecken und die Narbe auf seiner Stirn? Doch bevor sie ihn fragen konnte, ergriff Ralph das Wort.

„Marlene, ich muss mit dir reden.“ Er grüßte ihren Vater lediglich beiläufig und drängte ihn derart entschieden beiseite, als sei er ein bloßer Statist. „Auf der Stelle.“

Pauline

Während Martin seinen Laptop holte, räumte ich unsere mittlerweile leer getrunkenen Becher beiseite und stellte sie zu dem anderen benutzten Geschirr neben der Spüle. Dann klappte Martin seinen Laptop auf, setzte sich neben mich und schaltete das Gerät ein.

Routiniert gab er unser Anliegen in eine Suchmaschine ein und überflog die vorgeschlagenen Seiten, bevor er eine auswählte. Überrascht beobachtete ich sein Tun. Ich benutzte meinen Computer lediglich für ausgedehnte Online-Shopping-Touren oder ich überflog den Klatsch und Tratsch aus der Welt der Schönen und Reichen. Ansonsten erschien mir die vielgepriesene virtuelle Welt eher suspekt. Ich verspürte keinerlei Bedürfnis, mich näher damit zu beschäftigen oder mich gar in irgendwelchen Portalen oder Foren anzumelden. Dennoch beeindruckte mich Martins versierte Art.

„Du machst das sehr gut."

„Findest du?" Er schien sich über mein Lob zu freuen. Doch sehr schnell schlich sich ein frustrierter Unterton in seine Stimme. „Als Arbeitsloser hat man eine Menge Zeit. Da gibt es im Internet viel zu entdecken."

„Nun, dann habe ich ja vermutlich auch demnächst Gelegenheit, mich mit diesen Dingen etwas ausführlicher zu beschäftigen."

„Ach herrje, es tut mir leid, Pauline." Zerknirscht sah er mich an. „Die Probleme mit deinem Job sind mir für einen Moment komplett entfallen. Glaubst du wirklich, dass dein Chef dich rauswirft?"

Ich zuckte mit den Achseln und wirkte damit vermutlich gelassener, als ich mich tatsächlich fühlte.

„Ich denke schon. Aber ich kann mir immer noch nicht wirklich vorstellen, dass Marlene ein Foto an ihn geschickt haben könnte. Warum sollte sie das tun? Allein aus Neid und Eifersucht?"

„Ich weiß es nicht, Pauline. Es ist schwer, in Menschen hineinzuschauen. Und natürlich sollten wir nicht den Fehler begehen, uns ausschließlich auf Marlene zu konzentrieren. Lass uns das gesamte Bild im Blick behalten. Es gibt ja schließlich auch noch andere Verdächtige, wie wir bereits festgestellt haben. Auch Tim hätte zum Beispiel ein starkes Motiv, sich an dir zu rächen."

„Weil ich mit ihm Schluss gemacht habe?" Unwillkürlich stand ich auf und wanderte in Martins kleiner Küche auf und ab. „Wie konnte ich nur jemals auf ihn hereinfallen?"

„Weil du Ralph ärgern wolltest?" Martin sah mich fragend und geradezu schüchtern an. „Werde bitte nicht gleich sauer, aber meinst du nicht, das könnte eine Rolle gespielt haben?"

„Vermutlich hast du recht." Ich ließ mich wieder auf den Küchenstuhl plumpsen. „Ich habe mich ganz schön idiotisch verhalten, nicht wahr?"

Martin lehnte sich zurück. Der Stuhl knarrte, während er seinen Blick nachdenklich in die Ferne schweifen ließ.

„Ach weißt du, wir machen alle manchmal Dinge, die nicht wirklich nachvollziehbar sind. Wir machen Fehler und wir irren uns. Wir sind Menschen und keine Maschinen. Das sollten wir akzeptieren."

„Sicher hast du recht damit. Aber sonderlich fair war ich nicht. In der Tat hätte Tim allen Grund, sauer auf mich zu sein. Wenn jemand mich so benutzt hätte, wie ich es mit ihm getan habe, dann wäre ich es."

„Sei nicht zu streng mit dir, Pauline. Vor allem nicht im Nachhinein. Wir sind alle keine Engel. Und ich weiß, dass du nicht zu derart drastischen Mitteln greifen würdest, wenn jemand dich enttäuscht haben sollte. Außerdem darfst du nicht vergessen, dass die Zeit mit dir für Tim ganz sicher nicht nur eine Aneinanderreihung von Enttäuschungen war. Durch dich wird er Dinge kennengelernt haben, die ihm zuvor völlig fremd waren."

„Meinst du?"

„Auf mich wirkte er zunächst stets gehemmt und schüchtern. Später, wenn er mit dir zusammen im Black Cat war, kam er manchmal richtig aus sich heraus. Er hat also durchaus die Möglichkeit, viele positive Dinge aus der Zeit mit dir mitzunehmen."

„Aber seine Vorstellungen waren manchmal wirklich abwegig." Ich krauste die Nase bei diesen Erinnerungen. „Er wollte mich mit zur Weihnachtsfeier seiner Firma nehmen. Er wollte mich seiner Mutter vorstellen. Ja, einmal sprach er sogar von Heirat. Ich wollte das alles nicht."

„Spätestens an diesem Punkt hätte er merken müssen, dass es dir lange nicht so ernst ist, wie ihm. Offenbar hat er sich etwas vorgemacht und Dinge gesehen, die es nicht gab. Hätte er die ganze Sache realistisch betrachtet, dann hätte er längst erkennen müssen, dass es für euch keine gemeinsame Zukunft gab."

„Ja, vielleicht." Ich zögerte. Tims Liebesschwüre klangen mir noch immer in den Ohren. Ich hatte ihm gegenüber nie meine Liebe eingestanden. Stets war ich vor den berühmten drei Worten zurückgewichen.

Unsicher wandte ich mich wieder Martins Laptop zu, just in dem Moment, als sich automatisch der Bildschirmschoner einschaltete. Doch was war das? Im ersten Moment war ich neugierig, im zweiten sogar amüsiert. Auch der bodenständige, so ungemein verständnisvolle Frauenversteher Martin offenbarte sich als ganz normaler Mann, über dessen Bildschirm nackte, barbusige Frauen als Bildschirmschoner flimmerten. Aber das waren nicht nur halbnackte Frauen. Bei näherem Hinsehen erkannte ich schnell, dass es hier ganz offensichtlich weitaus mehr zur Sache ging. Da war auch ein Mann. Und die beiden umschlangen sich. Der nackte Rücken des Mannes beherrschte für einen Moment das Bild. Der Mann war dunkelhaarig und obwohl nur sein Rücken, die Schultern und die Spitzen seiner Haare zu sehen waren, kam er mir bekannt vor. Das war...

Ralph! In einer hastigen Bewegung sprang ich auf. Und in diesem Moment war ich auf dem Laptop zu sehen. Mein Gesicht. Meine Finger, die sich in Ralphs Rücken gruben, meine Beine, die sich um ihn klammerten. Das war...

„Was soll das?" Meine Stimme klang gleichzeitig rau und schrill und irgendwie fremd, als würde nicht ich, sondern eine ganz andere Person sprechen. „Martin, was ist das?"

„Du hast nichts gesehen!" Er klappte den Laptop mit einer ruckartigen Bewegung zu und drehte sich zu mir um. Sein Atem ging schwer, sein Gesicht war gerötet. „Du hast nichts gesehen, Pauline. Ist das klar?"

Marlene

Es war genau die Situation, die Marlene sich schon so lange erträumt hatte: Sie brauste mit ihrem hübschen, kleinen Sportflitzer durch die Gegend und neben ihr auf dem Beifahrersitz saß er. Ralph. Auch wenn er in ihren Träumen natürlich nicht derart angeschlagen und von blauen Flecken förmlich übersät war.

Und auch, dass er praktisch ununterbrochen am Handy hing, wobei er fluchte, wenn am anderen Ende der Leitung nicht abgenommen wurde, gehörte nicht zu ihrer Traumvorstellung. Und selbstverständlich hätte er in ihrem Traum an sie auch nicht jene Worte gerichtet, die auf sie einprasselten, sobald er einmal nicht mit seinem Handy beschäftigt war. Und schon gar nicht hätte er in jenem aufgebrachten, brüsken Tonfall mit ihr gesprochen, der die ihrer Traumsequenz entnommene Situation endgültig in einen wahren Alptraum verwandelte.

„Warum hast du das getan, Marlene? Warum hast du Pauline diese Fotos geschickt?"

Zunächst hatte sie noch versucht zu bluffen.

„Welche Fotos? Sprichst du etwa von diesen billigen Nacktfotos, mit denen deine kleine Freundin derzeit hausieren geht? Vermutlich will sie sich einfach nur interessant machen. Woher hast du übrigens diese ganzen Prellungen und blauen Flecken?"

Sie hielten gerade an einer roten Ampel und tatsächlich hatte sie versucht, sein Gesicht zu berühren. Doch er war hastig zurückgewichen, in einer so entschiedenen Geste, dass es ihr innerlich wehtat.

„Ich rede von den Fotos, die du ihr geschickt hast, Marlene. Warum? Und aus welchen Gründen hast du eine Kamera über ihrem Bett montiert?"

Diesmal war sie ehrlich empört.

„Spinnst du? Warum sollte ich über Paulines Bett eine Kamera anbringen?"

„Ich habe keine Ahnung. Vielleicht weil du eifersüchtig auf Pauline bist?"

„Warum sollte ich auf Pauline eifersüchtig sein?"

„Weil... Warum zwingst du mich, es auszusprechen, Marlene? Es war alles großer Mist. Und das weißt du."

Großer Mist. Sie ahnte, worauf er anspielte. Eine Nacht. Nur verschwommen tauchte in ihren Gedanken die Erinnerung auf. Ralph. Dazu ihr heftig pochendes Herz, das ihre Versuche abgeklärt und gelassen zu erscheinen, ad absurdum geführt hatte. Dabei wusste ein Teil von Marlene, dass er richtig lag mit seiner Einschätzung. Es war alles großer Mist. Doch ein anderer Teil von ihr war durchaus nicht bereit, sich diese Wahrheit einzugestehen und suchte statt dessen nach einem neuen Aufhänger für dieses Gespräch.

„Wo fahren wir überhaupt hin? Zu Pauline?"

„Ich versuche die ganze Zeit, sie zu erreichen." Erneut fluchte er und schaute auf sein Handy, als würde das Gerät Schuld an seinen vergeblichen Versuchen tragen. Marlene unterdrückte nur mit Mühe ein breites Lächeln, obwohl die Sorge in seinen Augen sie geradezu anwiderte. Denn seine Gedanken galten Pauline. Nicht ihr.

„Vermutlich hat sie etwas Besseres vor, als auf deine Anrufe zu warten. Oder vielleicht möchte sie auch einfach nicht mit dir sprechen."

Sollte sie einfach weiterfahren? An Paulines Wohnung vorbei, irgendwohin? Das Ferienhaus ihrer Familie an der Ostsee fiel ihr ein. Ein Herbstabend mit Ralph dort wäre genau das, was sie sich wünschte. Und wenn sie nun einfach das Gaspedal durchtrat und...

„Wir fahren zu Paulines Arbeitsstelle." Ralph schaute Marlene an. Ihre giftigen Kommentare waren offenbar an ihm abgeprallt, wenn er ihre Worte überhaupt wirklich wahrgenommen hatte. „Na los. Mach schon."

„Zu ihrem Job?"

„Genau. Du weißt doch, wo sie arbeitet. Immerhin hast du ihrem Chef ein ziemlich privates Bild von ihr geschickt."

„Aber warum sollte ich...?"

„Marlene." Er starrte sie an. Sie hielt erschrocken inne und drosselte in einer automatischen Reaktion die Geschwindigkeit. Sofort erklang hinter ihr wildes Hupen. „Es ist mir völlig egal, aus welchen Gründen du derartige Fotos verschickt hast. Ich will nur, dass du damit aufhörst und dass du außerdem die ganze Sache in Ordnung bringst. Pauline steht offenbar kurz davor, ihren Job zu verlieren. Deinetwegen."

„Sie verliert ihren Job?"

„Tu doch nicht so, als wüsstest du von nichts. Dir muss doch klar gewesen sein, was du mit den Fotos anrichtest."

„Du lieber Himmel. Ralph, nun mach doch nicht so ein Theater. Du weißt genauso gut wie ich, dass Pauline ihr Job nichts bedeutet."

„Und aus dieser Tatsache beziehst du die Legitimation, dieses Foto an ihren Chef zu schicken? Meinst du nicht, dass du es dir ein wenig zu einfach machst, Marlene?"

„Aber was soll denn auf dem Foto abgebildet gewesen sein?"

„Marlene, was soll dieses Theater? Du weißt genau, was auf dem Foto abgebildet war. Mit Nacktfotos von Pauline hausieren zu gehen war doch noch nie ein Problem für dich."

Das saß. Marlene schluckte, während Ralph fortfuhr und gleichzeitig erneut auf seinem Handy herumtippte.

„Wir fahren jetzt zu Paulines Chef. Du wirst dort die Situation klären, dich entschuldigen und alles in Ordnung bringen."

„Und wenn ich es nicht tue? Ich sitze am Steuer. Nur mal angenommen, ich würde jetzt einfach weiterfahren, irgendwohin. Und dann..."

„Wenn du nicht möchtest, dass dein Vater die ganze Geschichte erfährt, dann wäre es besser, wenn du jetzt auf der Stelle zu Paulines Arbeitsstelle fährst."

„Was bildest du dir ein?"

„Marlene, ich habe keine Lust zu diskutieren. Ich kann deinen Vater anrufen. Jetzt gleich."

Er winkte mit seinem allgegenwärtigen Handy.

„Das glaubst du doch selber nicht." Noch immer konnte sie es nicht glauben. Doch in diesem emotional so aufgeheizten Moment reagierte er gelassen.

„Warum nicht? Im Gegensatz zu dir habe ich nichts zu verlieren."

Marlene schnappte hörbar nach Luft. Für einen kurzen Moment lag ihr eine hitzige Erwiderung auf den Lippen. Doch der Gedanke, dass er ihren Vater tatsächlich anrufen könnte, erschien ihr unerträglich, vor allem angesichts des verschwörerischen Lächelns, das er ihr geschenkt hatte, als sie Hals über Kopf mit Ralph gegangen war. Fast tat ihr Vater ihr leid, dass er die Situation derart falsch einschätzte. Wütend und voller Trotz steuerte sie den Wagen in die von Ralph gewünschte Richtung.

Doch Ralph selber schien trotz seiner Drohung in Gedanken weit weg. Erneut rief er eine Nummer auf, bei der es sich um Paulines handeln musste, denn er murmelte unablässig ihren Namen, beinahe wie ein Mantra. Doch zu Marlenes heimlicher Freude nützte es nichts, denn kurz darauf schob er sein Telefon frustriert beiseite. Offenbar hatte erneut niemand seinen Anruf entgegen genommen.

„Vielleicht ist sie ja doch zur Arbeit gegangen. Vielleicht versucht sie gerade zu retten, was zu retten ist und kann daher nicht an ihr Handy gehen."

Die stille Verzweiflung in seiner Stimme stimmte Marlene milder und beruhigte die tobenden Wogen in ihr. Er klang, als würde er auf diese Weise hilflos versuchen, sich selber Hoffnung zu machen.

Pauline

„Aber da war doch..."

„Nichts." Seine Stimme wurde leise, was mich seltsamerweise mehr beunruhigte, als wenn er mich angeschrien hätte. „Du hast nichts gesehen." Es klang beinahe, als würde er eine beschwörende Formel zitieren.

„Nein, natürlich. Ich habe nichts gesehen." Automatisch wiederholte ich seine Worte. Dennoch war mir klar, dass ich verschwinden musste. Schnell. Sehr schnell sogar. Unauffällig versuchte ich zu überprüfen, ob mein Handy sich in meiner Rocktasche befand. Doch da war nichts. Ich hatte es nicht mitgenommen, als ich den Flur überquert und zu Martin gegangen war. Das Handy musste noch in meiner Wohnung liegen.

Langsam mit kleinen, beinahe unmerklichen Schritten tappte ich rückwärts in Richtung der Küchentür. Ich war ihr näher, als Martin. Meine Ausgangsposition war also gar nicht so schlecht.

„Du wolltest doch jetzt nicht gehen, Pauline?" Seine Stimme klang düster und unheilvoll. Der eben noch so freundschaftlichen Atmosphäre haftete auf einmal etwas Bedrohliches an.

„Nun, ich dachte, es wäre vielleicht an der Zeit..."

„Du dachtest..." Er starrte mich an, mit einem Blick, den ich nicht recht einordnen konnte. Instinktiv machte ich einen weiteren Schritt zur Tür hin. Doch ohne dass ich auch nur ansatzweise damit gerechnet hatte, fuhr

Martin auf einmal überraschend wendig von seinem Stuhl hoch.

Mein Schrei verhallte im Nichts. Wer sollte mich auch hören? Das Haus war leer. Bis auf Martin und mich gab es niemanden mehr, der hier wohnte. Doch daran dachte ich in diesem Moment nicht.

Hastig wandte ich mich um und versuchte die Tür zu erreichen. Doch Martin griff überraschend fest nach mir. Ich strampelte und versuchte verzweifelt mich zu befreien. Für einen winzigen Moment schien es mir sogar zu gelingen. Doch dann riss Martin mich herum. Mein Kopf knallte gegen die Wand, meine Arme schienen aus den Gelenken gezerrt zu werden. Der Schmerz durchfuhr mich mit einem schrillen Knirschen, das in meinen Ohren widerhallte. Martin zerrte meine Arme auf den Rücken und fesselte mich.

Dann griff er nach dem Messer, das neben der Spüle auf den Abwasch wartete und hielt es mir an den Hals.

„Du dachtest..." Seine Stimme war ein eindringliches Flüstern an meinem Ohr, als er seine Worte wiederholte. „Ansonsten hast du doch auch nicht viel nachgedacht, du dumme Schlampe."

Er zwang mich zurück auf den Küchenstuhl und band meine gefesselten Hände daran fest. Begierig und geradezu geifernd klappte er seinen Laptop wieder auf und öffnete verschiedene Dateien. Tatsächlich hatte er neben Fotos ganze Filme gespeichert, die er mir jetzt vorführte.

Tim und ich. Ralph und ich. Aber auch ich alleine, wie ich mich nach einem langen Arbeitstag müde auf dem Bett ausstreckte, wie ich telefonierend auf dem Bauch lag oder wie ich in einem Modemagazin blätterte. Doch diese alltäglichen Szenen schienen seine Sensationsgier nicht zu stillen. Sehr schnell ging er zu ganz anderen Aufnahmen über.

„Ich weiß genau, wie du es am liebsten hast, Pauline." Seine Hand, die noch immer das Messer hielt, zitterte vor Erregung an meinem Hals. „Und ich weiß, dass es mit Ralph viel besser war, als es mit Tim je sein konnte. Mich brauchst du nicht mit deiner angeblich ach so tiefsinnigen Suche nach Gründen, warum du Tim verlassen hast, zu langweilen. Denn ich weiß es besser. Schau nur."

Sein Glucksen mündete in ein lautes, humorloses Lachen, während er fahrig auf dem Laptop herumfuhrwerkte.

„Warum machst du so was?" Mein Kopf dröhnte noch immer von dem Zusammenstoß mit der Wand, meine Stimme klang schrill und angsterfüllt. Half es überhaupt, wenn ich mit ihm redete? Gelang es mir, den Martin zu erreichen, den ich kannte? Den netten, etwas unbeholfenen Nachbarn, der mir stets hilfsbereit und freundlich zur Seite gestanden hatte? Wie konnte er sich in dieses Monstrum verwandeln, das ein Messer an meinen Hals presste?

„Warum ich so was mache?" Für einen Moment schien Martin irritiert, als hätte er mit dieser Frage nicht gerechnet. Doch bevor ich weiter insistieren konnte, fuhr er fort. „Ja, aber warum denn nicht? Du wolltest es doch nicht anders. Du hast es doch geradezu herausgefordert."

„Wie hast du das gemacht, mit der Kamera? Du bist nie in meinem Schlafzimmer gewesen."

„Zumindest nicht mit dir zusammen. Denn dort durften nur die anderen hin, nicht wahr?" Sein Gesicht rötete sich, seine Züge wirkten gehetzt. „Der langweilige

Tim. Der dubiose Ralph, von dem du offenbar nicht genug bekommen konntest. Danny, dieser sich anbiedernde Kistenschlepper, der auch zum Dunstkreis deiner Speichellecker gehört. Der eine oder andere One-Night-Stand, namenlos und längst vergessen. Und was weiß ich wer noch da war, bevor ich die Kamera installiert habe."

„Wann hast du sie installiert?"

„Das möchtest du wissen, was? Und ich werde es dir verraten. Denn du kannst dich ja offenbar noch nicht einmal daran erinnern, dass du mir eigenhändig deinen Wohnungsschlüssel gegeben hast, als du mit deiner sauberen Freundin Marlene nach Ägypten gereist bist." Mit einer zuckenden Bewegung schob er das Messer noch näher an meinen Hals. Automatisch schloss ich die Augen, doch sofort herrschte er mich an. „Schau mich an, Pauline. Schau mich an und schau dir die Bilder an. Schau dir an, womit du mich gefoltert hast."

Ralph und ich. Wieder eines dieser Bilder. Wir schmiegten uns aneinander, doch unsere Blicke waren sanft, gesättigt und friedlich. Voller Verzweiflung starrte ich unsere Gesichter an, die abwechselnd vor meinen Augen verschwammen, nur um dann wieder deutlicher zu werden, während Martins Stimme in einer wirren Mischung aus Wut und Selbstzufriedenheit an meinem Ohr zischte.

„Und ich habe nicht nur die Kamera installiert. Ich habe mir deine Schränke angesehen. Deine Schubladen. Deine Unterwäsche. So weich. Durchsichtig. Mit Spitze. Deine Strümpfe..."

„Du hast mir das Bild mit den Strümpfen geschickt, nicht wahr? Das manipulierte Foto."

„Genau." Er lachte auf eine widerliche Art verzückt.

„Nach dem Nümmerchen mit dem kleinen Timmy, der ja bereits beim Anblick deiner Strümpfe den Mund nicht mehr zu bekam, erschien es mir passend."

„Warum hast du das Bild manipuliert? Warum hast du keines von den Bildern genommen, die du auf deinem Computer gespeichert hast?"

Meine Fragen schienen ihm zu gefallen. Erneut lachte er verzückt, ganz offensichtlich beeindruckt von seiner eigenen Cleverness.

„Ich wollte dich ja nicht gleich völlig verschrecken. Ich wollte nicht, dass du etwas unüberlegtes unternimmst."

Was meinte er damit? Befürchtete er, dass ich sofort die Polizei einschalten würde? Denn genau das wäre vermutlich in Martins Augen etwas unüberlegtes gewesen. Auf einmal begriff ich, wie er langsam und allmählich den Reiz gesteigert hatte. Zunächst die Anrufe, ohne etwas zu sagen. Dann das Foto. Und dann...

„Dann hast du das Bild geschickt, wie ich zur Tür hereinkomme."

„Das Bild stammt nicht von mir." Auf einmal klang er ärgerlich. „Sicher hast du es dir selber geschickt, um dich interessant zu machen. Ich habe damit nichts zu tun. Genauso wenig wie mit dem Wisch für deinen Chef."

Natürlich hatte er es getan. Wer sonst hätte es tun sollen? „Aber das andere Bild..."

„Du meinst das, wo du auf dem Bett liegst? Nackt und bereit für wen auch immer?"

„Aber so war es gar nicht."

„Natürlich war es so." Rüde stieß er mich an die Schulter. „Du hast nach deinem lieben Ralph gelechzt, wenn du diesen Blick drauf hattest. Egal ob er in der

Nähe war oder nicht."

Ich unterdrückte eine Antwort. Was hätte ich auch sagen sollen?

„Und jetzt knöpfe ich dein Oberteil auf, Pauline." Gierig starrte er mich an. „Ich will dich so sehen, wie sie alle dich sehen konnten."

Entsetzt zerrte ich an diesen verdammten Fesseln. Was hatte er vorhin gesagt: *Jemand findet es offensichtlich amüsant, dir dein Leben zur Hölle zu machen.* Wie hatte ich nur übersehen können, dass er von sich selber sprach?

„Ich will dich anfassen." Der Geifer rann ihm förmlich aus den Mundwinkeln. „Genau dort. Du willst es doch auch, oder?"

„Ich... Nein." Meine Stimme war kaum mehr als ein Krächzen. „Wie kannst du nur so etwas tun?"

„Ach, jetzt gibst du auf einmal das Fräulein Rührmichnichtan. Dabei durfte alle Welt dich haben. Nur ich nicht."

„Aber das stimmt doch nicht." Reden. Ablenken. Von irgendwoher tauchte dieser Gedanke in mir auf. „Auf deinen idiotischen kleinen Filmchen hast du mir Bilder gezeigt, auf denen ich mit Tim zu sehen bin und gelegentlich mit Ralph. Das sind genau zwei Männer. Das ist nun wirklich nicht die ganze Welt."

Er lachte meckernd.

„Du glaubst doch selber nicht, was du da sagst. Wer weiß, wer schon alles da war, bevor ich die Kamera installiert habe. Da waren bestimmt viel mehr. Hunderte. Du bist eine verdammte Schlampe."

Erneut lachte er unfroh und kalt. Mir war schlecht, mein Kopf schien jeden Moment zu zerspringen und als ich gehetzt bemerkte, dass Martins Blick erneut auf meinem Oberteil verharrte, stieg Übelkeit in mir auf.

„Ich mag es, wenn du so aufgebracht bist, Pauline.
Ich mag es, wenn du so hastig atmest. Und vermutlich
hast du Nachholbedarf. Denn dein lieber Ralph wird ja
wohl, so angeschlagen wie er war, gar nicht in der Lage
gewesen sein, es dir so zu besorgen, wie du es brauchst.
Ehrlich gesagt hätte ich nie gedacht, dass der kleine
Timmy derart ausrasten würde, wenn er erfährt, was genau du mit Ralph so getrieben hast. Da waren noch
nicht mal Bilder notwendig, da genügte ein einfaches
kleines Telefongespräch."

Er lehnte sein Gesicht so nahe zu mir hinüber, dass
ich seinen Atem riechen konnte. Noch immer spürte ich
das Messer an meinem Hals. Ich musste etwas tun. Irgendetwas. Und ich tat etwas. Ich spuckte ihm mitten
ins Gesicht.

„Du blöde Kuh." Er versetzte mir eine Ohrfeige, die
meinen ohnehin bereits schmerzenden Kopf in einer ab-
rupten Bewegung nach hinten warf. Tränen stiegen mir
in die Augen. Doch einfach heulend zusammenzubre-
chen war ein Luxus, den ich mir in meiner momentanen
Situation nicht leisten konnte.

„Du hast Tim davon erzählt! Du warst es! Woher hattest du Tims Telefonnummer?"

„Das war ganz einfach. Sein Firmenwagen mit diesen ganzen Kontaktdaten von dem Unternehmen, für
das er arbeitet, stand doch oft genug vor der Tür. Ich
habe mich einfach dort gemeldet und habe ihn darauf
hingewiesen, dass seine hübsche Freundin in einiger
Hinsicht wohl momentan etwas unterfordert ist."

„Du hast ihm von Ralph erzählt..."

„Dein lieber Timmy ist abgegangen wie eine Rakete.
Vermutlich haben ihn die kleinen Details, mit denen ich

seiner Fantasie zusätzlich auf die Sprünge geholfen habe, richtig auf die Palme gebracht."

„Welche Details?"

„Oh, diverse Kleinigkeiten. Wie oft. In welcher Position. Solche Dinge. Offenbar hat allein die Vorstellung Timmys Fantasie geradezu beflügelt."

Sollte ich versuchen, nach ihm zu treten? Meine Beine hatte er nicht gefesselt. Vermutlich ging er davon aus, dass ich angesichts meiner dicken, weichen Socken keine Gefahr für ihn darstellte. Wenn ich jedoch den Versuch unternahm, meine Knie in Position zu bringen, dann sollte es mir mit ein wenig Glück gelingen ihn zu treffen.

„Und warum willst du mich dann unbedingt, obwohl ich doch eine solche Schlampe bin?"

Ich hoffte, meine provozierende Frage würde ihn ablenken, so dass er nicht bemerkte, wie ich meine Beinmuskeln anspannte. „Weil du unglaublich bist." Er ließ das Messer sinken und strich statt dessen mit der anderen Hand über meine Wange, Langsam ließ er sie über meinen Hals gleiten. Das heftige Pulsieren meiner Halsschlagader veranlasste ihn zu einem amüsierten Lächeln. Seine Hand arbeitete sich weiter an meinem Hals entlang. Am Schlüsselbein hielt er kurz inne, bevor er sie zögernd, fast als würde er sich nicht trauen, weiter abwärts wandern ließ. „Weil ich alles an dir liebe. Dein Lachen. Deine Art, dich zu bewegen. Ich mochte es, dir hinterherzuschauen, wenn du die Treppe hinuntergelaufen bist und wenn du im Black Cat getanzt hast. Deine Augen. Dieser ganz besondere Blick, kurz bevor du... nun, du weißt schon. Ich habe die Bilder vergrößert. Man kann es genau sehen."

Er keuchte vor Erregung.

Jetzt war der richtige Augenblick. Er schien versunken in seine ganz eigenen Erinnerungen. Ich versuchte, die Dinge um mich herum auszublenden und meine Kräfte zu sammeln. Dann war es soweit. Alles, was ich noch aufbieten konnte, legte ich in diesen einen Tritt.

„Du verdammtes Luder."

Für einen winzigen Moment glaubte ich mein Plan sei geglückt. Meine überschwängliche Vorstellungskraft gaukelte mir bereits vor, dass Martin im nächsten Moment mit einem schmerzverzerrten Gesicht zur Seite sinken würde. Doch bis auf den eher wütenden als schmerzverzerrten Schrei passierte nichts dergleichen.

„Was fällt dir ein." Er fuchtelte mit dem Messer vor meinem Gesicht herum. „Dafür wirst du büßen."

„Lass mich los." Der völlig verängstigte Unterton in meiner Stimme war nicht gespielt. Die Kraft zum Provozieren war mir völlig abhanden gekommen. „Bitte binde mich los. Ich gehe in meine Wohnung und wir vergessen die ganze Sache. Aber binde mich bitte los. Jetzt."

„Nein, ich binde dich nicht los. Aber es gefällt mir, wenn du mich anbettelst."

Auf einmal wirkte er beinahe zufrieden.

„Lass mich los." Tränen rannen aus meinen Augen. „Ich verspreche dir, dass ich niemandem gegenüber ein Wort darüber verlauten lasse, was hier gerade passiert ist. Aber bitte binde mich los und lass mich in Ruhe."

„Erst wirst du für deinen kleinen Angriff büßen."

Verzweifelt schaute ich mich um. Wenn ich doch nur die Fesseln aufbekommen könnte. Erneut zerrte ich daran. So schnell wie Martin sie zur Hand hatte, war ich zunächst davon ausgegangen, dass es sich um von ihm vorbereitete Fesseln gehandelt hatte. Erst jetzt ging mir auf, dass es vermutlich eine herumliegende Küchenschürze war, mit der er meine Hände zusammengebunden hatte. Wenn ich meine Finger so weit verbog, wie es mir möglich war, ohne dass mir vor Schmerz die Gesichtszüge entgleisten, könnte es mir vielleicht gelingen, einen Stofffetzen zu ergreifen und die Schnürung zu lockern. Es war nur eine kleine Chance. Dennoch stieg ein winziger, aber unendlich befreiender Funke Hoffnung in mir auf. Jetzt galt es nur noch, Martin abzulenken. Hastig ergriff ich das Wort.

„Martin, ich hatte doch keine Ahnung, dass du auf diese Weise an mich denkst."

„Und wenn du es gewusst hättest, hätte es etwas geändert? Jetzt erzähl mir nicht, dass du dich für einen Typen wie mich hättest begeistern können. Für einen Loser. Einen Verlierer. Für jemanden, der ohne Job dasteht und bald auch ohne Wohnung. So ein Mann ist für jemanden wie dich undenkbar."

„Aber woher hätte ich denn wissen sollen, was du empfindest? Du hast es mir nie gesagt."

„Du hättest mich ausgelacht." Sein Blick war leer und kalt, als er mich anschaute und seine eben noch so frustrierte Stimme wurde auf einmal schrill. „Dabei denke ich oft an dich. Bestimmt öfter als dein blöder Ralph und der naive Tim. Ich bin von dir besessen. Jeden Abend. Du hast mich besessen gemacht. Du hast dich in meinen Kopf gedrängt. In meine Gedanken. Du bestimmst über mich. Du hast mich gezwungen."

Unvermittelt hielt er inne. Dann beugte er sich vor und flüsterte mir etwas zu, fast, als würde er mir ein Geheimnis anvertrauen. „Ich hätte auch in den anderen Räumen Kameras installieren müssen. In der Küche. Du hast es doch sicher auch schon mal in der Küche gemacht, nicht wahr?"

„Ich weiß nicht."

War da ein Geräusch im Hausflur? Auf der Treppe? Hastig redete ich weiter. Ablenken. Martin durfte nichts von dem Geräusch bemerken. Denn egal, wer dort draußen die Treppe heraufkam, ob Paketbote, Meinungsforscher oder Zählerableser: Diese Person musste mir helfen. Oder war es am Ende gar Ralph? Wirre Hoffnungen bahnten sich tief in mir einen Weg und ließen sich auch von Martins zischend hervorgebrachten Worten nicht entmutigen.

„Natürlich weißt du es. Und dass ihr es unter der Dusche getrieben habt, habe ich auch so mitbekommen. Es war euch doch ohnehin völlig egal, dass euch praktisch jeder im Haus hören konnte."

„Ich wusste doch nicht, dass..."

„Nein, du wusstest nicht. Du wusstest nie etwas."

Sein eben noch abwesender Blick wurde auf einmal kalt und starr. Aber immerhin nahm er das Messer beiseite. Fast war ich versucht aufzuatmen, als er sich unvermittelt rittlings auf meine Oberschenkel setzte. Der Küchenstuhl knarrte unter der Belastung.

„Was soll das?" Unsere Gesichter waren sich auf einmal so nahe, dass sich unsere Nasenspitzen berühren konnten. Vergeblich versuchte ich mich zurückzuwinden, doch das klappte nicht.

„Auf diese Weise wirst du nicht mehr nach mir treten können." Fast schien er ein Lob von mir für seinen herausragenden Einfall zu erwarten. „Und wage es nicht, mich erneut anzugreifen, Prinzessin. So nennt er dich, nicht wahr? Prinzessin. Dieser widerliche Macho. Und du stehst drauf."

„Ich..."

„Sei still!" Erneut verfiel seine Stimme in ein schrilles Keifen. Er nestelte an den Knöpfen meiner Bluse. Für einen Moment konnte ich kaum glauben, was er tat, so unwirklich erschien es mir.

„Hast du es schon mal im Sitzen auf einem Küchenstuhl gemacht?"

„Martin, das ist krank. Dein Denken ist krank."

„Oder im Fahrstuhl?" Er hatte es geschafft, ein Blusenknopf stand offen. Ich zerrte heftiger an meinen Fesseln. „Viele träumen von so etwas, nicht wahr? Du auch?"

Ich schniefte. Aber da war noch immer dieses Geräusch. Handelte es sich wirklich um Schritte?

Verzweifelt versuchte ich zu lauschen und dabei Martins Worte auszublenden, ohne dass es mir wirklich gelang.

„Aber nein, Träumereien hast du ja nicht nötig. Du machst es einfach. Du musst dich nie mit bloßer Fantasie begnügen. Denn du bist begehrenswert. Du bist hübsch. Alle mögen dich. Und jetzt gehörst du mir."

Er spielte mit einer Strähne meiner Haare und kicherte selbstzufrieden, während ich mich vor Ekel wand, soweit mir das in meiner gefesselten Position überhaupt möglich war. Aber da waren diese Schritte im Flur. Und auf einmal hörte ich das Geräusch einer Türklingel. Meiner Türklingel. Es stand tatsächlich jemand vor meiner Wohnungstür. Worauf wartete ich? Warum schrie ich nicht um Hilfe? Und vielleicht war es ja sogar tatsächlich...

„Ralph" Ich schrie so laut ich konnte und betete, dass er es wirklich war. „Ralph oder wer immer dort draußen steht, bitte helft mir. Ich bin bei Martin. In der Wohnung gegenüber. Martin hat ein Messer, er..."

Weiter kam ich nicht. Eine klatschende Ohrfeige von Martin, die meinen Kopf brutal nach hinten warf, verzerrte meine Worte zu einem lauten Aufheulen.

Marlene

Heute war definitiv nicht ihr Tag. Marlene schaute sich in dem kleinen düsteren Büro um, die alten Möbel, die verstaubte Registratur. Wenn Pauline erwähnt hatte, dass das Büro, in dem sie arbeitete alt und verstaubt sei, dann hatte Marlene dies als eine der üblichen Übertreibungen von Pauline angesehen. Dabei entsprach jedes Wort der Wahrheit. Und wenn Pauline ihren Chef als langweilig, öde und ohne Charisma beschrieben hatte, so war Marlene zwar nicht gerade davon ausgegangen, dass es sich um einen wahren Charmebolzen handelte, doch derart öde und langweilig hatte sie ihn sich tatsächlich nicht vorgestellt.

„Und der Herr ist Paulines Freund?" Noch immer schaute Paulines Chef zur Tür, die Ralph eben wütend hinter sich ins Schloss geworfen hatte.

„Nein, er..." hob Marlene an, hielt dann jedoch inne. Sollte sie Paulines Chef tatsächlich den Unterschied zwischen Liebhaber und Freund erklären? Es wäre sinnlos, entschied sie. Zumal sie sich selber nicht mehr sicher war, was Ralph denn jetzt tatsächlich für Pauline war. Denn das, was er hier unternahm, um Paulines Leben wieder auf den rechten Weg zu führen, schien in der Tat weit über ein reines Bettverhältnis hinauszugehen.

„Ja, er ist ihr Freund."

„Ein recht ungestümer junger Mann. Es schien ihm sehr wichtig zu sein, mir zu erklären, dass Sie es waren, die mir dieses... nun ja... dieses delikate Foto geschickt hat."

„Er liebt sie halt."

„Mich?" Überrascht schaute er sie an.

„Sie? Nein, natürlich nicht. Er liebt Pauline."

„Ach so ja, natürlich. Verzeihung."

Zwischenmenschliche Dinge schienen tatsächlich nicht zu seinem Spezialgebiet zu gehören. Ein seltener und beinahe ungewollter Drang zu lachen schlich sich auf einmal in Marlenes Gedanken. Es überraschte sie selber.

Ihr fiel ein, dass es genau das war, was ihr als Erstes an Pauline aufgefallen war. Pauline lachte ständig und es gab nur wenige Dinge, die ihr ihre gute Laune verderben konnten. Ihre Einstellung zum Leben war lässig und entspannt. Und das, obwohl sie nicht einmal ansatzweise die Dinge besaß, die Marlene für unabdingbar und wichtig erachtete. Ein sicheres, finanzielles Polster. Ein neues Auto. Ein fester Job mit Karriereaussichten und alle damit einhergehenden Verheißungen.

Doch vielleicht war es genau dieser Widerspruch, der sie von Anfang an zu Pauline hingezogen hatte. Pauline, der es egal war, ob jemand geschäftlich gut dastand und es sich daher lohnte, mit ihm in Verbindung zu bleiben. Pauline, die es nicht interessierte, welche Kontakte eine an sich langweilige Abendveranstaltung bot. Pauline, die unkonventionelle Pauline, die beliebt war und sich den Mann nahm, der ihr gefiel, die das Leben auskostete, die auf Partys trank, ohne auch nur einen einzigen Gedanken an den am nächsten Tag zweifelsohne auftauchenden Kater zu verschwenden.

All diese Dinge hatten sich im Laufe der Zeit zu einer Art Hassliebe aufsummiert. Erst in diesem Moment erkannte Marlene, dass sie bei diesem Spiel ohnehin nicht hatte gewinnen können. Es war ausschließlich um Paulines Werte gegangen, auf einem Spielfeld, das für Pauline maßgeschneidert war. Schade nur, dass dieser Umstand Marlene erst jetzt auffiel.

„Ich kann es immer noch nicht recht glauben, dass ausgerechnet Sie es waren, die mir das Foto geschickt hat." Paulines Chef schaute Marlene mit einer Mischung aus Verachtung und Verwirrung an und holte sie damit recht unsanft in die Gegenwart zurück. „Eine Frau wie Sie. Ich bitte Sie. Sind Sie nicht die Tochter von..."

„Ja." Marlene nickte. Jetzt war ohnehin alles egal. Und auf einmal bereitete es ihr ein geradezu boshaftes Vergnügen, sich vorzustellen, wie ihr Vater auf diese ganze Geschichte reagieren würde. Dabei hatte sie seine Reaktion stets gefürchtet. Im Grunde war ihr ganzes Leben ein einziger Versuch gewesen, ihm zu gefallen.

Sogar ihr ungeschickter Versuch, sich Ralph zu nähern, gründete einzig und allein auf einer Bitte ihres Vaters.

„Er ist der Sohn von... Du weißt schon. Der zweite Sohn."

„Der mit dem Skandal?" Marlenes Augen waren weit aufgerissen, genau wie ihr Vater es zweifelsohne von ihr erwartet hatte.

„Genau der." Ihr Vater hatte bekräftigend genickt. „Über den Skandal wird sicher irgendwann Gras wachsen. Und dann wird Ralph in das Unternehmen zurückkehren."

„Bist du dir sicher?"

„Natürlich. Sein älterer Bruder ist ein Dummkopf." Marlenes Vater hatte angeberisch geschnaubt, eine Angewohnheit, mit der er seine Abneigung kundzutun pflegte.

„Hilfst du Ralph deshalb? Weil sein Bruder dich darum gebeten hat?"

„Ah, du bist nicht auf den Kopf gefallen, nicht wahr?" Sein stolzes Lächeln war Balsam auf Marlenes Seele. „Ralphs Bruder wird irgendwann gezwungen sein, entweder Ralph zurückzuholen oder die ganze Firma zu verkaufen. Es ist ein Familienunternehmen. Ich denke nicht, dass ausgerechnet Ralphs Bruder als derjenige in die Annalen seiner Familie eingehen möchte, der das Unternehmen endgültig aufgegeben hat."

„Also wird er Ralph bitten, ihm zu helfen."

„Ganz genau. Und wenn du es geschafft hast, dich bis dahin bei Ralph unentbehrlich zu machen, dann..."

„... fällt ein Teil des Imperiums von Ralphs Familie an uns."

„Genau. Ganz genau so hatte ich es mir vorgestellt." Ihr Vater hatte begeistert gelacht und ihr sogar kumpelhaft auf die Schultern geklopft. Marlene hatte sich geschmeichelt gefühlt. Erst später war ihr klargeworden, was er mit seiner Idee, sie solle sich bei Ralph unentbehrlich machen, genau gemeint hatte.

Denn ihm schwebte durchaus nicht nur eine berufliche Verbindung vor, wie Marlene es zunächst beinahe automatisch angenommen hatte. Das wäre auch schlichtweg unmöglich gewesen, denn Ralph beabsichtigte offenbar beruflich gänzlich andere Wege zu beschreiten. Eine Verbindung zu Marlenes Familie spielte hier nur eine untergeordnete Rolle.

„Du willst wirklich eine Kneipe führen?", Marlene hatte ihn völlig entgeistert angesehen. Machte er einen Scherz?

„Nun ja, es ist mehr eine Bar. Was spricht dagegen?

Kennst du den Laden? Warst du schon einmal dort?"

„Ja, sicher. Ich gehe selbst gelegentlich dorthin. Aber ist das ein Job für einen Mann wie dich?"

„Es ist ein Job wie jeder andere." Offensichtlich war die Sache damit für ihn erledigt. Für Marlene jedoch nicht.

Verzweifelt lauerte sie auf einen weiteren Versuch, sich ihm zu nähern. Und inzwischen war ihr auch klar, was ihr Vater bezweckte. Sie sollte eine Beziehung zu Ralph aufbauen. Eine zwischenmenschliche Beziehung. Eine Liebesbeziehung.

„Deine Freundin Pauline wüsste, wie so etwas vonstatten geht." Das war der Ratschlag, den ihr Vater Marlene mit auf den Weg gegeben hatte. Ein Ratschlag, der Marlene in etwa so viel half, als wenn er sie darum gebeten hätte, in Eigenarbeit eine Mondlandefähre zu konstruieren. Dies war Paulines Welt. Wieder einmal. Marlene fühlte sich verloren.

Dennoch erwachte eines Tages eine leise Hoffnung in ihr. Ralph wirkte angeschlagen an diesem Abend, ein Zustand, der sich irritierenderweise dadurch äußerte, dass sein Lachen zu laut war und seine gute Laune zu schrill. Zu aufgesetzt. Zudem trank er an diesem Abend, etwas, das er sonst nie tat. Es war ziemlich leicht gewesen, ihn abzuschleppen, doch als sie in ihrer Wohnung saßen, wusste sie nicht weiter. Und auch er schien plötzlich nur noch nach Hause gehen zu wollen. In dem verzweifelten Versuch, ihn dazu zu bewegen, bei ihr zu bleiben, hatte sie schließlich komplett dämlich reagiert und sich selber zum Idioten gemacht.

Marlene seufzte. Doch für etwaige Reuebekundungen war jetzt weder die Zeit noch der Ort – und außerdem war es ohnehin zu spät dafür. Unschlüssig starrte

Marlene Paulines Chef an, der dabei war, sich in einen altertümlich geschnittenen Mantel zu hüllen.

„Haben Sie noch einen Termin?"

„Nicht direkt. Aber ich muss noch etwas erledigen. Etwas, das keinen Aufschub duldet."

Seine Brieftasche rutschte aus der übergroßen Tasche seines Mantels und fiel zu Boden. Marlene bückte sich und streifte neben der Brieftasche einen anderen Gegenstand, der halb vom Schreibtisch verdeckt auf dem Boden lag. Sie hielt ihn fest. Es war ein Smartphone.

„Schauen Sie, was ich gefunden habe". Sie hielt Paulines Chef neben der Brieftasche das Telefon hin. „Gehört es Ihnen?"

„Ganz sicher nicht." Er betrachtete das Telefon mit milder Abscheu. „Niemals im Leben würde ich mir ein derart exklusives Modell zulegen. Ich bevorzuge alte, bewährte Technik."

Das klang, als sei er der letzte Mensch auf Erden, der ein Mobiltelefon besaß, bei dem er vor Annahme des Gesprächs eine Antenne herausziehen musste. Oder hatte er am Ende gar keines? Marlene begann unauffällig die Augen zu verdrehen, hielt dann jedoch mitten in der Bewegung inne und musterte das Handy genauer. Sie kannte es. Ralph hatte praktisch während der gesamten Autofahrt vor ihrer Nase damit herumgefuchtelt. Es musste seines sein. Ob er den Verlust bereits bemerkt hatte?

„Es wäre vielleicht eine gute Idee, wenn Sie mich begleiten könnten." Paulines Chef warf ihr einen Blick zu und Marlene spürte, wie eine Wunde tief in ihrem Inneren wie von Zauberhand wieder zusammengefügt wurde. *Sind Sie nicht die Tochter von...? Es wäre eine gute Idee, wenn Sie mich begleiten könnten.*

Trotz ihrer offenkundigen Schuld hielt er sie ganz augenscheinlich für wichtig genug, um sie als Begleitung für seinen Termin zu wählen. Marlene spürte, wie sich unwillkürlich ein Lächeln auf ihre Lippen legte. Sie war wichtig. So lange hatte sie auf diese Bestätigung gewartet. Endlich hatte es jemand erkannt.

Der Stalker

Sie blutete aus der Nase und heulte. Und als er sich an ihren Blusenknöpfen zu schaffen machte, spuckte sie ihm voller Verachtung mitten ins Gesicht, wobei es sie offenbar nur wenig interessierte, dass er ihr eine weitere Ohrfeige verabreichte. Martin spürte förmlich, wie sein Blutdruck stieg und sich tief in ihm alles verkrampfte. Irgendwas lief aus dem Ruder. So hatte er sich sein Zusammentreffen mit Pauline nicht vorgestellt. Stets hatte sie sich in seinen Fantasien ängstlich, ja geradezu devot gezeigt und hatte sich willenlos seinen Anordnungen gefügt.

Vor allem ihre lauten Hilfeschreie hatten ihn völlig aus dem Konzept gebracht, genau wie das davor zu hörende Klingeln an ihrer Wohnungstür. Dennoch versuchte er sich zu beruhigen. Was bildete sie sich ein? Glaubte sie wirklich, ihr heißgeliebter Ralph würde völlig unvermittelt hier auftauchen und sie retten? Wie naiv sie war. Für einen Moment halfen seine beschwörenden Überlegungen und er wog sich in Sicherheit. Doch dann hämmerte auf einmal jemand laut und unüberhörbar gegen seine Wohnungstür.

„Martin?"

Es war Ralphs Stimme. Für einen Moment war Martin sprachlos und starrte zur Tür. Das durfte nicht sein.

Doch Pauline reagierte dafür um so schneller.

„Ralph, hilf mir. Schnell. Martin hat ein Messer, er

dreht völlig durch. Er..."

Er hielt ihr den Mund zu und fluchte laut, als sie ihn biss und weiter schrie. Diese verdammte Schlampe. Martin war außer sich vor Zorn. Verdammt, was sollte er tun?

Pauline

„Prinzessin." Ich hörte seine Stimme. Es gab einen lauten Knall. Vermutlich hatte Ralph versucht, die Tür einzutreten. Ich schöpfte neuen Mut. Die Türen waren alt und verzogen, sicher war es Ralph sogar in seinem angeschlagenen Zustand möglich, in Martins Wohnung einzudringen. Doch Martin schien diese Tatsache nicht zu beunruhigen. Ohne mich aus den Augen zu lassen, öffnete er eine Schublade.

„Lass mich sofort rein, Martin. Mach die Tür auf." Ralph tobte noch immer vor der Tür.

„Der hübsche Ralph muss draußen bleiben und kann seine Pauline nicht retten." Martin kicherte leise vor sich hin und kramte weiter in seiner Schublade. Dann änderte sich seine Stimmlage. Auf einmal klang er laut und wütend.

„Ich stech sie ab."

„Ralph, sei vorsichtig."

„Komm doch rein, Ralphie." Erneut erklang Martins selbstzufriedenes Kichern.

„Ich rufe die Polizei, Martin."

„Bis dahin ist deine süße, kleine Prinzessin längst in einem Meer von Blut ertrunken. Ich schneide ihr die Kehle durch, Ralphie. Und dann wirst auch du sie nicht mehr retten können, die arme Kleine."

„Martin, reiß dich zusammen."

„Willst du deine kleine Freundin etwa ihrem Schicksal überlassen, Ralph? Denn du magst Pauline ganz besonders gern, nicht wahr? Ich habe genau gesehen, was du alles mit ihr gemacht hast. Wie du es gemacht hast. Und ich werde jetzt genau das Gleiche mit ihr machen. Das ist übrigens absolut gerechtfertigt. Denn ich kenne sie schon viel länger als du. Ich verehre sie seit einer Ewigkeit. Du bist erst vor Kurzem in ihrem Leben aufgetaucht und du bemächtigst dich eines Platzes, der dir nicht zusteht. Noch dazu wo du jede haben könntest, die du willst, während ich..."

Mit einem lauten Knall flog die Tür auf. Martin, dessen Stimme während seiner wütenden Hasstirade immer lauter geworden war, schien nur darauf gewartet zu haben. Aus den Augenwinkeln sah ich das scharfe, große Fleischmesser, das er offenbar aus der Schublade herausgewühlt hatte.

„Ralph, sei vorsichtig. Er hat ein Messer."

Meine gellende Stimme verhallte irgendwo in Martins Wohnung, während Martin den Kopf senkte und gleich einem wütenden Stier in den Flur stürmte. Das beängstigend große Messer hielt er fest umklammert in der Hand.

Die Geräusche eines Kampfes drangen vom Flur her zu mir herüber. Teuflischerweise konnte ich nichts sehen. Ich versuchte mich mit dem Stuhl, an den ich noch immer gefesselt war, fortzubewegen. Doch ich merkte schnell, dass dies ein sinnloses Unterfangen war. Martins Küche war klein und zudem recht vollgestellt. Ständig blieb ich mit dem Stuhl irgendwo hängen. Erneut versuchte ich die Fesseln zu lösen, die noch immer meine Handgelenke umspannten.

Vom Flur her erklang ein lautes Stöhnen, gefolgt von einem Schrei. Normalerweise wäre Ralph Martin bei weitem überlegen. Doch heute war alles anders. Ralph war verletzt und angeschlagen. Zudem hatte Martin auch noch das Messer. Ein erneuter Knall, ein unterdrücktes Stöhnen, gefolgt von einem lauten Jubeln. Es stammte unverkennbar von Martin.

„Das hast du nicht gedacht, was? Du bist doch mit Sicherheit davon ausgegangen, dass du den kleinen, braven Martin einfach so beiseite schubsen kannst, nicht wahr? Aber so simpel ist das nicht."

Eine schwer atmende Gestalt erschien im Türrahmen. Es war Martin. Blut tropfte von dem Messer in seiner Hand.

„So, und jetzt kommen wir zu dir, Prinzessin." Er lachte auf eine abweisende, ekelhafte Art. Es widerte mich an, dass er mich mit demselben Namen bedachte, wie Ralph es tat. Erneut riss ich an den Fesseln. Tatsächlich kam es mir so vor, als würde die Verschnürung sich ein klein wenig lockern.

„Dein heldenhafter Liebhaber konnte dich nicht retten."

Martin baute sich vor mir auf. Er war nicht groß, aber dadurch, dass ich noch immer an den Stuhl gefesselt war, vermittelte er den Eindruck, als würde er turmhoch vor mir aufragen.

„Hau ab. Du hast wirklich genug Unheil angerichtet." Vergeblich versuchte ich vor ihm zurückzuweichen.

„Findest du? Dabei habe ich es doch nur für dich getan, Süße. Nur für dich ganz allein. Du hast mich dazu getrieben. Denn auf eine andere Art erkennst du offenbar nicht, wer oder was gut für dich ist. Und ich bin gut für dich. Und darum bekomme ich dich. Jetzt."

Er fuhr sich über die Lippen.

„Lass mich in Ruhe, Martin. Du bekommst mich nicht."

„Oh, das sehe ich ganz anders. Im Gegenteil. Momentan haben wir doch genau die richtige Position, nicht wahr?" Zu meinem Entsetzen nestelte er an seinem Gürtel, der sich etwa in Höhe meines Gesichts befand. „Ich habe es gesehen, wie du es für Ralph gemacht hast. Und jetzt wirst du genau das Gleiche für mich tun."

„Ich denke nicht daran." Es war keine Täuschung, die Bänder der Küchenschürze wurden tatsächlich lockerer. Und aus den Augenwinkeln bemerkte ich, wie ein Schatten sich langsam auf dem Fußboden an Martin heranrobbte. Ralph. Ich zwang mich, nicht genauer hinzusehen, um Martin nicht auf Ralph aufmerksam zu machen.

„Du wirst es tun." Martins Griff verkrallte sich in meinem Nacken, während er in der anderen Hand noch immer das Messer hielt. Erneut war seine Stimme lauter geworden.

„Niemals", fauchte ich. Gleichzeitig erhob sich unvermutet eine innere Stimme in mir. Versuche, ihn nicht zu provozieren. Lenk ihn ab.

„Natürlich wirst du." Unversehens fuchtelte er mit dem Messer vor meinem Gesicht herum.

„Ich kann es nicht, wenn du mich so festhältst"

„Fang nicht an Ansprüche zu stellen, du verdammte Schlampe. Für Ralph hast du solche Dinge freiwillig getan. Ich hab es gesehen."

Drohend schwang er das Messer, doch immerhin lockerte er den Griff in meinem Nacken. Erneut erhaschte ich einen Blick auf Ralph. Er kroch näher, langsam und unendlich mühsam robbte er sich auf dem Bauch vorwärts. Martin musste ihn schwer getroffen haben. Er wirkte angeschlagen und meine Angst stieg weiter an. Schafften wir es wirklich, mit dem aufgebrachten Martin fertig zu werden?

„Sicher wird die Polizei gleich hier sein."

„Das glaube ich nicht." Martin lachte zynisch. „Ich zumindest habe nicht gehört, wie dein großer Liebhaber telefoniert hat. Bestimmt ist er in seiner überheblichen Art davon ausgegangen, dass er mit der Situation ganz alleine fertig wird. Was für eine Fehleinschätzung."

Martin berührte meine Wange. Ich hätte ihm am liebsten ins Gesicht gespuckt, doch es gelang mir, mich zurückzuhalten. Unauffällig versuchte ich weiterhin die Fesseln zu lösen.

Und sie lösten sich. Endlich. Genau in dem Moment, als Ralph an Martins Fußgelenken zerrte, bekam ich meine Hände frei. Martin stürzte und drehte sich im Fallen um. Das Messer hielt er noch immer in der Hand, Mit einem alles übertönenden Wutschrei stürzte er sich auf den am Boden kauernden Ralph.

Aber immerhin hatte er mich damit für einen Moment nicht unter Kontrolle. Ich sprang auf. Ohne weiter darüber nachzudenken und ohne mich um meine schmerzenden Handgelenke zu kümmern, zerrte ich mit beiden Händen eine der schweren, gußeisernen Bratpfannen vom Herd. Für einen schrecklichen Moment glaubte ich, sie nicht halten zu können. Doch ich riss mich zusammen, ich holte aus und ließ die Pfanne auf Martins Kopf donnern. Die Zeit schien stillzustehen, als Martin praktisch im gleichen Moment in sich zusammensackte.

Ein lautes Schniefen ertönte. Ich brauchte einen Moment, um zu begreifen, dass es meine eigene Stimme war, die ich hörte. Dann schreckte ein anderes Geräusch mich auf. Jemand rief meinen Namen.

„Pauline? Geht es Ihnen gut?"

Ich fuhr herum. Das Bild, das sich mir bot, hätte überraschender nicht sein können. In der von Ralph aufgebrochenen Wohnungstür stand mein Chef in einem seiner hässlichen, übergroßen Mäntel. In der Hand hielt er einen protzigen Blumenstrauß. Hinter ihm zückte Marlene ihr Handy und schilderte dem Mitarbeiter am Notruf mit schriller Stimme die Situation.

Dritter Teil - Später

Noch einmal Marlene

Seit meinem letzten Besuch im Café Bettina schien sich nichts geändert zu haben. Warum auch, zumal es nur wenige Tage zurücklag, seit ich mich mit Ralph dort getroffen hatte. Die dramatischen Ereignisse, die mein Leben in der Zwischenzeit gehörig durcheinandergewirbelt hatten, kamen mir angesichts des röhrende Hirsches und der kleinen spießigen Blumenvasen für einen Moment einfach nur wie ein düsterer Traum vor oder wie eine sinnlos übersteigerte Wahnvorstellung.

Sogar die Gäste schienen auf einen ersten flüchtigen Blick dieselben zu sein. Dennoch war alles anders.

Und diesmal war es auch nicht Ralph, der mir gegenüber saß, sondern Marlene, die mit hektischen Bewegungen in ihrer Kaffeetasse rührte

„Ist er noch im Krankenhaus? Was genau hat er?"

„Diverse Prellungen. Das Jochbein und eine Rippe sind gebrochen. Dazu eine Gehirnerschütterung und natürlich die Verletzung am Oberarm, dort, wo Martin zugestochen hat."

„Aber es kommt alles wieder in Ordnung?"

„Ja." Ich nickte. „Die Ärzte haben versichert, dass alles heilen wird. Es wird zwar seine Zeit brauchen und momentan ist er auch noch im Krankenhaus. Es werden aber voraussichtlich keine Beeinträchtigungen zurückbleiben."

„Er hat Glück gehabt." Noch immer wirkte Marlene flattrig und nervös. „Es hätte ganz anders ausgehen können für ihn. Zu dumm, dass er nicht sein Handy dabei hatte und er daher nicht gleich die Polizei zu Hilfe rufen konnte. Aber wie gut, dass dein Chef die Idee hatte, dich um Entschuldigung für sein Verhalten zu bitten und mich gebeten hatte, ihn zu begleiten. So konnten wir euch helfen. Denn es hätte.."

„Marlene." Ich starrte sie an. Die nächsten Worte auszusprechen fiel mir schwer, doch ihrer stotternden, fahrigen Rede zuzuhören, erschien mir noch weitaus schwieriger. „Warum hast du es getan? Du bist meine Freundin, Marlene. Oder sollte ich lieber sagen, du warst meine Freundin? Wie konntest du dich nur so verhalten?"

„Es geht dir um die beiden Fotos, die ich verschickt habe?" Sie lachte, doch es klang gekünstelt. „Ehrlich gesagt verstehe ich nicht ganz, warum du dich wegen dieser Lappalie überhaupt derart aufregst. Es gibt doch sicher dringendere Probleme. Etwa, dass dein Nachbar sich als blindwütiger Stalker entpuppt hat und dein heißgeliebter Ralph gleich von zwei deiner Verehrer Prügel einstecken musste. Wenn dein Chef und ich nicht zur Stelle gewesen wären, dann..."

„Martin war nicht mein Verehrer, sondern, wie du richtig erkannt hast, ein blindwütiger Stalker. Und Ralph hat nicht einfach Prügel eingesteckt, sondern ist fast abgeschlachtet worden. Wenn Martin statt Ralphs Arm seinen Hals oder seine Brust getroffen hätte, hätte er tot sein können. Das war keine kleine Rempelei, bei der einer der Beteiligten ein blaues Auge davongetragen hat."

Marlene senkte den Blick und starrte in ihre Kaffeetasse, als sie weitersprach.

„Pauline, es tut mir leid, dass ich die beiden Fotos verschickt habe. Es war eine Kurzschlussreaktion. Und vergiss nicht, dass letztendlich ich es war, die Martin dingfest gemacht hat."

„Du warst aber auch diejenige, die meinem Chef ein Nacktfoto von mir geschickt hat. Ich hätte dadurch beinahe meinen Job verloren."

„Aber ich habe deinem Chef doch alles erklärt. Und er hat sich sogar mit einem Blumenstrauß bei dir dafür entschuldigt, dass er dich so vorschnell nach Hause geschickt hat. Ich habe ihm zugesagt, dass wir ihm weitere Aufträge vermitteln können, wenn er die ganze Sache mit deiner Freistellung noch einmal überdenkt. Dank der guten Verbindungen, die mein Vater hat, können wir deinem Chef in dieser Hinsicht sicher behilflich sein. Es ist also alles wieder in bester Ordnung."

Sie lächelte, doch es war ein Lächeln, das in den Seiten bröckelte.

„Du musst das Bild von mir damals in Ägypten aufgenommen haben. Wie kommst du überhaupt dazu, ein derartiges Bild von mir zu knipsen?"

„Die Klimaanlage war ausgefallen, erinnerst du dich? Es war sehr warm. Du hast nackt geschlafen. Du bist in dieser Hinsicht völlig ungehemmt."

„Und da hast du mich fotografiert?"

„Ich war sauer. Du hattest mit Ali geflirtet. Ich war wütend und konnte nicht schlafen. Du dagegen hast tief und fest geschlafen, wie ein Baby. Und da habe ich dich einfach fotografiert."

„Du machst ein Nacktfoto von mir, weil du sauer auf mich bist?" Ich konnte es nicht fassen.

„Nun, vielleicht wollte ich einfach festhalten, wie er

aussieht, dieser Körper, der jeden Mann in seinen Bann zieht."

„Marlene, was soll der Quatsch?" Die Bedienung und ein Teil der Gäste des Café Bettina starrten uns an. Ganz offensichtlich hatten wir die übliche Lautstärke von Caféhausgesprächen bei weitem überschritten. Mit deutlich gedämpfter Stimme fuhr ich fort: „Im übrigen habe ich nicht mit Ali geflirtet."

„Du hast ihn mir weggenommen." Voller Empörung starrte sie mich an. „Wie konntest du nur?"

„Aber das habe ich doch gar nicht getan. Er..."

„Er hat von dir geredet, nachdem er dich gesehen hat."

„Ja und? Ich rede auch von Leuten, nachdem ich sie gesehen habe. Das heißt aber nicht, dass ich mit allen Leuten, die ich gesehen habe, ein Verhältnis anfangen möchte. Und ganz sicher heißt es nicht, dass du berechtigt bist, Nacktfotos von mir an diverse Leute zu verschicken."

„Ich habe ein Foto an dich geschickt. Das Bild von dir an der Tür. Ich denke nicht, dass es verboten ist, dir ein Foto zu schicken, auf dem du selber abgebildet bist."

„Aber darum geht es doch gar nicht. Außerdem hast du auch meinem Chef ein Bild geschickt."

„Du lieber Himmel, ich sagte doch bereits, dass es eine Kurzschlussreaktion war. Sind deine Verhaltensweisen immer logisch und korrekt? Handelst du immer fair und verantwortungsbewusst? Was ist mit Tim, den du im Grunde von Anfang an hintergangen hast? Was ist mit Dieter, den du eiskalt abserviert hast, und der sich bis heute nicht davon erholt hat? Danny, der um dich herumschlawenzelt, beseelt von der Hoffnung, dass zu-

mindest ein Funken deiner Aufmerksamkeit für ihn ab-
fällt. Und wie schäbig hast du bitte Gerrit behandelt?"

„Marlene, das ist Unsinn und das weißt du auch. Und
was Gerrit betrifft, weiß ich bis heute nicht, wie er an
meine Telefonnummer gekommen ist."

„Aber Pauline, begreifst du nicht?" Sie starrte mich
aus weit aufgerissenen Augen an und lachte auf einmal
auf eine hysterische Art und Weise. „Ich war es, die ihm
deine Telefonnummer gegeben hat."

„Du?" Verblüfft starrte ich sie an. „Aber warum hast
du das getan?"

„Weil ich nicht mehr weiter wusste. Ehrlich gesagt
habe ich gehofft, dass du dann an dir zweifeln und dir
selber nicht mehr über den Weg trauen würdest."

„Aber warum war das so wichtig?"

„Ich wollte nicht, dass du die Polizei einschaltest.
Weil ich doch selber schon in der ganzen Sache mit
drinhing." Sie fing an zu heulen, beruhigte sich aber
schnell wieder und schnaubte statt dessen durch die
Nase. „Ich wusste einfach nicht mehr weiter."

„Und darum hast du versucht, mich als verwirrte
Person darzustellen, die ihr Leben nicht im Griff hat?"

„Nun, du musst selber zugeben, dass du auf der Party, auf der Gerrit aufgetaucht ist, wirklich reichlich viel
getrunken hast."

„Ich war durcheinander. Es war ein konfuser Tag und
ich..." Plötzlich hielt ich inne. Warum rechtfertigte ich
mich? Noch dazu vor einer Person, von der ich gedacht
hatte, sie sei meine Freundin und die mich doch hintergangen hatte. „Und du hast ihn auch ins Black Cat be-
stellt, als wir beide uns dort getroffen haben, nicht
wahr? Als er behauptete, mit mir verabredet zu sein?"

„Ja." Sie nickte. „Aber ich habe ihm nie deine Anschrift gegeben. Schließlich kannte ich ihn nicht. Ich wollte dich nicht in Gefahr bringen."

Sie schien sehr stolz darauf zu sein, dass sie diesen Punkt bedacht hatte.

„Und dann hast du das Nacktfoto verschickt?"

„Ja."

„Aber wie bist du überhaupt auf die absurde Idee mit den Fotos gekommen? Ich verstehe das nicht."

„Du hast mich doch selber drauf gebracht." Sie starrte mich an, als hätte ich eine Frage gestellt, die derart logisch war, dass sie keiner Antwort bedurfte: „Du hast mir doch selber erzählt, dass du ein Foto erhalten hast. Damals. Das manipulierte Bild mit den halterlosen Strümpfen."

„Und das hat dich auf die Idee gebracht, mir ebenfalls ein Bild zu schicken?" Ich konnte es nicht glauben.

„Pauline, weißt du überhaupt in welcher Lage ich war? Du hattest alles. Dich wollten alle. Ich dagegen..."

„Marlene, das kann doch nicht dein Ernst sein? Du hast aus reiner Eifersucht damit begonnen, ebenfalls Fotos von mir zu verschicken? Du wusstest doch, wie sehr mich das alles geängstigt hat."

„Sei froh, dass ich es getan habe. Vermutlich wäre die ganze Sache mit Martin sonst noch weit schlimmer ausgegangen."

„Was ist denn das wieder für eine Parallele? Was willst du damit sagen?"

„Nun, wenn ich Ralph nicht das Foto gezeigt hätte, dann wäre er nie darauf gekommen, dass zumindest dieses Bild von mir stammen musste, als er es bei dir entdeckte. Er wäre dann auch nicht mit mir zusammen zu deinem Chef gefahren. Und dein Chef und ich hätten euch nicht gerade eben noch rechtzeitig zu Hilfe eilen können."

„Marlene, deine Argumentation ist Unsinn und das weißt du auch. Dann könnte ich auch meinem Vermieter die Schuld an dem ganzen Schlamassel geben, weil mir von dort aus einst die Wohnung neben Martin vermittelt wurde. Das wäre in etwa das gleiche."

„Möchtest du denn gar nicht wissen, aus welchen Gründen ich mir mit Ralph zusammen Fotos angeschaut habe?"

Provozierend schaute sie mich an. Doch ich hatte das Interesse an unserem Gespräch verloren. Der Ausdruck in Ralphs müden, erschöpften Augen tauchte vor mir auf, als ich ihn im Krankenhaus besucht hatte. Zunächst hatten wir kaum gesprochen. Statt dessen hatte ich eine gefühlte Ewigkeit neben seinem Bett gesessen und einfach nur seine Hand gehalten.

Irgendwann hatte ich angefangen zu weinen.

„Süße, es ist vorbei." Ralphs unbeholfener Versuch, sich aufzurichten, ohne den verletzten Arm zu benutzen, riss mich zu einem neuerlichen Tränenstrom hin. Tröstend fuhr er fort. „Er kann dir nichts mehr tun."

„Das ist es nicht." Ich schniefte und wischte mir mit der freien Hand über die Augen.

„Was ist es dann?"

„Ich hatte solche Angst um dich." Ich heulte weiter und schmiegte mich vorsichtig an seine Schulter.

„Frag mich mal. Was meinst du, was für Ängste ich deinetwegen ausgestanden habe. Ich bin fast wahnsinnig geworden, als Martin verlauten ließ, was er mit dir vor hatte." Seine Stimme wurde leiser. „Du hast mich gerettet, Pauline. Wer weiß, was noch passiert wäre, wenn du ihm nicht so geistesgegenwärtig mit der Bratpfanne eins übergezogen hättest. Ich war ziemlich am Ende. Erst die

Prügelei mit Tim und dann..."

„Nein, du hast mich gerettet. Ich mag nicht darüber nachdenken, was er getan hätte, wenn du nicht gewesen wärst."

„Denk nicht darüber nach, Süße." Seine Worte klangen beinahe wie eine beschwörende Formel. „Es ist vorbei."

Er war mir wichtig. Nein, viel mehr als einfach nur wichtig. Ohne ihn wollte ich nicht sein. Ich liebte ihn und hatte es vermutlich schon sehr lange getan, ohne es mir jemals wirklich einzugestehen. Überdeutlich stiegen diese verwirrenden Gefühle in mir auf. Gleichzeitig erkannte ich, dass ich keinerlei Lust dazu verspürte, mir weitere Ausflüchte von Marlene anzuhören, die mich noch immer erwartungsvoll anschaute.

„Nun, möchtest du es wissen? Die Fotos? Ralph und ich?"

„Es ist mir völlig egal."

„Er wollte damals etwas von mir, Pauline. Ich habe versucht, ihn mit den Fotos abzulenken." Beifallheischend schaute sie mich an, als hätte sie damit eine ganz besondere Leistung vollbracht.

„Aha. Ich halte es nicht für besonders schlau, einen Mann, der dich bedrängt, mit Nacktfotos abzulenken."

„Es waren ja nicht Bilder von mir, sondern von dir." Sie starrte mich an, tief in ihrer eigenen Logik vergraben. Deutlich interessierter fuhr sie fort. „Du weißt, dass er eine kriminelle Vergangenheit hat?"

„Du erwähntest so etwas schon einmal."

„Aber über seine kriminelle Vergangenheit hat er offenbar nicht mit dir gesprochen?"

„Nein."

„Nun, dann sollte ich dir davon berichten." Sie lächelte, als würde sie mir ein besonderes Geschenk offerieren.

Langsam erhob ich mich von meinem Platz und zog meine Jacke an.

„Du gehst?" Verwirrt starrte sie mich an. „Aber möchtest du denn gar nicht wissen, was ich dir zu sagen habe?"

„Nein."

„Nicht? Aber es ist wichtig."

„Wenn, dann möchte ich diese Dinge von Ralph erfahren." Ich legte das Geld für meinen Kaffee auf den Tisch.

„Aber er wird dir nicht die Wahrheit sagen."

„So wie du?" Ich starrte sie an. Der Spott in meiner Stimme war unverkennbar.

„Wenn es um Ralph geht, dann blendest du alles aus." Wütend starrte sie mich. Ich drehte mich um und hörte hinter mir ihre laut herausgeschrieenen Worte. „Ich habe es dir schon einmal gesagt: Dein heißgeliebter Ralph ist beileibe nicht der, für den du ihn hältst. Aber da du ja alles besser weißt, kannst du ihn ja selber nach seinem Gefängnisaufenthalt fragen."

Noch einmal Ralph

„Das Taxi müsste gleich kommen. Möchtest du hier drinnen warten?"

„Nein, lass uns lieber an die frische Luft gehen." Ralph zog mich auf eine Bank, die vor dem Krankenhaus stand. Es war November, definitiv nicht der Monat, um sich länger als unbedingt nötig draußen aufzuhalten oder sich dort gar auf einer Bank niederzulassen. Doch dieser Tag war ungewöhnlich mild und windstill. Sogar die Sonne ließ sich blicken und zeichnete malerische Schatten auf das feuchte Gras und die abgefallenen Blätter. Fast schien es, als hätte der Wettergott sich vorgenommen, Ralph auf diese ganz besondere Weise willkommen zu heißen, jetzt wo er das Krankenhaus verlassen durfte.

Ich bemühte mich, meine Blicke nicht zu auffällig und vor allen Dingen nicht übertrieben besorgt auf ihm ruhen zu lassen. Dennoch fühlte ich mich unbehaglich bei dem Gedanken an die Schnittwunde an seinem Oberarm. Bereits im Krankenhaus hatte ich mich kaum getraut, mir seine Verletzungen genauer anzusehen. Sobald ich es versuchte, schien in meinem Kopf automatisch ein Film abzulaufen. Martin, der mit dem Messer in der Hand auf Ralph losging. Ralph, der sich vor Schmerzen krümmte. Martin, der zu Boden sank, nachdem ich ihm mit der Bratpfanne eins übergezogen hatte. Mein Chef, wie er unbeholfen versuchte, den langsam wieder zu sich kommenden Martin in Schach zu halten. Und schließlich Marlene, die deutlich weniger Zurückhaltung zeigte und Martin kurzerhand mit der Küchenschürze gefesselt hatte, genau wie er es zuvor mit mir getan hatte. Zum Glück waren dann die von Marlene alarmierten Rettungskräfte eingetroffen und hatten sich des ganzen Schlamassels angenommen.

Doch ich wollte nicht weiter bei dieser Situation verharren. Zu emotional waren diese Erinnerungen. Lieber wandte ich mich mit betont munteren Worten an Ralph und versuchte es zunächst mit einem relativ harmlosen Anliegen.

„Alle im Black Cat wünschen dir gute Besserung. Sowohl deine Angestellten, als auch deine Stammgäste. Sie warten auf dich und freuen sich, wenn du an einem der nächsten Tage vorbeikommst."

„Vielen Dank, dass du dich darum gekümmert hast, Pauline. Und was ist mit deiner Arbeit? Hast du dich mittlerweile wieder mit deinem Chef versöhnt?"

„Er hat sich bei mir entschuldigt und mir sogar ein Hotelzimmer spendiert, da er es für nicht zumutbar hielt, dass ich in meine Wohnung zurückkehre."

„Ich muss gestehen, dass ich momentan auch keinerlei Neigung verspüre, das Haus noch einmal zu betreten. Wo ist Martin eigentlich abgeblieben?"

Martin. Viel zu schnell waren wir beim Thema. Der Name platschte in unsere Unterhaltung, wie ein Stein in einen seichten Teich. Nur langsam formulierte ich meine Antwort.

„Er wird in einer Klinik psychologisch untersucht. Auf seinem Computer wurden diverse Dateien gefunden, die darauf hindeuten, dass er mich schon seit längerer Zeit auf eine geradezu krankhafte Weise überwacht hat."

„Zwischen überwachen und angreifen liegen aber Welten."

„Das stimmt. Offenbar gehen die Psychologen davon aus, dass er sich durch den bevorstehenden Umzug unter Druck gesetzt fühlte. Er hat erkannt, dass er künftig kaum die Chance erhalten würde, mich derart akribisch zu überwachen, wie er es bislang getan hat. Und auch ihm war klar, dass unser ohnehin nur loses nachbarschaftliches Verhältnis sich künftig vermutlich nach und nach komplett auflösen würde. Er musste daher schnell handeln."

„Aber ich kann kaum glauben, dass er aufgrund dieser Umstände derart ausgerastet ist."

„Er führte praktisch kein eigenes Leben mehr. Alles hatte er auf mich abgestimmt. Und dass er dich provoziert und in die Wohnung hineingelockt hat, lag wohl daran, dass er in diesem Moment nichts mehr zu verlieren hatte. Und vielleicht rechnete er sich sogar Chancen gegen dich aus. Er wusste, dass du verletzt bist. Ich habe es ihm selber erzählt. Und er hatte ein Messer."

„Hat er dir das auf diese Art erklärt?"

„Nein." Die Idee, mit Martin auch nur ein weiteres Wort zu wechseln, entsetzte mich geradezu. „Ich habe ihn weder gesehen noch mit ihm gesprochen. Ein paar Fakten hat mir eine nette Polizistin mitgeteilt, die Erfahrung mit ähnlichen Fällen hat. Den Rest habe ich mir selber zusammengereimt. Dabei weiß ich im Grunde noch nicht einmal, inwiefern meine Theorien zutreffen. Vielleicht sind meine Schlussfolgerungen nur ein schlechter Versuch, der ganzen Sache zumindest einen Hauch von Sinn zu geben. Denn irgendeine Erklärung muss doch hinter all dem stecken, oder?"

„Ich hoffe es." Ralph blinzelte in die Novembersonne. „Ich hätte nie gedacht, dass ausgerechnet Martin derart ausrasten könnte. Er wirkte immer so ruhig und bedächtig. Mamas Liebling war da schon ein anderes Kaliber, mit seinen wütenden Blicken und seinen Besitzattitüden."

„Verhielt er sich denn wirklich so unerträglich? In diesem Maße ist mir das nie aufgefallen."

„Ich fand ihn unerträglich." Ralph betonte unauffällig das erste Wort. Sein Blick schweifte in die Ferne, aus der ein Motorengeräusch erklang, das langsam lauter wurde. Ein Taxi rollte die Krankenhausauffahrt hinauf „Ich fand ihn sogar derart unerträglich, dass ich das Feld meinen Aushilfen überlassen habe, sobald er sich blicken ließ. Meist genügte es schon, wenn du allein kamst, weil ich immer befürchtete, er würde dann ebenfalls auftauchen."

„Darum warst du nie im Black Cat?"

Er lächelte. Es war ein gleichzeitig wehmütiges, aber auch sehr verletzliches Lächeln.

„Ich habe meine Warenbestände durchgeplant und mich um meine Buchhaltung gekümmert. Wahrscheinlich war dieser ganze Bürokram noch nie so vorbildlich geführt, wie jetzt. Ich habe mich sogar daran gemacht, eine neue Cocktailkarte zu entwerfen und Veranstaltungen für das nächste Jahr zu planen. Alles war besser, als zu sehen, wie du knutschend am Hals von Mamas Liebling hingst, nachdem wir am selben Nachmittag..."

„Aber Ralph, ich..."

„Du musst dich nicht entschuldigen, Prinzessin. Ich bin einfach nur ein jämmerlicher Idiot. Ein weiterer hirnloser Skalp, der an deinem Gürtel hängt."

Meinte er das ernst? Seine Ironie war oft schwer zu

durchschauen und nicht zum ersten Mal hegte ich den Verdacht, dass er sie wie eine schützende Mauer um sich herum aufbaute, sobald die Situation brenzlig wurde. Ohne nachzudenken, griff ich nach seiner Hand.

„Das ist alles nicht mehr wichtig, Ralph. Das spielt alles keine Rolle mehr. Du hättest sterben können. Es waren nur Zentimeter, die dich vom Tod trennten. Martin hätte mit dem Messer deinen Hals oder dein Herz treffen können."

„Mach es nicht zu dramatisch, Süße." Er holte tief Luft. Der Taxifahrer hielt und öffnete einladend die Türen für uns. Wir stiegen ein. Erst als das Taxi langsam wieder anrollte, bemerkte ich, das Ralphs Hand noch immer in meiner ruhte. Seine Finger waren eiskalt.

Wir fuhren aus der Stadt heraus und näherten uns den gutbetuchten Vororten. Vor einem modernen zweistöckigen Haus, mit verschiedenen Ebenen und Balkonen, die in unterschiedlicher Größe und Form über das Gebäude verstreut lagen, hielten wir an.

„Hier wohnst du?" Erstaunt musterte ich das Haus. Ralph zuckte mit den Schultern, lotste mich zur Eingangstür und führte mich zu einer Wohnung im ersten Stock. Groß war das erste Wort, das mir in den Sinn kam, als ich die Räume betrat. Weitläufig ein anderes, ein Eindruck, der vermutlich nicht zuletzt mit der zwar sparsamen aber ausgesprochen stilsicheren Möblierung zusammenhing.

„Ist es okay, wenn ich mich für einen Moment hinlege?"

„Kein Problem. Du bist ja schließlich krank." Wie ein Hündchen trottete ich Ralph hinterher, in ein großes Wohnzimmer, mit einem Ausblick auf einen schönen

Balkon. Er ließ sich auf eine Couch fallen, die vor einem Fernseher stand, neben dem sich Bücherregale bis hinauf zur Decke schmiegten. „Brauchst du noch irgendetwas?"

„Ein Glas Wasser wäre schön. Die Küche ist dort hinten."

Ich tappte in einen hellen Raum. Glänzende Arbeitsflächen reihten sich aneinander, moderne Küchengeräte blinkten. Ich griff nach einer Flasche Selters und zwei Gläsern und ging zurück ins Wohnzimmer.

„Kochst du gerne?"

„Nein, eigentlich nicht", Ralph griff nach dem Seltersglas. „Wie kommst du darauf?"

„Die Küche sieht so modern und schick aus. Wie bei jemandem, der sich gerne dort aufhält."

„Die Küche war schon so, als ich die Wohnung gekauft habe. Wahrscheinlich hast du Recht und der Voreigentümer war ein begeisterter Koch."

„Es ist deine Wohnung? Sie gehört dir?" Ich ging hinüber zum Bücherregal. Fast glaubte ich, es müsse sich bei den darin untergebrachten Büchern um Attrappen handeln. Unmöglich konnte jemand so viel gelesen haben. Doch einige Bücher wiesen deutliche Gebrauchsspuren auf, Einbände waren abgegriffen und geknickt und zwischen einigen Seiten schauten Lesezeichen hervor.

„Ja."

„Du hast sie gekauft?", vergewisserte ich mich. Unwillkürlich fühlte ich mich an Tims Stolz auf seine Eigentumswohnung erinnert. Doch Tims Wohnung ließ sich mit diesen großzügigen, perfekt eingerichteten Räumen in diesem modernen, schönen Haus noch nicht einmal ansatzweise vergleichen.

„Ja." Ralph klang amüsiert.

„Marlene behauptet, du seist nicht derjenige, für den ich dich halte?"

„Und wer bin ich dann? Hat sie das auch gesagt?"

Ich schüttelte den Kopf. Als ich langsam und nachdenklich weitersprach, fühlte ich mich unsicher.

„Sie behauptet, du hättest eine dubiose Vergangenheit. Als ich sie einmal scherzhaft fragte, ob du einen Mord begangen hast, meinte sie nur, das sei vielleicht gar nicht so weit hergeholt. Und sie hat behauptet, dass du im Gefängnis gesessen hättest."

„Hat sie auch gesagt, weswegen?"

„Nein." Ich schüttelte den Kopf. „Ich mochte ihr nicht mehr zuhören. Ich wollte lieber mit dir sprechen. Stimmt es denn überhaupt? Die Geschichte mit dem Gefängnis meine ich."

Was hatte ich als Antwort erwartet? Ein lautes Lachen, das Marlenes Behauptung in das Reich des absurden verwarf? Ein abstruses, ironisches Geständnis, wie es nur Ralph in seiner unnahbaren Art spontan konstruieren konnte? Ich wusste es nicht. Ganz bestimmt hatte ich jedoch nicht mit der Antwort gerechnet, die dann folgte.

„Ja." Ralphs Stimme klang fern jeder Ironie und gleichzeitig zu Tode erschöpft. „Marlene hat recht. Es stimmt. Ich war im Gefängnis."

„Es war ein Autounfall." Ralphs Stimme klang gehetzt, sein Atem ging flatterig. Noch immer lag er auf der Couch. Ich hockte mich auf den Teppich davor und lehnte mich mit dem Rücken an die Sitzfläche. „Ich hatte damals gerade mein Studium in den USA abgeschlossen und stand kurz davor, in die Firma meines Vaters einzusteigen. Vermutlich entsprach ich damals dem allerschlimmsten Klischee eines Kindes aus einer wohlhabenden Familie. Ich war oberflächlich, arrogant und ein ziemlicher Angeber. Das Lernen fiel mir leicht, weder für die Schule noch für die Uni hatte ich mich jemals übermäßig anstrengen müssen. Meine Hauptbeschäftigung war es, mich auf Partys herumzutreiben. Ich machte mich wichtig, schaute auf andere herab, lästerte mit einer eingeschworenen Clique aus anderen Reiche-Leute-Kindern und fühlte mich unantastbar. Du hättest mich sicher verabscheut."

„Vielleicht." Trotzdem lächelte ich unwillkürlich. Doch schnell wurde ich wieder ernst. „Was passierte dann?"

„Bevor ich meine Arbeit in der Firma aufnahm, gönnte ich mir noch ein paar freie Tage. Es war Sommer und herrliches Wetter. Ich hatte damals einen Sportwagen, ein Geschenk meines Vaters. Mit meiner damaligen Freundin fuhr ich durch die Gegend, einfach so zum Spaß. Auf einer kurvigen Landstraße ist es dann passiert. Ich prallte mit einem anderen Wagen zusammen. Meine Freundin war sofort tot, der Fahrer des entgegenkommenden Wagens schwer verletzt. Ich selber hatte unwahrscheinliches Glück. Ich erlitt nur leichte Verletzungen."

„Und dann kamst du ins Gefängnis?"

„Ja, für kurze Zeit. Zu allem Überfluss war auch noch Alkohol im Spiel und natürlich bin ich viel zu schnell gefahren. Mein Vater engagierte sehr trickreiche Anwälte, die es irgendwie schafften, mich aus der ganzen Sache halbwegs unbeschadet herauszumanövrieren."

„Wie ist es ihnen gelungen?" Langsam drehte ich

mich zu ihm um.

„Offenbar spielte es eine große Rolle, dass auch den Fahrer, der uns entgegenkam, eine gewisse Mitschuld traf. Er hatte es mit den Verkehrsregeln ähnlich lax gesehen wie ich."

„Und deine Freundin...?"

„Mit der Schuld werde ich leben müssen." Er schluckte. Ganz offenbar fiel es ihm schwer, darüber zu sprechen. „ Es wäre verlogen zu behaupten, dass sie meine ganz große Liebe war. Wir waren jung, wir hatten Spaß. Vermutlich wären wir nicht ewig zusammengeblieben. Aber natürlich ändert das alles nichts an der Tatsache, dass ich einen Riesenanteil Schuld an ihrem Tod trage. Während des ganzen Verfahrens stand ich unter Schock. Meine schicken, reichen Freunde zogen sich schnell von mir zurück."

„Und deine Familie? Wie haben deine Eltern sich verhalten?"

„Meine Eltern waren natürlich fassungslos und vollkommen entsetzt. Wir lebten in einem kleinen Ort. Die Firma meines Vaters ist dort der größte Arbeitgeber. Mein Vater hat einen gewissen Ruf und eine Vorbildfunktion, die er immer sehr ernst genommen hat."

„Hast du noch Geschwister?"

„Einen älteren Bruder. Er wurde weitaus strenger erzogen, als ich. Ich dagegen bekam so ziemlich alles, was ich mir wünschte. Mein Bruder und ich hatten nie ein enges Verhältnis zueinander, aber nach dem Unfall war es praktisch völlig zerstört."

„Und wie kamst du hierher?"

„Mein Vater war tief enttäuscht von mir. Ich konnte es ihm nicht verdenken. Er bekam gesundheitliche Probleme, die er auf die Aufregungen um den Unfall schob.

Von einem Platz in der Firma für mich, war auf einmal keine Rede mehr. Mein Vater zog sich immer mehr zurück, seine Herzprobleme wurden ernsthafter und dramatischer. Mein Bruder überredete ihn, dass es besser sei, mich in eine andere Stadt zu schicken, möglichst weit weg."

„Und du hast dich einfach so wegschicken lassen?" Ungläubig starrte ich ihn an.

„Was sollte ich machen? Ich wusste selber, dass ich dort, wo ich herkam, meine Zukunft auf eine völlig bescheuerte Weise verspielt hatte. Es ist nicht angenehm, wenn du glaubst, die Leute würden alle hinter deinem Rücken über dich tuscheln. Ich hatte entsetzliche Beklemmungen bei dem Gedanken, unverhofft den Eltern meiner Freundin gegenüberzustehen."

„Und woher wusste Marlene davon?"

„Mein Vater stellte den Kontakt zu Marlenes Vater her. Sie kannten sich von irgendwelchen geschäftlichen Treffen. Marlenes Vater vermittelte mir das Black Cat. Ich habe nie davon geträumt, eine Bar zu führen. Aber ich griff sofort zu. Immerhin bot das Black Cat mir die Möglichkeit, relativ schnell und ohne eine zeitaufwändige Ausbildung, unabhängig zu werden und Geld zu verdienen. Nach allem, was geschehen war, wollte ich nicht ewig am Geldhahn meiner Familie hängen. Ich brauchte eine gewisse Unabhängigkeit."

„Warum hast du dann nicht einen Job in dem Bereich gesucht, den du studiert hast?"

„Weil ich dann zweifelsohne wieder mit der alten Geschichte konfrontiert worden wäre. Man kennt sich in diesen Kreisen. So schnell würde mein Unfall und alles was damit zusammenhing nicht in Vergessenheit geraten. Ein radikaler Wechsel meines Wohnortes und meines Berufs erschien mir daher nicht als der schlechteste Plan. Und ganz mittellos war ich nicht. Mein Bruder zahlte mir eine Abfindung für die mir zustehenden Anteile an der Firma. Einen Teil davon steckte ich in diese Wohnung. Ich übernahm das Black Cat. Und ich schwor mir, nie wieder mit dem Gesetz in Konflikt zu geraten. Das war übrigens auch einer der Gründe, warum ich mich gegen Mamas Liebling nicht großartig gewehrt habe, als er auf mich losging. Um jeden Preis wollte ich vermeiden, wieder aktenkundig zu werden. Mit Sicherheit wäre dann dieser alte Vorfall wieder herausgewühlt worden. Außerdem hielt ich mich vom Alkohol fern."

„Aber ist das nicht widersprüchlich? Du willst keinen Alkohol trinken, betreibst aber eine Bar?"

„Ja, es scheint so, nicht wahr? Vielleicht war es ein Teil der Buße, die ich mir selber auferlegt habe. Tatsächlich bin ich bislang nur einmal wirklich rückfällig geworden. Dann allerdings auch gleich mit fatalen Folgen."

„Marlene. Sie hat mir erzählt..."

„Ja?"

„Sie sagte, du wolltest etwas von ihr. Und da hätte sie versucht, dich mit den Fotos abzulenken."

„Ach herrje." Er fuhr sich über die Stirn. Noch immer war die Narbe deutlich zu sehen, die von dem Schlagabtausch mit Tim herrührte. „Nein, ich wollte nichts von ihr. Für so etwas war ich an jenem Abend ohnehin nicht in Stimmung. Ich hatte eine schreckliche Nachricht erhalten. Mein Bruder hatte angerufen, um mir mitzuteilen, dass meine Mutter gestorben sei. Für meinen Bruder trug ich eine Mitschuld am Tod meiner Mutter, genau wie an der Krankheit meines Vaters. Und wer weiß. Vielleicht hat er ja sogar recht."

„Und dann hast du Marlene getroffen?"

„Ja. Trotz allem bin ich ins Black Cat zur Arbeit gegangen, an jenem Abend. Allein zuhause wäre ich wahnsinnig geworden. Aber ich merkte bald, dass ich meine Kräfte überschätzt hatte. Also trank ich. Trinken um Trauer oder Schmerz zu verdrängen ist natürlich so ziemlich das Blödeste, was man tun kann. Irgendwie landete ich dann in Marlenes Wohnung."

„Sie wollte etwas von dir?"

„Ich denke schon. Glücklicherweise hatte ich meine sieben Sinne noch weit genug beisammen, um zu wissen, dass das ganz gewiss keine Lösung war. Ihre Versuche waren auch eher unbeholfen. Irgendwann sah sie wohl selber ein, dass es sinnlos war. Da holte sie ihr Handy raus und zeigte mir die Fotos von eurer Ägypten-Reise."

„Sie hat dir Fotos gezeigt?"

Ralph zuckte mit den Achseln. Er schien Marlenes Verhalten weit weniger befremdlich zu finden als ich es tat.

„Vielleicht wollte sie nicht allein sein. Vielleicht wollte sie sich vormachen, sie hätte ohnehin nur ein paar Fotos mit mir anschauen wollen und ersparte sich damit die Peinlichkeit, über ihren fehlgeschlagenen Verführungsversuch nachzudenken. Ich weiß es nicht. Von Nachteil war es allerdings, als sie mitbekam, dass ich etwas mit dir angefangen hatte. Sie fauchte mich an, ich sei nur wegen dieser blöden Nacktfotos auf dich aufmerksam geworden. Sie wollte, dass ich die Sache mit dir auf der Stelle beende. Und sie drohte damit, dich und jedermann den es interessierte oder auch nicht, über meine Vergangenheit zu informieren. Darum habe ich mich eine Zeitlang von dir ferngehalten."

„Und ich habe etwas mit Tim angefangen." Nachdenklich schaute ich Ralph an. „Ich glaube wirklich, ich habe das nur getan, um dich eifersüchtig zu machen. Das ist doch sehr kindisch, oder? Du wirktest auf mich so cool. So unnahbar. Manchmal dachte ich ernsthaft, du kämst nur vorbei, um zu..."

„Genau das Gleiche dachte ich eine Zeitlang auch von dir. Und kaum war ich einmal nicht da, hattest du sofort einen Freund und machtest auch keinerlei Anstalten, die Beziehung mit Tim zu beenden. Ich schätze, wir haben uns gegenseitig ganz schön was vorgemacht.

„Warum hast du mir nicht gleich von deinem Verdacht gegen Marlene berichtet? An jenem Morgen, nachdem ich dir die Fotos gezeigt habe."

„Ich wollte sichergehen. Keinesfalls wollte ich Marlene pauschal verurteilen, ohne zuvor selbst mit ihr gesprochen zu haben. Sie war deine Freundin. Vielleicht lag ich vollkommen falsch. Vielleicht würde sie mir eine plausible Erklärung bieten."

„Aber das hat sie nicht getan."

„Nein."

Nachdenklich schaute ich ihn an.

„Als ich mich bei dir gemeldet habe, bist du sofort zu mir gekommen. Dabei hat Marlene dich doch damals praktisch erpresst, nicht wahr?"

„Ja, das hat sie. Ich habe einfach gehofft, sie würde es nicht erfahren. Und ich..."

„Ja?"

„Ich wollte dich unbedingt sehen." Die Worte kamen ihm nur langsam und beinahe widerwillig über die Lippen.

„Du wolltest mich unbedingt sehen?"

„Ja, ich wollte dich unbedingt sehen, Prinzessin.

Weil ich gemerkt habe, wie sehr du mir fehlst. Und wie gern ich dich habe." Er holte tief Luft. „Ich erkannte, dass du mir bei weitem wichtiger warst, als Marlene mit ihren lächerlichen Erpressungsversuchen."

„Aber du hast nie mit mir über deine Vergangenheit gesprochen."

„Ich war noch nicht soweit. Und es gab auch immer noch Tim an deiner Seite. Und als mit Tim Schluss war, gab es diese Prügelei mit ihm. Ich wollte kein Aufsehen. Die ganze Situation erschien mir ziemlich unübersichtlich."

„Das kann man wohl sagen. Und jetzt?"

Er trank einen Schluck Selters.

„Hast du eine Idee?"

„Ich mag dich. Furchtbar gern sogar." Auf einmal war es ganz einfach, diese Worte auszusprechen. Dennoch zögerte ich, als ich fortfuhr. „Aber ich komme aus keiner wohlhabenden Familie. Ich habe noch nicht einmal studiert. Und obwohl du schrecklich viele Bücher besitzt, habe ich bestimmt noch viel mehr Klamotten."

„Das ist ja entsetzlich." Er lächelte in einer Art, die mir Mut machte.

„Ich bin oberflächlich und meist nur an kurzweiligen Vergnügungen interessiert. Ich habe keinen Ehrgeiz und auch keinen vernünftigen Job, keinen Einfluss und im Grunde noch nicht mal ein Dach über dem Kopf."

Ralphs Lächeln blieb unverändert. Dazu spielte er mit einer Strähne meiner Haare.

„Prinzessin, willst du, dass ich es mir anders überlege? Oder sollen wir einfach schauen, ob wir in dieser riesigen Wohnung noch einen Platz für deine Unmengen an Klamotten finden?"

„Du meinst...?" Ich traute mich nicht, weiterzusprechen.

„Natürlich nur, wenn du das möchtest. Aber ich dachte, da du dir ohnehin eine neue Bleibe suchen musst, wäre es doch vielleicht eine gute Idee."

Ich spürte, wie mein Herz schneller zu schlagen begann. Und von irgendwoher tauchte die Erinnerung an den Tag auf, als ich tränenüberströmt bei Ralph angerufen hatte. Der Tag, als ich geglaubt hatte, alles verloren zu haben. Und genau wie damals, war es die sanfte Stimme von Audrey Hepburn, die ich in meinem Kopf zu hören meinte.

„Was hältst du von meiner Idee?", fragte Ralph. Keinerlei Ironie schimmerte durch seine Worte hindurch.

Ich lächelte. Vorsichtig schmiegte ich mich an ihn, an seinen noch immer von Blutergüssen und allerlei Blessuren gezeichneten Körper. Ich war so froh, dass es ihn gab. Dass er hier war, dass wir das ganze Durcheinander der letzten Wochen überstanden hatten.

„Sie gefällt mir. Obwohl ich nie an den Stadtrand ziehen wollte."

„Nicht?"

„Nein. Aber deine Gegenwart wäre natürlich ein echter Grund, genau das zu tun."

Er lächelte.

„Du wirst es nicht bereuen, Prinzessin."

Ich würde bei ihm sein. Und er bei mir. Es waren wundervolle Wege, die sich für unsere Zukunft auftaten. Ich küsste ihn, während Audreys sanfte Stimme flüsternd in meinem Hinterkopf summte.

FSC
www.fsc.org

MIX

Papier | Fördert
gute Waldnutzung

FSC® C083411

Zeitfracht Medien GmbH
Ferdinand-Jühlke-Straße 7
99095 Erfurt, Deutschland
produktsicherheit@kolibri360.de